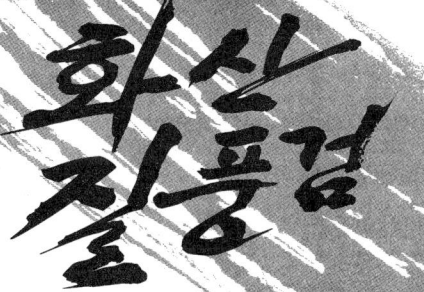

화산질풍검 5

한백림 新무협 판타지 소설

초판 1쇄 찍은 날 § 2005년 5월 26일
초판 1쇄 펴낸 날 § 2005년 6월 7일

지은이 § 한백림
펴낸이 § 서경석

편집장 § 문혜영
편집책임 § 김율
편집 § 장상수 · 이재권 · 유경화
펴낸곳 § 도서출판 청어람
등록번호 § 제1081-1-89호
등록일자 § 1999. 5. 31
어람번호 § 제2-0606호

주소 § 경기도 부천시 원미구 심곡1동 350-1 남성B/D 3F (우) 420-011
전화 § 032-656-4452 팩스 § 032-656-4453
http://www.chungeoram.com
E-mail § eoram99@chollian.net

ⓒ 한백림, 2004

ISBN 89-5831-561-X 04810
ISBN 89-5831-364-1 (세트)

화산질풍검
華山疾風劍
5
FANTASTIC ORIENTAL HEROES
◆ 현무(玄武)
한백림 新무협 판타지 소설
도서출판
청어람

목차

■제16장■
장강(長江)

수로채 양대 무투 파별 중 하나인 백해(白海).

장강에서 만난 백해의 채주는 장대한 체구를 지닌 거한으로 통칭 '흰 고래' 라 불리고 있었다.

"그 싸움은 정말 치열했지. 주유도 주유지만 육손이 없었다면 정말 다 죽었을걸."

장강주유. 수로육손.

대강(大江)을 가로지르며 희대의 지략을 보이던 모사(謀士)들이다. 어디서 그런 이들을, 그것도 그처럼 젊은 인재들을 찾아냈는지, 수로맹주의 인복과 안목은 실로 대단하다 아니 말할 수 없었다.

"하지만 글쟁이 양반, 그대가 알고 싶은 것은 그들에 관한 것이 아니겠지. 질풍대협에 대하여 묻고 있다 하더만."

방문한 수채가 고작 두 개였는데, 이미 찾아온 목적을 알고 있다. 수로채의 힘이 얼마나 강한지 보여주는 단적인 예였다. 대문파의 힘이 부럽지 않은 수준이었다.

"그것은 말 그대로 처음부터 진 싸움이었어. 이쪽도 충분히 준비했다 생각했었지만, 그쪽이 더 강했거든. 그런 괴물들이 더 있을 것이라고는 상상도 못했으니까."

그랬을 것이다.

비검맹. 비검맹은 팔황의 한 축, 그 진정한 힘은 그때까지 드러난 것과 판이하게 달랐으리라. 제아무리 장강주유, 수로육손이었다고 한들, 거기까지 가늠하기엔 팔황의 이름이 지닌 무게가 지나치게 무거웠다.

"그가 마침 그때 없었더라면 우리는 그것으로 끝장이었겠지. 그때를 생각하면 아직도 아찔해."

흰 고래, 백경(白鯨)의 회상은 그렇게 시작되었다. 예상했던 것보다 풍부한 언어를 지닌 남자였다. 하지만 그럴수록, 언제나 그렇게 느끼는 것이겠지만, 역시나 그때 그 자리에 직접 있었더라면 좋았으리라는 아쉬움이 진하게 남고 있었다…중략…….

한백무림서 초안.
한백의 일기 中에서.

장강(長江)

청풍과 귀도 일행은 영양 땅을 벗어났다.

꽤나 오랜 시간이 흘렀는데도 관군들은 추격해 오지 않았다. 청풍의 무위에 겁을 먹었거나 단심맹을 표적 삼은 것이 틀림없었다. 어느 쪽이든 좋았다. 한숨 돌릴 기회였으니까.

석양이 지고 밤의 어둠이 내려왔다.

청풍의 손에서는 검집 없는 주작검이 홍백의 달빛을 반사시키고 있었다.

하루가 꼬박 지났는데도 귀장낭인은 주작검을 돌려달라 말하지 않았다. 귀호도 마찬가지였다. 청풍에게 주작검에 대한 이야기를 전혀 꺼내지 않는 둘이다. 일부러 언급을 피하려 했거나 그대로 청풍에게 주려는 의도인 것 같았다.

그럼에도.

청풍은 도리를 지키려 했다.

관군도, 단심맹도 없다고 느껴지는 시점, 적들의 추격이 더 이상 감지되지 않는 한낮의 벌판에서 청풍은 귀장낭인을 향하여 주작검을 내밀었던 것이다.

"받으시오."

완만하게 휘어진 주작검 검날 위에서 태양의 밝은 빛이 부서지고 있었다.

화사하게 피어나는 검광(劍光)을 보는 귀장낭인과 귀호다.

그들이 지은 표정은 경악 그 자체라고 해도 과언이 아니었다.

이대로 청풍이 주작검을 차지한다 해도 그들로서는 할 말이 없는 상황이다. 청풍이 없었다면 영양 땅을 벗어날 수 없었을 터, 청풍은 귀도 일행에게 생명의 은인이나 진배없었다. 그 대가로서 주작검을 요구한다면 줄 수밖에 없는 것이다.

놀라움이 불러온 정적. 그 끝에 귀장낭인이 고개를 흔들며 말했다.

"그것은… 다시 받을 수 없습니다."

귀장낭인의 목소리에는 아련함이 가득했다.

청풍의 두 눈에 담긴 순수함을 보면서.

낭인들의 세계에서는 찾아보기 힘든 정대함을 보면서 귀장낭인은 대체 어떤 느낌을 받은 것일까. 마치 오래전 알 수 없는 언젠가를 떠올리는 것 같다.

"아니오, 이것을 이렇게 얻을 수는 없소. 그것은 법도에 맞는 일이 아니오."

청풍은 내밀고 있는 주작검을 거두지 않았다.

그의 대답에 귀장낭인이 다시 한 번 고개를 흔들었다.

"법도를 논한다면 도리어 틀린 말이지요. 은원은 분명해야 하는 법, 그 검이라도 가져가는 것이 옳습니다."

귀장낭인의 말은 단호했다.

검을 내밀고 있는 자와 그것을 받지 않으려는 자.

귀장낭인이 눈을 빛내며 말했다.

"분명히 하겠습니다. 주작검은 되돌려받을 수 없습니다."

확고한 한마디였다. 여전히 납득할 수 없다는 얼굴을 하고 있는 청풍에게 귀장낭인의 말이 이어졌다.

"다시 말하지요. 안 받겠다는 것이 아니라 받을 수 없다고요."

"받을 수 없다?"

약간은 다른 의미가 전해지는 말이었다. 청풍의 눈에 의아함이 깃들었다.

"말 그대로입니다. 그것을 되돌려받아도 들고 다닐 능력이 없기 때문이지요."

"……?!"

청풍의 얼굴에 떠오른 의혹이 더 짙어졌다. 주작검을 들고 다니던 이가 누구였던가. 영양 땅, 적신당에서는 주작검으로 신비한 불꽃의 술수까지 부렸으면서 다룰 능력이 없다니, 이해하기 힘든 일이었다.

"잘 알고 있을 텐데요. 그것을 함부로 잡을 수 없다는 것."

물론 잘 알고 있는 사실이다. 그렇기에 더욱 놀랐던 일이지 않았던가.

주작검을 휘두르며 술법을 펼치던 귀장낭인의 모습은 청풍에게 충격 그 자체인 일이다. 한데 이제 와서 함부로 다룰 수 없다는 이야기는 아무리 생각해도 앞뒤가 안 맞는 것이었다.

"하지만……."

"잡을 수 있었을 뿐 아니라, 잘 다루는 것 같았다는 말입니까?"

"그렇소."

"후후. 그것은 그저 그렇게 보였을 따름입니다."

귀장낭인의 입가에는 쓴웃음이 떠올라 있었다. 그가 주작검을 가리키며 말을 이었다.

"알고 있을 줄 알았는데요. 그런 강력한 무구는 아무나 다루는 것이 아닙니다. 선택되지 않은 사람이 그것을 쓰려면 최소한 두 가지 중 하나가 갖추어져야 하지요."

"두 가지?"

뜻밖의 곳에서 뜻밖의 이야기를 듣고 있었다. 주작검을 쓸 수 있는 방법, 감추어져 있던 비밀 한구석을 엿보는 느낌이었다.

"두 가지. 두 가지 중 내가 택한 방법이 바로 술법입니다. 주작검이 지닌 힘에 휩쓸리지 않기 위해서 이 같은 부적 칠십이 장이 필요했지요."

귀장낭인이 품속에서 한 장의 부적을 꺼내 들었다. 주작검을 온통 감싸고 있던 부적들과 같은 것이었다.

"주작검을 들고 다니려면 또다시 봉인의 술을 써야 합니다. 하지만 그러기엔 시간과 공력이 지나치게 소모될뿐더러, 지금으로선 그것을 펼치기 위한 충분한 부적도 없는 상황이지요. 받을 수 없다는 말은 그것입니다."

귀장낭인이 주작검을 쓸 수 있었던 까닭. 수수께끼가 풀리고 있었다.

남은 것은 하나. 청풍은 남아 있는 의문도 마저 풀기로 했다.

"한 가지를 방법을 말했소. 그렇다면 다른 한 가지 방법도 말해 줄 수 있겠소?"

청풍이 주작검을 다룰 수 있는 이유가 술법 때문이 아닌 것은 너무나 자명한 일이었다.

백호검이나 청룡검도 마찬가지.

지금까지 그와 같은 신검들을 다루고 있었으면서도 어떻게 그것이 가능했는지 완벽하게 알고 있지 못한 청풍이다. 그 해답을 얻을 수 있을까. 그러나 귀장낭인의 대답은 단순하면서도 의외인 것이었다.

"다른 하나는 간단합니다. 내력, 바로 내공이지요."

'내공……?'

청풍의 눈에 기광이 스쳐 지나갔다.

기대했던 대답이 아니기 때문이었다. 그런 기색을 눈치챈 듯, 귀장낭인이 입가에 미소를 떠올리며 말했다.

"술법도 내공도 아니라는 표정이군요. 아마도 그럴 겁니다. 그와 같은 신병이란 무릇 천명으로 정해진 주인이 있기 마련이지요. 그 조건이 어떤 것이 되는지는 범인(凡人)들의 역량으로 가늠하기가 힘듭니다. 그 정도로 주작검을 다룬다는 것은 필시 내공이나 술법 정도만으로는 설명할 수 없지요. 저로서도 알 수 없는 특별한 이유가 있을 겁니다."

귀장낭인의 이야기에 청풍이 고개를 끄덕였다.

어느 정도까지는 알겠다. 다만 마음에 걸리는 것 한 가지.

내공에 관한 것이다. 뭔가 뇌리를 자극하는 것이 남아 있었다.

"내공으로 다룰 수 있다는 말은……?"

"말 그대로입니다. 주작검의 힘을 직접 억제할 수 있을 만큼 강대한 공력이 있다면, 그리고 어떤 것에도 무너지지 않을 만큼 확고한 정심(貞

心)이 있다면… 그것에 휩쓸리지 않고도 얼마든지 사용할 수가 있겠지요."

청풍의 눈이 크게 뜨여졌다.

그렇다. 그 말이다.

'강력한 공력과 완전한 정심! 만검지련자!'

만검의 사랑을 받는 자.

그런 자라면.

그처럼 강한 자라면, 아마도 검이 주는 광기에 휩쓸리지 않을 것이다.

을지백이 만검지련자를 말하면서 이야기했던 자가 바로 북풍단주 명경이다. 북풍단주 명경이 주작검이나 청룡검을 쥔다면?

검의 광기에 휩쓸릴 것이라고는 도무지 생각할 수가 없다. 신검을 든다고 해도 광기를 드러내지 않을 것이 틀림없었다.

"여하튼, 그 검은 일단 받아두시지요. 게다가 이쪽에도 예상치 못한 수확이 있었으니 구명의 은을 차치하고서라도 결코 손해 보는 일은 아닙니다."

예상치 못한 수확, 귀장낭인이 들고 있던 부적을 집어넣으며 품속에서 하나의 길쭉한 물건을 꺼냈다. 익숙한 물건, 바로 영양 땅에서 청풍이 직접 맞서 보았던 물건이었다.

"마환필입니다. 냉심마유가 쓰러진 곳에서 챙겨두었지요. 관군 손에 맡기기엔 아까운 물건이니까요."

그 난장판 속에서 그런 것까지 신경 쓸 여유가 있었다니, 뭐라고 할 말이 없었다.

지난바 힘을 진정으로 뽐낼 수 있는 손을 향하여 새롭게 주인을 얻은 기병들인가.

주작검과 마환필은 그렇게 그들 손으로 들어갔다. 강호에 남겨질 이름이 되는 필연이자, 무림에서 벌어지는 인연의 법칙이 거기에 있었다.

*　　　*　　　*

"들려오는 이야기가 만만치 않던데……."

걸신(乞神) 개방 용두방주의 늙은 등은 작았다. 구주사해를 위진시키는 명성에 비하자면 초라하게까지 느껴질 만큼 작은 체구였다.

"이리 뛰고 저리 뛰고 있지만, 자꾸만 좁혀오니 사면초가라. 곤란하기도 곤란하겠어."

용두방주는 장현걸을 돌아보지 않았다.

흔적도 없이 고아로 떠돌던 장현걸에게 성을 주고 이름을 주신 분이다. 하지만 그 기대에 부응하지 못한 장현걸로서는 차라리 그렇게 못난 제자를 보지 않는 사부가 고마울 따름이었다. 면목이 없다는 말이란 바로 이런 때를 위하여 있는 말 같았다.

"잘 듣거라. 옛날에 밀 농사로 생계를 이어가던 집이 있었다. 그 집 식구들은 그 밀을 빻아다가 떡을 만들어 먹으며 살고 있었어. 그런데, 어느 날 그 떡 한 움큼이 없어지는 일이 발생했단 말이지."

밑도 끝도 없이 시작된 이야기였다. 고개를 떨군 장현걸의 눈에서 번뜩이는 빛이 떠올랐다.

"누가 들어와서 훔쳐 간 것 같기는 한데… 그렇다고 그냥 아무것도 모르는 놈이 들어와서 그런 것 같지는 않았단 말이야. 뭔가 아는 놈이긴 아는 놈 같은데, 그렇게 범인을 찾으려면 같이 살던 한 식구를 의심해야 했고 말이지…….”

'역시……!'

일선에서 손을 놓았다고 알려졌던 용두방주였다.

물러난 용두방주.

실제로도 방파의 일은 장로들의 손에 맡겨둔 채, 어린 거지들과 소일거리나 하면서 지내고 있던 바였다. 그러나 용두방주는 역시나 용두방주다. 이 이야기는 다른 것이 아니었다. 개방의 자금과 관련된 사건을 말하는 것이었다.

“뭔가 하기는 해야 하는데 그렇다고 한 식구를 추궁하면서 풍파를 일으키고 싶지는 않았겠지. 뒷감당도 만만치 않을 것 같았단 말야. 그래서 집 지키던 놈은 다른 집의 밀가루를 가져오기로 결정했어. 그걸로 떡을 해먹으려 했지.”

장현걸의 눈이 크게 흔들렸다.

'이것은……!'

집 지키던 놈이란 다른 사람이 아니었다.

개방 내에서 벌어지고 있는 일에 관한 것을 빗대어 말하고 있다. 그것도 장현걸 자신에 관한 이야기였다. 용두방주는 방파 내의 일을 모르고 있었던 것이 아니었다. 용두방주의 용안(龍眼)은 역시나 천 리(千里)에 닿아 있는 것이다.

“가져오려 한 것까지는 좋았지. 원체가 잘 얻어먹으며 다니던 집안이었거든. 그런데 웬걸, 다른 집에 가봤더니, 그 집 지키는 개가 만만치 않았단 말이야. 그것도 미쳐 버린 광견(狂犬)이었지.”

'다른 집… 석가장. 광견이라 함은 석가장주……!'

“밀가루를 얻으러 간 놈은 되도록이면 광견을 건들지 않고 일을 꾸며보려 했었어. 그런데 이상한 일이 일어났지. 그 집에 갔다가 얻어먹은 떡에서 자기 집 밀가루 냄새가 났던 거야. 골치 아픈 일이었어. 게다가 그 집에서는 그 밀가루로 끝내주는 떡을 새롭게 만들어내 놓고 있었지."

장현걸의 얼굴이 굳어졌다.

끝내주는 떡이란 보검들, 청룡검과 적사검을 빗대어 하는 말일 게다.

다른 집으로 들어간 밀가루란 곧, 자금의 흐름을 말하는 것.

석가장으로 흘러간 개방의 자금을 이미 파악하고 계셨다는 뜻이었다. 또한 그것은 곧, 천품신개 풍대해와 석가장주의 연결 고리까지 알고 계신다는 뜻이리라.

"그 떡에 대한 소문이 보통 빨리 퍼진 것이 아닌지라, 그 집 근처는 삽시간에 사방천지의 잡것들로 들끓게 되었어. 별의별 놈들이 다 있었지. 정신 나간 늑대도 있었고, 빠르고 강한 표범도 있었어. 그러다가 꽃을 달고 온 바보 두 명을 만났고, 그 바보 둘을 어떻게 이용해 보려고 마음을 먹었지."

정신 나간 늑대라면 아마도 성혈교 오사도일 것이다. 빠르고 강한 표범이라는 것은 숭무련 흠검단주, 그리고 꽃이라 함은 매화, 매화검수 두 사람을 말하고 있는 것이었다.

"좋았어, 거기까진 아주 좋았단 말야. 광견이 숨겨놓은 밀가루도 보았고, 제 집에서 밀가루를 가져다 바친 범인까지도 알게 되었으니까. 하지만, 거기서 더 욕심을 부린 것이 잘못이었지. 밀가루도 떡도 얻지 못했을 뿐 아니라 범인을 자극하는 일이 되고 말았어. 더욱이 꽃 달고 온 바보들 중 한 명에게 마음까지 빼앗겨 버리고 말았지."

장현걸의 얼굴이 붉어졌다.

어디까지 알고 계시는 것일까?

잘못된 의문이다.

어디까지가 아니라 전부 다. 그러하기에 대개방의 정점, 처음부터 모든 것을 알고 있는 분이셨다.

"가장 큰 문제가 뭐였는지 아나? 바보에게 마음을 빼앗기고 바보와 함께 있다가 제 자신도 바보가 되어버렸다는 사실이야. 밀가루도 떡도 얻기 힘들다는 것을 알았으면 재빨리 물러 나왔어야 되었지. 그런데 밀가루도 되찾고, 떡은 덤으로 얻으면서 범인도 잡겠다는 마음을 먹어 버렸지. 전부 다 이루려고 했다는 것, 자기 능력에 대한 과신이 지나쳤단 말이다."

이미 장현걸도 알고 있는 바다. 그것을 다른 누구도 아닌 사부님께 듣고 있다는 상황은 그 어떤 질책보다 강하게 그의 마음을 후려치고 있었다.

"그뿐이 아니었어. 떡의 주인은 따로 있었단 말이지. 슬그머니 나타난 꼬맹이가 바로 그거야. 하찮은 꼬맹이인 줄 알았는데, 알고 보니 그냥 꼬맹이가 아니었단 말이다. 꽃도 안 달고 있었는데 바보들보다 강했고, 늑대와 표범 앞에서도 물러나지 않았어. 그런데도 집 지키던 놈은 전혀 알아보지 못했지. 제 편으로 끌어들일 생각을 했어야 했는데, 이래저래 다급해진 관계로 최악의 선택을 해버렸지. 욕심 많은 돼지들과 영민한 까마귀들에게 꼬맹이를 팔아넘긴 거야."

장현걸은 아예 눈을 감아버리고 말았다.

욕심 많은 돼지들이라면 황보세가다. 까마귀들은 모산파. 그리고 꼬맹이란 청풍을 의미하고 있었다.

"영웅과 효웅은 한끝 차이야. 누군가를 이용하기로 마음먹었으면 끝까지 뒤탈이 없어야 하는 법이지. 다른 사람의 힘을 제 뜻대로 잘 사용하면 용인술(庸人術)이라 할 수 있겠지만, 협도 도의도 무시한 채 발하는 술책이라면 잡배들의 칼질만도 못한 법이다. 그 꼬맹이에 관한 것이 바로 그래. 무척이나 고약한 결과를 낳아버렸지. 이렇게 될 바엔 차라리 확실하게 죽이는 편이 좋았을지도 몰라. 이미 잘 알고 있는 일일 것이다. 개방 방주로서 영웅 대신 효웅이라……. 그것도 사실 나쁘지는 않겠어."

장현걸의 안색은 이제 창백할 정도로 하얗게 질려 있었다. 사부에게 가르침을 받았던 이십 년이 넘는 세월 동안, 이번보다 무서운 질책은 없었던 까닭이었다.

영웅이 못될 것이라면 효웅을 하라고 말하신다.

용두방주께서는 살아 숨 쉬는 협의지도 그 자체이신 분이다. 협의(俠義)의 화신으로서 제자의 행동을 얼마나 탐탁잖게 보셨으면 그렇게까지 말하시는지 상상조차 할 수가 없었다.

"한번의 실수가 그처럼 모든 것을 그르치는 법이지. 그게 세상이다. 눈과 귀도 막혀가고 있을 텐데, 어지간해서는 빠져나오기 힘들 거야. 화산의 처자야 처음부터 바보는 바보였던지라 네놈의 힘이 되어주고 있다지만, 천검(天劍)은 결코 바보가 아니지. 천검이야말로 희대의 효웅이다. 활용 가치가 사라지면 주저없이 그 끈을 끊어낼 터, 그전에 돌파구를 찾는 것이 좋을 것이다. 그것도 아니라면 어쩔 수 없지. 대세가 그런 모양이니 풍대해에게 붙는 수밖에……."

'사부……!'

장현걸은 목구멍을 타고 무엇인가 울컥 넘어오는 기분을 느꼈다.

사부의 진심.

그토록 엄한 질책을 하고 계시면서도 그의 처지를 염려해 주시고 있었다. 화산파, 연선하의 도움으로 작게나마 숨통을 트여놓고 있었지만, 그것에 기대지는 말라는 말씀이다. 현 시점에서 이보다 소중한 충고는 없다. 그가 처해 있는 상황을 완벽하게 알고 계셨다.

'더욱이… 풍대해에게 붙으라는 말까지 하셨다. 그것은 결국… 사부님께서도 움직이시지 못하는 게다.'

정 안 되겠다면 목숨만이라도 부지하라는 말씀이다. 방의 문규를 잠식하고 있는 풍대해의 손이 생각했던 것보다 더 넓게 뻗쳐 있다는 뜻이다. 결코 무리하지 말라는 말이셨다.

'풍 장로가 손잡은 곳은 단심맹이다. 개방의 실권은 이미 대부분 풍 장로에게 넘어가고 있는 중. 이대로라면 개방은 통째로 팔황의 밑으로 들어갈 수 있다.'

혼란과 자책을 넘어 평상심을 되찾는 장현걸이다.

그의 머리가 민활하게 돌아가기 시작했다.

문제의 핵심은 상대가 다른 누구도 아닌 천품신개 풍대해라는 점이다. 천품신개의 인망은 개방 내에서도 독보적이었고, 그를 따르는 방도들은 모래알처럼 많았다.

그런 자가 단심맹과 얽혀 개방을 잠식하고 있다?

도무지 손쓸 도리가 없었다. 천품신개는 그 인망도 인망이지만 지략에 있어서도 타의 추종을 불허하는 자였다.

'모든 것이 갖추어졌다고 해도, 풍 장로는 서둘지 않는다. 신중하고 철저한 사람이니까. 결국 시간… 시간이 문제란 말이다. 틈새를 노려야 해.'

그는 결코 서둘지 않으리라. 외부의 모습은 개방 그대로, 내부로부터 추구하는 것이 달라져 간다. 서서히 변질되어 가도록 유도하는 것이다.

지금 이 시점에서 풍대해에 관한 진실을 밝힌다?

그것도 한 방법이 될 수는 있다. 그러나 그것은 그야말로 하나의 방법에 불과할 뿐, 결코 좋은 해결책은 되지 못한다.

개방 방도의 절대다수는 단심맹이 어떤 곳인지도 모른다. 장로들조차도 단심맹의 위험성에 대해 아는 사람이 적었다. 그뿐이 아니다. 팔황을 알고 단심맹을 알고 있는 장로들일지라도, 풍대해 장로가 거기에 연루되어 있다는 것은 쉽게 믿으려 하지 않을 것이다. 결국 믿어줄 사람들을 모으고 준비를 해야 한다는 말, 지금은 폭로의 적기가 아니었다.

'그랬다가는 개방을 둘로 나누는 싸움이 벌어질 것이다. 풍 장로를 따르는 자들과 진실을 밝히려는 자들이 나뉘겠지. 참극이 벌어질지도 몰라.'

일의 전모를 완전히 꿰뚫고 있는 사부님이건만, 여태까지 잠자코 있었던 이유도 바로 그것이 틀림없었다.

차라리 일찍 터뜨렸으면 수습하기도 지금보다는 나았을지 모른다. 하지만 이제는 늦어버리고 말았다. 게다가 그 늦어지게 된 원인에는 장현걸 본인의 실책이 무엇보다 크다고 할 수 있었다. 작년까지만 해도 후개의 명성은 천품신개의 이름값에 크게 뒤지지 않았으니 암중에 풍대해를 견제하는 것이 가능했었지만, 현재로서는 운신의 폭이 좁아져 아무것도 할 수 없는 상태가 되어버렸다.

전면에 나서서 일을 벌인 석가장 건은 수많은 인명 피해만을 남긴 채 소득없이 끝나 버렸고, 청풍을 추격하는 데 크나큰 인력을 동원했지만 그것도 실패로 돌아갔다.

후개의 명성을 대폭 깎아먹기에 충분했던 일이다. 무능력을 의심받을 수밖에 없는 상황에서 풍대해는 마음껏 원하는 일을 꾸며 나갈 수가 있었고, 더불어 후개인 장현걸의 입지를 좁히는 것에도 성공했다. 그 스스로 제공한 구실 때문에, 벗어나기 힘든 올가미에 걸려들고 만 것이었다.

"풍대해에게 붙든, 아니면 죽을 길을 가든, 그것은 네가 알아서 할 문제겠지. 행여나 죽을 길을 택해야겠다 싶거든 여기 이놈을 만나봐라. 단심맹을 캐고 있다 들었으니까."

용두방주는 여전히 장현걸을 돌아보지 않은 채, 조그만 어깨너머로 다 꾸겨진 종이 쪼가리 하나를 던져 주었다. 받아 든 종이 한 켠. 생소한 이름 하나가 적혀 있었다.

'암행(暗行) 북중랑장(北中郎將) 조홍(曹泓)? 관인(官人)인가…….'

"효웅의 길로 들어섰다 해도 잘못된 길로만 볼 수는 없지. 그런 의미에서 한 가지 더 알려주마."

용두방주가 몸을 일으켰다. 이제 이 만남을 끝내려는 것이다. 장현걸은 끝까지 한마디 말조차 걸어보지 못한 채 사부의 이야기를 듣고만 있었다.

"꼬맹이로 생각했던 놈이 다시 강호로 나왔다. 주작검까지 휘두르고 있었다더군. 이번에는 어떻게 써먹을 건지 잘 생각해 보는 것이 좋을 것이야. 저번처럼은 안 되지. 내가 너라면 백배사죄부터 하겠지만."

'주작검을……!'

용두방주의 목소리가 점차 멀어지고 있었다. 그제야 고개를 드는 장현걸이다. 허리춤 녹죽장을 흔들며 휘적휘적 사라지는 사부님의 뒷모습이 보였다.

"아, 그리고 그 바보 같은 처자는 아주 괜찮더구나. 정신이 빠질 만도 해. 후후후."

사부님의 마지막 웃음소리는 한참이나 먼 곳에서 들려오고 있었다. 결코 여유롭게 들리지 않는 그 웃음소리 뒤로, 구배지례를 드리는 장현걸의 모습이 남았다. 일 배(拜)를 더할 때마다 그의 두 눈에서는 앞일에 대한 고민이 짙어지고 있었다.

*   *   *

청풍과 귀도 일행은 서북쪽으로 방향을 틀어 이동을 계속했다. 모처럼 여유로운 행보였다. 쫓아오는 관군도 없었고, 길을 막는 세력도 없었다. 인적 드문 길을 따라가면서 호남성과 강서성의 경계까지 이르렀다.

그렇게 당도한 이름없는 야산이다. 마침내 귀도가 정신을 차리고 말문을 텄다.

"이거야… 꼴이 말이 아니군."

그의 목소리는 탁하게 잠겨 있었다. 한참 동안 목을 쓰지 않았기 때문이다.

심각한 부상, 오랜 여정이 남긴 흔적이었다. 검게 그을린 피부는 거칠게 일어나 윤기라고는 찾아볼 수가 없었고, 제멋대로 돋아난 수염과 정리되지 않은 머리카락은 산도적의 그것을 방불케 했다.

"후욱."

귀도가 바위에 기대며 상체를 일으켜 앉았다. 숨을 들이키며 수척한 얼굴을 온통 찡그렸다. 단순한 동작에도 고통을 느끼는 모양이었다.

"그놈, 강하더군. 구파 출신 같지 않았어."

정신이 듦과 동시에 북풍단주에 관한 말부터 하고 있다.

그의 시선이 귀장낭인과 귀호를 훑었다. 그가 눈살을 찌푸리더니 느린 어조로 말을 이었다.

"이겼지만 이긴 것이 아니야. 마지막에 네놈이 도와주지 않았으면 내가 당했을 거다."

귀도가 귀장낭인을 가리키며 말했다. 북풍단주 명경과의 싸움, 귀장낭인은 귀도의 말을 부정하지 않았다. 백중세라는 것은 곧, 누가 이겨도 이상하지 않은 싸움을 말하는 법이었다. 마지막 순간 북풍단주가 제 역량을 다 발했더라면 귀도의 말마따나 결과는 어떻게 변해 있을지 모르는 일이었다.

"놈이 쓰러진 데까지는 기억이 나는데… 나 역시 곧바로 정신을 잃은 모양이지? 그 다음이 기억나지 않아."

"정신을 잃었고, 많은 일이 있었지요."

귀장낭인이 어색한 미소를 지었다. 고개를 움직이는 귀도의 눈이 청풍에게 이르렀다. 그가 청풍의 얼굴을 보더니 미간을 좁히며 한 손으로 머리를 짚으며 날카로운 미소를 떠올렸다.

"그랬지… 그랬어."

청풍에게 도움을 청하던 것을 기억해 낸 것이다.

몸은 망가졌지만 생생하게 살아난 눈빛이다. 귀도의 눈을 마주한 청풍이 그에게로 다가왔다.

"돌려주겠소."

가볍게 흐르는 광채, 주작검이 땅에 꽂혔다. 직접 건네어 손에 쥐어줄 수가 없으니 귀도의 발치에 박아놓았다.

내리쬐는 양광, 선홍빛 광채를 흘려내는 주작검이다. 귀도가 주작검을 보더니, 이내 눈을 돌려 청풍을 직시했다.

뚫어버릴 듯한 눈빛으로 청풍의 진면목을 가늠한 귀도다.

천천히. 그의 입에서 한마디가 흘러나왔다.

"가져가."

청풍의 눈에 기광이 번뜩였다.

의외라고 아니 말할 수 없다.

이렇게 간단히 가져가라고 말하다니. 이 정도 기보(奇寶), 이 정도 신검이라면 사용할 수 있든 없든 누구라도 쉽게 포기하지 못할 물건이다. 청풍이 되물었다.

"그것이 전부요?"

이제까지 따라온 이유도 결국 스스로 납득할 만한 명분을 찾기 위해서였지 않던가.

귀도가 청풍에게 두 눈을 고정시킨 채, 한 손을 목에 대고 이리저리 고개를 젖혔다. 오랫동안 제 뜻대로 움직이지 못해서인지, 머리를 움직일 때마다 우둑거리는 소리가 새어 나오고 있었다. 그가 천천히 입을 열었다.

"나는 도와달라고 말했다. 그것은 말하자면 의뢰지. 의뢰란 대가를 지불해야 함을 뜻한다. 난 그 대가로 그 검을 넘기겠다. 그것이 낭인의 법도다."

귀도의 말투는 단호했다. 뼛속까지 낭인이다. 같은 낭인이지만 어딘지 모르게 이방인의 느낌을 흘리고 있는 귀장낭인과 귀호하고는 근본적으로 다른 느낌이었다.

"그 정도 대가로는 과하오."

"대가가 과하고 말고는 의뢰인이 정하는 법이다."

영양 땅에서의 전투.

석가장의 격전에 비하자면 확실히 가벼운 싸움들이었다. 이런 식으로 주작검을 얻어가다니, 아무리 생각해도 과한 보상 같았다. 주작검을 되돌려주려고 했던 것도 그래서다. 그 마음 그대로 청풍은 말했다. 언제가 될지 모르는 인연, 청풍은 한 가지 약속을 남겼다.

"어떤 대가라도 받는 사람이 사양하면 그만이오. 대신, 한 가지 약속하겠소. 또다시 당신에게 곤란한 일이 생긴다면, 그때 내가 당신의 힘이 되어주겠소. 천하 어디에 있더라도 찾아가지. 이렇게 주작검을 얻는 것은 아무래도 마음에 걸리니까."

두 눈에 담긴 진심.

귀도가 미간을 좁혔다. 순정하고 정대한 성정이 그의 눈앞에 있다. 귀도의 입가에 걸린 미소가 쓴웃음으로 변했다. 그가 말했다.

"재미있는 이야기군. 하지만 그럴 일은 없을 것이다. 그러니 어서 그것을 가지고 사라지도록 해."

허공에서 부딪친 눈빛 아래, 청풍의 입가에도 작은 미소가 그려졌다.

쓰디쓴 웃음과 대조되는 밝은 웃음이다. 또 한 번 교차되는 천명에 청풍의 손이 주작검의 검자루를 잡았다. 그가 검을 비껴들고 고개를 숙이며 말했다.

"내 이름은 청풍이오. 주작검은 잘 받겠소. 다시 만날 때까지 무운이 함께하길."

청풍은 몸을 돌렸다.

만남은 끝났고, 그의 손엔 주작검이 남았다.

귀도 일행을 뒤로한 채, 큰 발걸음을 내딛는 청풍의 위로 중천의 태양이 밝고도 밝은 빛을 내리쬐고 있었다.

*   *   *

철기맹과 성혈교.

두 개의 문파는 이제 완전한 연합으로서 달리 하나의 이름으로 불리고 있었다.

철혈련이라는 명칭이 바로 그것이다.

철혈련의 근거지는 귀주성이었다. 성혈교의 총단이 위치하고 있는 곳, 북풍단주의 공격을 받아 도주를 감행했던 철기맹은 귀주성에 자리를 잡고 성혈교의 비호를 받으며 전열을 가다듬어 나갔다.

철혈련의 상대는 다름 아닌 화산파와 무당파였다. 지속적으로 싸움을 벌이고 있던 화산파에 더하여 허공 노사의 실종 이후 전면에 나선 무당파가 있었다. 두 개의 거파는 그 이름만으로도 철혈련을 압도하기에 충분했으니, 누구라도 철혈련의 패배를 확신할 수밖에 없었다. 실제로도 화산과 무당은 철혈련의 방벽을 무너뜨리면서 귀주성과 맞닿은 홍강(洪江)까지 진격해 갔고, 그곳을 거점으로 삼아 대대적인 공격을 준비하기 시작했다.

예상치 못한 사태가 벌어진 것은 그때, 모든 강호인들이 과연 언제까지 버티느냐를 이야기하고 있던 바로 그 무렵이었다.

적습은 전혀 생각지도 않던 어느 날, 칠흑 같던 야음을 틈타 철혈련이백여 무인들이 홍강을 향해 기습 공격을 감행해 왔던 것이다.

공격 시간은 불과 한 시진이었다.

치고 **빠**지는 전술로 한순간 썰물처럼 사라진 철혈련 무인들이다. 설마 하니 이런 순간 선제공격을 해오리라고는 그 누구도 생각하지 못했다.

사상자의 수도 상당했다. 무당과 화산에 고수가 많다지만, 그처럼 예측하지 못한 공격에는 제대로 대응하기가 어려웠기 때문이다.

무당파와 화산파의 무인들은 커다란 분노를 느꼈지만 함부로 추격전을 벌이지는 못했다. 선제공격을 해왔다는 것은 그만한 준비가 되어 있을 것이라는 뜻, 어떤 매복이 있을지 모르는 까닭이었다.

날이 밝고 시간이 지나면서 무당과 화산은 철혈련의 기습이 견제를 위한 심리전이라고 결론을 내렸다. 공격해 들어온 병력이 얼마 되지 않았을뿐더러, 상대 못할 고수들이 온 것도 아니라는 사실이 그 결론의 근거였다.

하지만 그들의 판단은 틀렸다. 철혈련의 공격은 그저 가벼운 심리전이 아니었다. 미처 하루가 다 가기도 전, 철혈련은 두 번째 기습을 가해왔던 것이다.

병법을 아는 자들도 안심을 할 만한 시기. 절묘한 시점에서의 공격이었다. 게다가 이번 공격의 위력은 그저 형식적인 수준이 아니었다. 적들 중에 구파 장로들의 무공을 뛰어넘는 고수까지 함께하고 있었던 것이다.

개중에서도 특히 돋보였던 자는 양영귀(兩靈鬼)라는 양날의 기형겸(奇形鎌)을 휘두르던 한 명의 마녀(魔女)였다. 핏줄이 드러나는 창백한 얼굴 때문에 병약해 보이기까지 한 여인이었지만, 그 무공만큼은 마녀로 불리기에 손색이 없을 만큼 위협적이었다.

화산 혈사를 일으켰던 장본인.

양영귀의 마녀였다.

화산검수들은 비로소 깨달았다. 철혈련은 그 자체로 불공대천의 원수임을. 철기맹과 성혈교는 처음부터 한 무리였다는 것을 깨달은 것이다.

화산파 무인들은 앞뒤를 가리지 않고 달려들었다. 분노의 함성과 날카로운 검격이 뒤따랐지만 양영귀의 마녀는 그들이 감당할 수 있는 고수가 아니었다.

화산의 뜨거운 피가 삽시간에 온 땅을 물들였으며, 차례로 달려든 상원 진인마저도 패배를 면치 못하여 그 땅 위에 쓰러지고 말았다.

그때 나선 것은 화산파가 아닌 무당파의 젊은 고수였다.

파문당한 북풍단주도 아니요, 이름을 날려온 후기지수도 아니었다. 북풍단주의 파문 사건 때, 갑작스럽게 알려지기 시작한 이름, 무당 해검지의 전설을 만들게 된 일권진산 악도군이 그였다.

얼굴에 새겨진 상처, 반쪽밖에 없는 왼쪽 귀. 일권진산의 무력은 실로 굉장했다. 엄청난 무용과 기파, 오십 합에 이르는 격전으로 마녀를 패퇴시키는 데 성공한다. 상원 진인과 정원 진인에 이은 차륜전이었다지만, 차륜전이 아니었다 해도 양영귀를 이길 수 있었을 듯한 무력이었다.

악도군의 활약으로 전투는 큰 전기를 마련하게 되었지만, 화산의 입장에서는 그것이 온전히 좋은 일만은 아니었다. 화산 장로 두 명이 덤비고도 이기지 못한 고수를 무당의 신진 고수가 물리쳤으니, 화산으로서는 수치심을 느낄 수밖에 없다. 무당파에는 다시없을 홍복(洪福)이었겠지만 화산파에게는 그지없는 악운인 것이다. 깎이고 깎이던 화산의 명예가 결국 땅에 떨어지고 만 순간이었다.

한편.

두 번의 공격이 효과를 본 후, 철혈련은 그 기세를 타고 본격적인 공격을 감행하기 시작했다. 귀주성 서쪽과 호남성 서남단 전체가 전장으로 변한 것에는 이틀이란 짧은 시간밖에 걸리지 않았고, 거듭되는 격전으로 인하여 사상자가 속출했다. 백주에도 대규모의 살육전이 벌어졌으며 민초들은 공포에 떨었다. 그만한 일이 벌어지고 있으니 무림맹도 두 손 놓고 있을 수만은 없었다. 귀주는 사천성에 인접해 있으니 사천무림맹이 소집되었으며 철기맹의 도발 이후 해산되었던 중원무림맹도 재발동되었다. 관가와 군부에서도 이 일은 심각하게 받아들여 관군 투입을 검토하게 된 상황, 무림 난세의 서막은 그렇게 시작되고 있었다.

"북풍단주가 죽었다던데?"

"그럴 리가 있겠어?"

"단신으로 철혈련에 쳐들어갔었다더군. 그 이후로는 소식이 끊겼대."

"소식이 끊겼다고?"

"그래. 쳐들어갔다가 되돌아올 때, 철혈련의 무인들이 대거 따라붙었다지? 추격전에서 마지막으로 확인된 것이 형산 부근이라고 하더라구. 없어진 지도 벌써 열흘을 훌쩍 넘겼다는 거야."

"그렇다고 죽었겠어? 그 북풍단주가?"

식객들의 흥분한 목소리.

객잔 한구석에서 그들의 이야기를 듣고 있던 청풍이 고개를 설레설레 흔들었다.

'죽었을 리가 없지……'

다른 사람들은 몰라도 청풍은 안다. 북풍단주는 그렇게 죽을 남자가 아니다. 귀도와의 싸움이 치열했다고는 해도, 그런 식으로 죽을 남자로는 도저히 생각할 수가 없었다.

'그나저나… 결국은 철혈련인가……'

북풍단주에 대한 소문도 그렇다. 어찌 되었든 그 중심에는 철혈련이 있었다.

온 세상을 들끓게 만들고 있는 철혈련이었다. 무당파와 화산파가 통째로 얽혀들었고, 수많은 강호 방파들이 싸움에 참가한 상황이었다.

온 강호가 그곳을 주목하고 있었다. 아무런 관계가 없는 자들도 철혈련의 싸움을 신나게 이야기하고 있었으며, 검을 찬 무인들은 꿀을 찾는 벌처럼 귀주를 향해 발걸음을 옮기고 있었다.

하지만 청풍은 달랐다.

묘하게도 그 싸움과는 동떨어져 있는 느낌이었다. 그 자신이 화산파의 제자로서 직접적인 관계를 가지고 있으면서도 격전에 관한 소문들을 먼 곳의 이야기처럼 가볍게 들어 넘기고 있는 것이다. 한때는 철기맹 공격대에 참가했던 적도 있었으면서 지금은 언제 그랬냐는 듯 다른 것만을 쫓고 있었다. 화산 제자로서의 본분을 다시 한 번 생각해 볼 때였다.

'어떻게 해야 하는가.'

본 문의 무인들이 목숨을 걸고 철혈련과 싸우고 있는 중이다. 화산 제자라면 응당 힘을 더하러 달려가야 하는 시점인 것이다. 그러나 청풍은 서두르지 않고 있었다. 아니, 서두르지 않을 뿐 아니라 실제로도 갈 마음이 생기지 않았다. 철혈련이라는 이름, 거기에서는 사방신검을 얻어야 하는 만큼의 사명이 느껴지지 않는 까닭이었다.

'그것은 내 싸움이 아니다. 내 싸움은 따로 있어.'

청풍은 자리를 털고 일어났다.

왜 벌어졌는지도 모르고, 왜 그렇게 격해졌는지도 모를 대규모의 싸움은 이미 그의 천명 밖의 일이라 생각되었다. 청룡검과 주작검을 손에 넣었으니, 이제는 현무검을 얻어야 할 때다. 또한 잃어버린 백호검을 되찾아야 할 때였다.

사방신검을 찾는 것 또한 결국은 화산 제자로서 받은 명령일지니 처음부터 짚어가던 길을 계속 가겠다고 결정했을 뿐이다. 달라지는 것은 아무것도 없었다.

'일단은 산동성으로 되돌아간다.'

산동성 화산지부로 돌아가 이 사숙, 이지정에게 정보를 얻은 후 현무검이나 백호검을 쫓을 심산이었다. 만일 송 사숙이나 이 사숙께서 철혈련과의 싸움이 먼저라 한다면 그들의 말을 따라 귀주성으로 행보를 돌릴 생각도 있기는 있었다. 그리되지는 않을 것이라는 예감이 들었지만 말이다.

촤르르륵.

주렴을 걷어내고 객잔을 나서는 그를 따라 네 개의 검이 역동적인 움직임을 발했다.

청룡검, 주작검, 강의검, 적사검까지.

지니고 있는 검이 네 개나 되어서인지 청풍을 쳐다보는 사람들이 꽤 많았다. 주작검은 검폭만을 대강 맞춘 허름한 검집에 꽂아 오른편 허리에 매달아놓았고, 용갑에 간직된 청룡검은 왼편 허리에 비껴 맸다.

강의검과 적사검은 등 뒤로 돌려 찬 상태였다. 누가 보아도 신기해할 모습이었다.

그러나 청풍은 사람들의 시선 따위는 조금도 신경 쓰지 않았다. 바깥으로 드러나는 기도가 경지에 오르면서 가히 미모라 할 만큼 출중한 얼굴을 드러내고 있었지만 청풍은 전혀 그것을 의식하지 않는 듯했다.

수군거리는 사람들을 뒤로하고 걸음을 빨리하여 마을을 벗어났다.

얼마나 지났을까.

확실히 눈에 띄는 모양새였던 모양이다. 마을에서부터 쫓아온 것인지, 인기척 몇 개가 따라붙는 것이 느껴졌다.

다섯 명.

느껴지는 무력은 변변치 않았다. 아무것도 못 배운 도적들은 아니지만, 그렇다고 강한 놈들은 아니었다. 기껏 한동네에서나 먹어줄 무공이었다.

"어이! 거기 앞에 가는 놈!"

뒤로부터 거친 목소리가 들려왔다.

몸을 돌린 청풍의 눈에 언덕 너머로 나타나는 다섯 명의 장한들이 비쳐들었다.

"거기 차고 있는 물건이나 좀 보자! 어디서 주워 먹었는지는 모르지만, 샌님 같은 얼굴에는 어울리지 않는 보물 같구나!"

장한 한 명이 청룡검의 용갑을 가리켰다.

겉보기에도 범상치 않은 검집, 누가 봐도 탐낼 만한 광채를 뿜고 있었다. 그만한 기물(奇物)을 지니고 다닐 정도라면, 그에 상응하는 실력이 있어야 하는 법인데 전혀 그런 생각을 못하는 것 같았다. 상대도 알아보지 못한 채 시비를 걸 놈들이면 이미 말은 다 한 것이나 다름없었다.

"꼴에 검을 네 자루나 들었구나! 요즘 젊은 것들은 겉멋이 들어서 탈이야!"

젊은 것들을 이야기하나 그 자신도 딱히 나이가 든 것은 아니었다. 남방 특유의 느릿한 어조에, 제 말마따나 겉멋인지 무엇인지, 어울리지도 않는 수염을 기른 놈이었다.

"말이 없구나! 이 어르신의 위용에 겁이라도 집어먹은 모양이다! 하하하하!"

침 튀기며 터뜨리는 웃음으로 진한 주향(酒香)이 풍겨져 왔다.

술 냄새. 이제 보니 다른 놈들도 거나하게 술이 올라 있는 것 같았다. 대낮부터 술에 취해 있다가 눈에 띄는 보물을 보고 무작정 쫓아온 것이 틀림없었다.

"겁먹은 것 맞지? 저 얼굴 좀 보라구!"

"그런가 보오, 형님. 저놈 보시오. 오줌이라도 지리겠소!"

도무지 상대할 마음이 나지 않았다. 이들은 청룡검이 청룡검인지, 주작검이 주작검인지조차 알아보지도 못하는 놈들이다. 드잡이질을 하기에는 격에 맞지 않았다. 청풍은 놈들의 말에 대꾸하지 않은 채, 등을 돌렸다.

"어딜 가려고!"

등을 돌린다고 그냥 보내줄 놈들이 아니었다. 청풍도 잘 알고 있는 사실이다. 그저 이런 놈들과 손을 섞기 싫을 뿐이다. 다짜고짜 주먹을 내질러 오는 것을 가볍게 피해내고 앞으로 몸을 날렸다.

"도망치는 것이냐!"

고래고래 소리를 지른다.

'도망이라.'

웃음이 나올 말이었다. 징계하고픈 마음조차 들지 않을 정도로 하찮은 놈들이었다. 그냥 두고 길이나 재촉할 생각이었다.

"이놈!"

하지만 청풍은 그대로 자리를 뜨지 못했다.

채챙! 하고 칼을 뽑아 드는 소리에 청풍을 죽이고자 하는 살기가 실려 있었기 때문이다.

발목을 잡는 금속성이다. 어쩌다 부려본 객기라면 두고 봐줄 수 있지만, 이만한 일로 칼을 뽑는 놈들이라면 십중팔구 악인들이다. 청풍이 아닌 다른 사람들에게도 피해를 끼칠 놈들이라는 이야기였다.

꾸욱.

청풍의 손이 청룡검의 검자루를 쥐었다. 단숨에 물리치면 그만, 싸움이랄 것도 없다. 청룡검의 용갑이 움직이기 시작했다.

쩌정!

첫 번째 칼날이 부서져 나가는 것은 순간에 벌어진 일이었다. 반 토막 난 칼날이 하늘로 솟구치며 요란한 소리를 냈다.

청풍의 오른발이 가볍게 땅을 찼다. 도약하는 공중에서 천천히 몸을 돌리고, 달려드는 적들을 맞이했다. 위에서 내려치는 참격에 두 번째 칼날이 부서지고, 세 번째 칼날의 주인이 땅을 굴렀다.

나머지 둘에게는 손을 쓸 필요조차 없었다. 두 명의 칼이 부러지고 한 명이 쓰러지자 얼이 빠진 듯 달려들지 못했다.

땅으로 내려선 청풍이 다섯 명의 장한들을 둘러보았다. 그제야 사람을 잘못 건드렸다는 것을 깨달은 그들이다. 뒷걸음치는 모습, 경우가 없을 뿐 아니라 비굴하기까지 한 놈들이었다. 뭐라고 할 말이 없었다.

그때였다.

"뭐 하고 있는 것이지요?"

청풍은 놀랐다.

누구도 다가오는 기척을 느끼지 못한 까닭이었다. 청풍의 눈이 빠르게 사방을 훑었다.

탁 트인 전방에는 아무도 없었다. 양쪽 옆으로는 끝 모를 남쪽 대지의 평야가 펼쳐져 있다. 누군가 있다면 뒤쪽이다. 다시 한 번 같은 목소리가 귓전을 울렸다.

"남의 물건을 탐내면서 흉포한 병기를 휘두른 자들입니다. 죽여야지, 어째서 그대로 두고 있습니까?"

청풍의 몸이 돌아갔다. 미지의 정체가 거기에 있었다. 한 명의 청년, 그가 말을 이었다.

"모질지 못하군요. 얄팍한 성정(性情)입니다. 그것은 자비도 무엇도 아니지요."

그의 얼굴은 특별했다. 꼭 어디선가 본 것 같은 얼굴이었다.

청풍에 버금가는 미청년인 데다가 한 번 보면 잊지 못할 불같은 안광을 지니고 있었다. 오랫동안 알고 있는 사람을 보는 느낌인데, 언제 만났었는지는 도통 알 길이 없었다.

"안 죽일 것입니까?"

특별한 것은 그의 얼굴뿐이 아니었다.

복장도 특이했다. 적색의 무복, 타는 듯한 붉은빛의 옷을 입고 있었다. 특히나 인상적인 것은 팔을 따라 길게 매듭지어진 붉은 끈들이다. 낮게 깔리는 바람 따라 흩날리는 모습이 새들의 날개와 같았다.

"죽이지 않을 것이오."

청풍보다 낮은 연배로 보일 뿐 아니라 걸어오는 말 또한 존대였지만,

청풍은 하대하지 못했다. 평대를 하는 데에도 기분이 이상했다. 가볍게 대할 청년이 아니었다.

"실망이군요. 무공의 성취는 뛰어난데, 심성이 그렇게 물러서야……."

청풍의 눈에 기광이 깃들었다.

이 만남, 이 느낌을 알고 있다.

길을 가면서 얻는 인연이다. 예전에 있었던 두 번의 만남을 절로 떠올리게 만들고 있었다.

타탁.

청풍의 눈치를 보던 장한들이 기회를 잡은 듯, 몸을 돌려 도망치기 시작했다. 다른 곳에 정신이 팔린 것을 틈타서 자리를 뜨려는 수작이었다.

청풍은 잡지 않았다. 어차피 그 정도 놈들이라면, 이 청년의 말마따나 죽이지 않고서는 결론이 나지 않는다. 붙잡아놓고 회개를 종용한대도 얼마나 오랜 시간이 걸릴지 알 수가 없다. 청풍에겐 그럴 만한 시간도 여유도 없는 바, 도망가 준다면 차라리 그것으로 좋은 일이었다.

"결국 그대로 놔주다니요. 내가 대신 손을 쓸까요?"

무서운 청년이다.

살을 에는 듯한 살기, 공손한 어투 뒤에 감당 못할 난폭함이 엿보인다. 그 살의에 반응이라도 하는 듯, 주작검에서 은은한 진동이 느껴졌다.

위이잉.

다시 한 번 뇌리를 스치는 한 가지 사실이 있다.

이 청년에서 느껴지는 기도는 익숙하다. 사람이되 사람 같지 않은 이 기운, 청풍이 주작검을 진정시키기라도 하듯 그 검자루를 잡으며 고개를 저었다.

"무의미한 살생은 원치 않소."

청풍의 말에 청년이 미소를 지었다.

비웃는 듯한 그 웃음은 어딘지 모를 섬뜩함을 담고 있다. 청년이 말했다.

"그래서야 주작검을 제대로 쓰겠습니까?"

주작검을 안다.

청풍의 눈에 깃든 빛이 더욱더 짙어졌다.

이 말투, 이 어조.

'이자는……'

청풍은 비로소 확신할 수 있었다.

을지백과 천태세.

이 청년은 그들과 같다. 불같은 기운, 살기가 강한 자였다.

주작검을 가르치기 위해 온 자다. 그들과 동류이지만, 그들 누구보다도 위험하게 느껴지는 스승이었다.

"후후후. 내가 누군지 알아챈 얼굴이군요. 나는 남강홍(南絳紅)이라고 합니다. 그래요, 아직도 당신은 자격이 부족하지요. 당신에게 남천(南天)의 강함을 보여주기 위하여 내가 왔습니다."

같은 일의 반복이다.

백호검의 무공과 청룡검의 무공.

이제는 주작검의 무공이다.

새로운 길, 새로운 하늘이 열리고 있었다.

"상황은 어때?"

"사결 제자들은 거의 다 빠져나갔습니다. 더 이상 후개의 이름이 먹히질 않아요. 그나마 오결 제자들 몇몇은 아직 돌아서지 않고 있습니다만, 그들도 결국은 시간문제일 겁니다."

"그럼, 움직일 수 있는 힘은 일 할이 제대로 못 되는군."

"예, 정확히 보셨습니다."

고봉산의 어조는 심드렁하게 들렸지만, 그것은 초조함을 가장한 여유라 해도 과언이 아니었다.

"후개가 동원할 수 있는 개방의 인력이 일 할도 안 된다니. 그것참……."

허탈할 지경이었다.

예상하고 있던 것이기에 한숨으로 넘기는 것이지 상황 자체는 분명히 충격적인 일이었다. 후개는 예로부터 차기 용두방주의 상징 아니었던가. 그것이 무너지고 있는데 속수무책이라니, 백번 한숨으로도 모자랄 지경이었다.

"그런데 봉산, 자네는 대체 왜 붙어 있지? 더 있다간 정말 피를 볼 거야."

"뭐, 어쩔 수 있나요. 후구당이라도 제대로 서 있어야 할 거 아닙니까."

"누가 들으면 후구당 당주인 줄 알겠군."

"부당주 시켜줄 거 아니었습니까? 그러다가 당주도 하게 되겠죠."

"……."

점입가경의 농짓거리였다.

그러나 장현걸은 그의 농담을 받아줄 여력이 없었다. 농담으로 넘겨 버리기엔 너무 멀리 왔다. 장현걸뿐 아니라 고봉산도.

한참이나 침묵을 지키던 장현걸이 고봉산에게 한 장의 종이를 내밀었다. 때가 탄 종이, 용두방주가 줬던 바로 그 종이였다.

"이게 누군지 조사해 줘."

받아 드는 고봉산의 손에서, 두 사람의 시선이 교차했다.

이제 시작이다.

장현걸은 뭔가를 하기로 마음먹었다. 고봉산에게 있어서는 선택의 순간이었다. 이 종이를 받아 일을 벌이게 되면 고봉산은 다시는 발을 빼지 못하는 것이다.

힘있게 받아 든 종이를 고봉산은 지체없이 펼쳤다. 하지만 기세 좋게 펼쳐 본 것과 달리 곧장 얼굴을 찌푸렸다. 그가 물었다.

"암행 북중랑장 조홍? 이게 누굽니까?"

"모르니까 조사해 달라는 것 아냐."

"관가에 이런 직책은 없는데요."

"있어. 있으니까 어떤 것인지 알아보고, 접선 통로를 마련해."

"접선까지요?"

"그래."

후개는 제대로 마음을 먹었다. 더 설명해 주지 않는 것이 그 증거였다. 고봉산의 변심까지도 염두에 두고 있다는 뜻, 그것은 서운해해야 할 일이 아니라 반가워해야 할 일이다. 행여나 적들에게 사로잡혀 자백을 강요받을 수도 있으니 만전을 기한다는 의도일 터, 섭하게 생각할 이유가 전혀 없었다.

"그리고……."

"또 뭡니까?"

"청룡검이 세상에 나왔어. 그놈, 게다가 주작검까지 얻었다고 하더군. 놈의 행보를 파악해 놔. 이쪽을 목표로 할 수도 있으니 조심해야해."

뭐라고 대답이 나와야 할 때였지만 고봉산은 말이 없었다.

장현걸은 순식간에 알아챘다. 그 침묵의 이유를.

고봉산을 보는 장현걸이 씁쓸한 웃음을 지었다. 그가 한숨을 내쉬며 말했다.

"후우……. 놈에 대해 이미 알고 있었군. 그렇지?"

고봉산이 곤란하다는 표정을 지으며 고개를 끄덕였다.

그렇다.

여러 가지 사정이 있는 만큼 제아무리 예전만 못하다지만 정보제일당 개방 후구당은 괜히 개방 후구당이 아니다.

청룡검이 세상에 나오고, 관군과 부딪치면서 그만한 소란을 일으켰는데에도 개방이 감지 못했다고 한다면 그것은 다시없을 어불성설이다. 장현걸이 모르고 있었다는 것은 고봉산이 일부러 이야기하지 않았다는 뜻이다. 장현걸의 눈초리에 고봉산이 마지못한 듯 입을 열었다.

"그놈의 행보는 개방과 상관이 없어 보여서… 보고드리지 않았습니다."

"그런 게 아니겠지. 그놈에 관한 사항이라면 나는 지금까지도 제대로 된 판단을 못 내리고 있었으니까."

"아, 그런 것은 결코 아닙니다."

"괜찮아. 상관없어. 가끔은 윗사람의 결정을 못 믿는 수하도 필요한 법이야. 확실히 그놈에게선 손을 떼야 할지 모르지. 그렇다 해도 살피는 눈은 그대로 두도록 해. 언제고 유용하게 쓰일 일이 있을 거야."

"예……."

청풍에 관한 것은 중대하다면 중대한 안건이라 할 수 있다. 그런데도 고봉산은 자의로 걸러서 보고했다.

어떻게 질책받아도 할 말이 없는 행동이었다. 하지만 장현걸은 크게 짚고 넘어가지 않았다. 믿기 때문이다. 고봉산의 의도를 이해하고 공감한다는 뜻이었다.

"철혈련 쪽은 어때?"

장현걸은 가벼운 어조로 화제를 바꾸었다. 고봉산도 금세 표정을 풀고 어투를 가볍게 했다. 잊을 것은 빨리 잊어라. 언제나 세상은 다음 일이 더 중요한 법이다.

"한창 치고 받는 중이지요. 아마도 이 며칠새가 가장 시끄럽고, 이삼 일을 기점으로 하여 꼬리를 내리지 않을까 합니다."

"그런가. 확실히 그렇겠군. 무림맹이 발동되었으면 무인들이 엄청나게 몰려들 테고, 그러면 도리어 무당이나 화산은 자유로운 기동이 어려워질 테니까. 관아의 눈치도 봐야 할 테고 말이야."

"그렇죠. 대신……."

"대신……?"

"철혈련 쪽보다 다른 곳들에서 변화가 있었습니다."

"다른 곳들?"

"북풍단주가 실종된 후, 남궁세가로 시집간 절강일미가 남궁가를 뛰쳐나왔다는 전언입니다."

"남궁가를? 어떻게?"

"그게 신기합니다. 패왕 사중비가 나섰고, 더불어 십보단혼객이 움직였다는 말이 있지요."

"십보단혼객? 동창의 반나한이?"

"예."

장현걸이 눈살을 찌푸렸다. 당대 낭인들의 정점에 서 있다고 알려진 패왕 사중비. 그리고 동창 흑살대주 반나한이라면 도무지 접점을 찾을 수가 없다. 기억을 더듬는 장현걸, 그가 일순간 두 눈을 빛내며 말을 이었다.

"십보단혼객……. 그렇군, 북경에서 있었던 폐하의 암살 시도……. 북풍단주는 거기에도 관여했었다. 그때 어전 무도대회에 나타났던 것이 백검천마와 탈명마군이었지. 백검천마는 잘 모르겠지만, 탈명마군은 단심맹과 연관이 있어. 조홍… 조홍. 그 이름은 처음 보는 것이 아니었다. 분명히 기억에 있어."

그의 이야기는 생각을 정리하는 혼잣말에 가까웠다.

후구당이 반나절에 걸쳐 뽑아낼 정보를 단숨에 추려낸다. 비상한 기억력, 고봉산이 연신 고개를 끄덕였다.

"다시 잘 찾아봐. 조홍에 대한 정보는 그 근처에서부터 따라가는 것이 좋겠어."

"예."

"다른 곳들이라 했지? 다음은 뭐야. 또 무슨 변화가 있었지?"

"아, 일단는 절강일미에 관한 일의 연속입니다. 이 여자가 얼마나 당찬 여자였던지, 북풍단주에 대한 복수를 선언하고 나섰더군요. 철혈련으로 직행하고 있답니다."

"철혈련으로? 절강일미의 무공은 그 정도가 안 될 텐데?"

"그것도 작년까지의 이야기인 모양입니다. 북풍단주의 무공에 더하여 패왕 사중비의 사자기까지 구사한다 합니다."

"놀랍군."

이것이야말로 예측하지 못할 사건이었다. 너무나 사건의 발생이 빠르고 혼돈스러웠다. 개방에 있어 호재로 작용할지 악재로 작용할지 지금 시점에서는 분간하기가 어려웠다.

"게다가, 더 큰 변화가 있습니다."

"또 있어?"

"예. 천하의 이목이 철혈련에 집중되고 있지만, 사실 그것은 조만간 결판이 날 겁니다. 지금 주시해야 할 곳은 따로 있어요. 철혈련의 발호만큼 심상치 않은 일이 벌어지려고 하고 있지요."

"그것은 또 무슨?"

"장강. 장강이 움직이고 있습니다."

*　　　*　　　*

"백호, 청룡. 두 가지 기운을 얻었군요. 금강호보와 풍운룡보. 호보는 무겁고, 용보는 가볍지요. 두 보법 모두 좋습니다. 하지만 느려요. 화천작보(火天雀步)는 빠르지요. 누구도 따라오지 못할 겁니다."

남강홍의 말은 단정적이었다.

누구도 따라오지 못할 것이라는 말을 스스럼없이 하면서도 전혀 어색함을 보이지 않는다. 신법에 대한 절대적인 자신감이 엿보였다.

"형(形)은 이렇습니다. 탄법 자체는 호보와 크게 다르지 않아요. 그러나 작보는 발의 움직임 그 이상을 중시합니다. 화천작보든, 공명결(共鳴

結)이든, 염화인(炎火刃)이든 결국은 상대를 제압하기 위한 수단, 홀로 익히는 것은 소용이 없어요. 나는 을지 형님이나 천 노인과는 다릅니다. 나는 그런 식으로 가르치지 않아요."

남강홍은 화천작보의 투로를 보여주며 작보 이외에도 공명결과 염화인을 이야기했다.

주작검의 다른 무공을 말하는 게다.

새로운 무공.

새로운 방식.

남강홍은 을지백 이상으로 전투적인 성정을 보여주고 있었다.

"무공이란 상대를 쓰러뜨리는 데에 그 의미가 있지요. 거기에 다른 것을 아무리 붙여보았자 탁상공론일 뿐입니다. 만춘이가 그랬지요. 압도당할 만한 숫자나 감당 못할 기세를 보고서 패배를 시인하는 자는 겁쟁이에 불과하다고요. 살아남고 쓰러지지 않는 자가 진리입니다."

남강홍의 말은 무공광(武功狂)의 궤변처럼 들렸다.

무공의 목적을 싸움의 승리에 두는 것.

우(愚)다.

무(武)을 이해하지 못하는 자들의 실수다. 그렇게만 생각했었다.

하지만 이 남강홍은 달랐다.

이 남강홍은 어설픈 마음으로 그런 이야기를 하는 것이 아니다. 백전(百戰)을 겪어보고 스스로 체득한 진심이 묻어 나온다. 마치 전쟁터의 한가운데 있는 이가 하는 소리 같았다.

"이제부터 나와 하는 수련은 전부 대련으로 이루어집니다. 무리(武理)를 완전히 익힐 때까지는 쉴 생각 마십시오."

청풍은 남강홍의 말을 기꺼이 받아들였다.

어차피 산동까지 가는 길은 무척이나 멀다. 그 시간 동안 쉬지 않고 무공을 연련할 수 있다는 것은 오히려 환영할 만한 일이었다.

"발이 먼저 나가는 것은 맞습니다. 그러나 보법을 발로만 펼치려고 하지 마십시오."

금강호보는 전개하는 검에 힘을 실어주고, 풍운룡보는 회피하는 신법에 유려함을 더해준다. 싸움을 하는데 유리한 위치와 거리를 만들기 위하여 펼치는 것이 보법이란 말이다.

화천작보는 거기에서 멈추지 않았다.

불처럼 화려하고, 빛살처럼 빠르다. 그 자체만으로 위압이요, 그것만으로 공격이다. 위험에 노출되는 것을 꺼리지 않았고, 그런 만큼 뿜어내는 살기도 대단하다. 방어나 회피 따위는 처음부터 전혀 생각지 않는 보법이었다.

"팔을 쓰는 겁니다. 실전에서는 팔이 아니라 검(劍)이 되겠지요. 상대를 구속하고 내 자유를 찾는 것에 묘리가 있습니다. 아니요. 그게 아닙니다. 그러면 잡히지요."

대련의 요령은 간단했다.

먼저 상대방의 등을 가격하는 쪽이 이긴다. 방어는 허용되지 않았다. 오직 상대보다 빠르게 움직이는 수밖에 도리가 없었다.

파앙!

청풍의 옆을 가볍게 파고든 남강홍이 그의 등을 손바닥으로 밀어냈다.

내력을 쓰지 않고 있는지 아무런 충격이 없다. 그렇지만 마음에 받는 타격은 상당했다. 검을 쓸 수 없고 방어를 할 수 없다는 제약이 있기는 해도, 이렇게 쉽게 등을 내주고 있다는 것은 충격이라고밖에 표현할 수가 없는 것이다.

"느려요. 용보나 호보로는 안 됩니다. 작보의 구결을 빨리 깨우치는 편이 빠를 겁니다."

남강홍의 말이 전적으로 옳았다.

용보나 호보나 모자람이 없는 절세의 무공이지만 각 무공에는 각자의 쓰임이 있는 법이다.

속도에 있어 다른 보법으로 작보를 상대하려 한다면 어려울 수밖에 없다. 빠르게 접근하여 상대를 살상하는 것, 오직 그것만을 목표로 만들어진 보법이니 다른 보법으로는 근본적인 차이를 극복하지 못하는 까닭이었다.

파아앙!

벌써 오 일째.

산동성으로의 북상 속도를 늦추지 않으면서도 매일처럼 이루어지는 대련이다. 그러나 청풍은 단 한 번도 남강홍을 이겨본 적이 없었다.

남강홍은 빨랐다.

깃털처럼 가볍다. 아니, 아예 무게가 없는 것 같았다.

화천(火天)이라더니, 무거움을 측량할 수 없는 불꽃처럼 움직임에 어떤 제약도 받는 것 같지가 않았다.

"어떻게… 그렇게 빠를 수가……."

기어코 청풍의 입에서 탄식과도 같은 의문이 흘러나오고 말았다.

기가 막힐 노릇이었다.

절정을 향해 치닫고 있는 내공이 있고 엄청난 실전 경험이 있다. 굳이 주작검의 무공을 배우지 않아도 어지간한 고수들은 겁나지 않는다.

그만큼 강해진 청풍이다. 그런데도, 남강홍을 따라잡지 못했다.

을지백은 금강호보를 익히는 데 삼 일을 이야기했었다.

무리라고 생각했었고, 실제로도 삼 일 만의 연공은 불가능했었지만, 적어도 실마리만큼은 잡을 수 있었었다.

그러나 이번에는 그런 실마리조차 보이지 않는다.

그만큼 강해진 청풍의 눈에도, 수많은 고수들의 움직임을 보아온 그의 눈에도 마땅한 비책이 떠오르지 않았다.

"아직도 모르는군요. 눈으로 보고 잡는 것이 아닙니다. 쫓는 것보다 앞지르는 것이 먼저지요. 쫓겠다는 생각을 가지다가는 영원히 쫓다가 끝나는 겁니다."

그릇을 키워라.

청풍도 익히 알고 있는 사실이다.

그것만이 아니다. 청풍에게 모자란 것은. 남강홍은 거기에 더하여 문제의 진정한 근본을 짚어주었다.

"목숨을 거십시오. 당신에겐 그것이 없습니다. 무공이란 치열해야 하는 법이지요. 내게 등을 내맡길 때마다 목숨 하나를 잃는다고 생각해요. 죽기 싫다면 앞질러서 베는 겁니다."

남강홍의 말은 또 하나의 무리(武理)였다.

싸우는 자, 목숨을 걸어라.

다른 사람의 목숨을 빼앗으려는 자, 내 목숨부터 내놓아라.

누구나 할 수 있는 말 같지만, 그것을 가슴 깊은 곳에서부터 말할 수 있는 자는 흔치 않다. 첨봉의 싸움터에서만 얻을 수 있는 심득이 거기에 있었다.

하지만 청풍은 남강홍의 심득을 빠르게 체득할 수가 없었다.

지난바 성정에 맞지 않았던 까닭이었다.

이해는 가는 말이되, 마음에 와 닿지는 않는다. 싸움에 살기가 필요하다는 사실이야 얼마든지 알고 있지만, 타고난 마음이 그것을 거부하고 있었다.

무공의 목적에 관한 것도 그렇다.

무(武)라 함은 본디 싸움과 폭력을 뜻하지만, 실제로는 그 안에 그 반대의 뜻을 품고 있는 글자다.

창 과(戈)와 그칠 지(止). 두 글자가 합쳐서 무(武)다.

무공이란 싸움을 그치기 위한 도리라는 것. 싸움 그 자체에 목적이 있는 것이 아니라는 말이었다.

그것을 오직 죽일 살(殺)로 해석하는 데에는 문제가 있을 수밖에 없다. 적어도 청풍의 기준에서는 그랬다.

그렇지만 남강홍은 죽음을 이야기한다. 살상을 이야기한다.

베기 위하여 뛰어들고, 죽이기 위해 다가가는 것이다.

화천작보는 그런 무공이었다. 그러하니 청풍의 진전이 빠르지 못한 것은 결국, 당연하다면 당연한 결과였다.

파아아아아!

아무리 받아들이기 힘든 무공일지라도, 청풍에겐 대해와 같은 내공과 무공에 대한 심도있는 이해가 함께하고 있다. 서서히 남강홍의 속도를 따라잡는 청풍이다. 남강홍이 청풍의 등을 확보하는 데 걸리는 시간도 하루가 다르게 길어지고 있었다.

"이제야 따라오는군요. 슬슬 한 가지 더 해봐야겠습니다."

남강홍의 말에 청풍은 다른 무공을 예상했다.

그러나 남강홍이 제시한 것은 화천작보의 연장이었다. 화천작보가 가진 접근성에 더하여 지구력과 내력의 활용을 기르려는 시도였다.

남강홍은 단 한 가지를 주문했다.

"목적지가 어딥니까?"

"산동성."

"그럼 따라오십시오."

남강홍은 달렸다. 중원천하를 한달음에 가로지를 것처럼 빠른 신법이었다.

쐐에에에엑!

청풍은 남강홍의 속도가 부담스러웠다. 화천작보는 같은 화천작보인데, 전혀 다른 무공인 것만 같았다.

경신술로도 사용할 수 있는 보법이다.

좁은 공간 안에서 작보를 내딛는 것이야 어느 정도 익숙해졌다지만, 이렇게 넓게 쓰려고 하니 무척이나 어색했다. 처음에는 어느 정도 따라가는 것 같았으나 남강홍의 등은 청풍의 깊은 내력이 무색하게도 점차 멀어지기만 했다. 근접 거리 안에서는 숙련의 차이가 있어 어쩔 수 없이 질 수밖에 없었다지만 장거리에 있어서는 내력의 고강함으로 이길 수 있을 줄 알았다. 그러나 실제로는 전혀 그렇지 않았다. 을지백이나 천태세가 그랬듯이 남강홍 역시도 청풍을 가르치기에 부족함이 없는 고수인 것이다. 그 연배, 그 얼굴에 어떤 방식으로 그 정도의 무공을 연성했는지 알 길이 없었다.

파아아아아.

남강홍의 신형이 시야에서 사라진 지 오래였지만 청풍은 포기하지 않고 달렸다. 아무리 안 맞고, 아무리 어려워도 반드시 배워낸다. 배움에 있어서 인색하지 않는 것, 청풍이 가진 가장 큰 강점이었다.

'신법의 보강은 확실히 필요하다. 궁왕 위연 때도 그랬어. 작보가 있었더라면 훨씬 더 쉽게 이겼을 것이다.'

강남제일포쾌 위연과의 싸움을 떠올렸다.

위연은 그 궁수(弓手)도 위력적이었지만 더 뛰어났던 것은 그것을 가능케 했던 신법이었다. 전속력으로 달리던 청풍을 가볍게 따라붙던 경공, 지금 생각해도 경탄이 절로 나왔다.

청풍은 작보를 꾸준히 전개하며 예전의 싸움들과 남강홍의 경공을 한꺼번에 되짚어 나갔다. 화천작보로 싸웠다면 더 좋았을 순간들, 화천작보로 움직였으면 더 쉬웠을 상대들을 가늠하면서 앞으로 응용할 수 있는 방법들을 생각했다. 동방의 고묘에서 무공을 키우던 방식 그대로다. 과거의 경험들과 새로 배우는 무공들 사이에 덧붙임의 사슬을 만들어가는 것이었다.

"이제 옵니까? 너무 느립니다. 조금 더 분발해야겠어요."

남강홍을 다시 만난 것은 두 시진을 더 달린 후였다.

한참 앞에서 기다리고 있었던 남강홍이다. 청풍은 쉬지도 않은 채, 재대결을 청했다.

"다시 해보겠소."

"얼마든지."

청풍은 또 졌다.

질 것을 알면서도 달렸다. 그리고 배웠다. 극한의 속도 안에서 내력을 유지하는 법과 힘을 비축하는 법을.

질주와 대련의 반복이다.

그 속에서 청풍의 무공은 전에 없던 새로운 면모를 갖춰가고 있었다.

청풍의 이동 속도는 엄청났다.

난데없는 경공 대련 덕분이다. 귀도를 쫓아 남하할 때도 전력을 다했지만 지금 북상하는 속도는 그때의 그것을 훨씬 상회하고 있었다. 스스로도 놀랄 만한 진보였다.

"따라가고 있기는 한데… 무엇인가 모자라다고 느끼오. 구결 문제 같지만 화천작보의 구결 자체에는 허점이 없는 것 같고……."

장거리를 달릴 때도, 근거리에서 투로를 짚어갈 때도 마찬가지다.

한없이 뒤처지던 처음과는 판이하게 다르다. 앞지르지는 못해도 비슷한 정도까진 가고 있는 것이다.

하지만 청풍과 남강홍 사이에는 아직도 미묘한 차이가 있었다.

보법의 깨달음만으로는 좁힐 수 없는 차이, 청풍은 그것을 놓치지 않았다.

"벌써 그것을 깨닫다니 생각보다 훨씬 빠르군요. 정작 작보의 연성은 더딘 편이었는데, 구결의 이해는 무척이나 깊어요. 의외입니다."

남강홍은 웃었다.

청풍이 잡아낸 사실에 놀라움을 느끼는 것 같았다.

"구결의 차이가 맞습니다. 화천작보가 아니라는 것도 맞지요. 화천작보가 아니라 이것의 차이입니다."

남강홍이 손을 들어 자신의 머리를 가리켰다.

머리.

머리의 차이가 뜻하는 것이 무엇인가.

그것은 지능을 말하는 것이 아니었다. 두뇌, 뇌력(腦力)이다. 상단전을 뜻하는 몸짓이었다.

"상단전을 이야기함이오?"

"오호라. 잘 알고 있군요. 이야기가 빠르겠어요."

남강홍이 다시 한 번 미소를 지었다. 안에 품은 섬뜩함은 그대로였지만, 이번 웃음에는 그래도 순수함이 전해지고 있었다. 가르치는 것을 빨리 받아들일 때, 스승 된 입장으로서 느끼는 기꺼움이 그 웃음 속에 있었다.

"당신이 날 잡을 수 없는 것은 내가 더 빨라서라기보다는 당신이 느려서입니다. 정확히 말하자면 '느려져서' 이지요."

"느려… 진다……?"

이것은 또 의외였다. 예상을 한참 벗어난 해답이었다. 상단전을 이용한다는 것까지는 알겠다. 그런데 청풍이 느려진다니 쉽게 이해가 되지 않았다.

"그것이 공명결입니다. 공명결이란 본디, 사물과 공명하여 그 사물을 자신의 뜻에 따라 움직일 수 있도록 해주는 심법이지요. 예를 들어 이런 것입니다."

남강홍이 청풍의 허리에 매달린 주작검을 가리켰다.

위이이잉.

신비로운 울림과 움직임.

놀라운 일이었다. 주작검이 절로 검집에서 뽑혀 나오더니 공중에서 방향을 틀고 남강홍의 손을 향해 날아가기 시작한 것이다.

"이것이……."

"그렇지요. 상단전의 힘입니다. 공명결의 힘이지요. 달리 말하면 어검(御劍)의 비술이기도 합니다. 을지 형님께서 말씀하지 않으셨던가요?"

어검(御劍).

분명히 언급한 바 있다. 하지만 그것은 단 한 번, 지나가는 이야기로 들었던 것일 뿐이다. 그 실체가 이런 것이었을 줄은 전혀 몰랐다.

"공명결은 이처럼 검을 다루기 위한 심법입니다. 그러나 이 공명결은 다른 효용이 있기도 하지요. 공명결의 힘이 미치는 것은 단순히 사물뿐만이 아니어서 맞서 싸우는 상대에게까지도 영향을 줄 수가 있습니다. 당신의 몸이 느려진 것이 바로 그런 경우지요. 공명결에 감응하여 움직임의 자유를 박탈당한 겁니다."

감응이란 말을 듣자 또 한 가지 퍼뜩 떠오르는 것이 있었다.

감응. 감응사.

청풍은 이러한 광경을 전에도 본 적이 있다.

심귀도에서 만났던 당문의 젊은 천재를 말함이다.

손대지 않고도 사물을 움직이던 능력, 상단전을 타고 흘러나오던 신비로운 기(氣)가 생각났다. 그러한 것을, 공중에서 암기(暗器)를 자유자재로 움직이던 비술을 검으로 펼칠 수 있다면, 바로 그것이 어검이 아니고 무엇이겠는가. 이것이야말로 새로운 세계, 또 다른 무공지로(武功之路)였다.

"공명결의 연성은 쉽지 않습니다. 구결 또한 글자로서 파악하는 것이 아니라 심어(心語)를 통한 깨달음으로 익혀내야 하지요. 얼마나 연성할 수 있을지는 오직 본인에게 달려 있습니다."

남강홍의 손 언저리에 떠올라 있던 주작검이 그의 몸 앞으로 움직였다. 검 하나를 마주하고 반대편에 서 있는 남강홍과 청풍, 남강홍의 입에서 중원어가 아닌 알 수 없는 언어가 흘러나오기 시작했다.

"……!"

귀를 열고, 머리로 들어온다.

한번도 들어본 적이 없는 말이었다. 그런데도 그것은 분명한 뜻을 지닌, 알아들을 수 있는 울림이 되어 청풍의 뇌리에 새겨지고 있었다.

'이것이…….'

글자라기보다는 도형이다. 상단으로 도인(導引)하는 내력의 경로와 그것을 운용하는 힘의 흐름이 거짓말처럼 각인되고 있다. 한번도 경험해 보지 못한 신비로운 현상이었다.

청풍의 눈이 스르르 감겼다.

공명결, 심어라고 했던가. 마치 남강홍의 상단전과 청풍의 상단전이 직접 공명하고 있는 느낌이다. 폭포수처럼 흘러들어 와 많은 것을 남기고 사라진다.

길은 확실히 새겨졌지만 그 길은 너무도 복잡하고 너무나 어렵다.

그것을 얼마나 활용하는가는 청풍 자신에게 달린 것. 청풍은 그제야 본인에게 달렸다는 남강홍의 말을 완전하게 이해할 수 있었다.

"공명결의 성취는 따로 보지 않겠습니다. 하지만 염화인(炎火刃)의 완성은 서둘러야겠지요. 염화인은 화마(火魔) 칼날, 사방신검의 무공 중 가장 위험하고 가장 난폭한 무공입니다. 염화인 연공을 위한 대련, 내일부터 시작하겠습니다."

*   *   *

"이야기 들었소?"

"무슨 이야기 말이지요?"

"다시 강호로 나왔다 하오."

"누가······?"

"청룡검과 적사검, 강의검을 지니고, 더하여 주작검까지 얻었다고 하더군."

"···청풍··· 말인가요?"

연선하의 안색이 변하는 것을 보는 장현걸은 씁쓸한 마음을 감추지 못했다.

"그렇소."

"그는 괜찮나요? 지금 어디에 있지요?"

연선하의 질문은 빨랐다.

청풍을 걱정하는 마음이 그대로 드러난다. 하지만 장현걸은 그녀의 궁금증을 풀어줄 수가 없었다.

"모르오. 정확한 소재를 아직 잡지 못하고 있소."

장현걸의 대답은 그러했다. 그의 대답에 연선하의 고개가 가로로 움직였다.

개방이 그 정도도 파악하지 못하냐는 듯한 눈빛이다. 그 눈빛을 직시하는 장현걸의 두 눈에도 짙은 어둠이 깃들었다.

"믿지 못하겠다는 얼굴이로군. 나는 들은 대로 말했을 뿐이오."

"하지만······."

"하지만이라니! 잘 알고 있지 않소! 내게는 그의 행적까지 쫓을 여유가 없소. 나는 다만 당신이 궁금해할 것 같아 말해 주러 온 것뿐이오."

갑작스레 격앙되어 버린 장현걸의 목소리다.

놀란 얼굴의 연선하.

그녀의 표정을 보는 장현걸이 도리어 한숨을 내쉰다. 울화통이 터진다는 듯한 몸짓을 하며, 하늘을 쳐다보고는 이내 나직한 목소리로 말을 이었다.

"대체… 대체, 그는… 당신에게 무엇이오?"

흘러나오기 시작한 말은 이미 멈출 수가 없다. 감추어두고 막아두었던 감정이, 무너진 마음의 벽을 따라 봇물처럼 터져 나오고 있었다.

"대체 무엇이기에 그와 같은 얼굴을 하고, 그처럼 걱정을 하는 것이오?"

장현걸의 말에 연선하는 더 더욱 놀란 표정을 지었다.

당황한 얼굴, 연선하가 머뭇거리며 대답했다.

"그는… 제 사제예요. 동문이죠……. 걱정하는 것이… 당연한 것 아닌가요?"

"당연하지! 하지만 달라! 당신이 그를 생각하는 마음은 분명히 다르오!"

"무슨 말인지 모르겠군요. 대체 무엇이 다르다는 이야기죠?"

"스스로도 잘 알고 있을 것이오."

"하! 대체 무슨 말을 하고 싶으신 건데요!"

멈추어 있던 감정이 움직이기 시작한 것은 연선하에게 있어서도 마찬가지였다. 서서히 붉어지는 얼굴이다. 그녀의 목소리도 이제는 높게 올라가 있었다.

"매한옥! 그도 당신의 사제요. 하지만 그에게 하는 것과는 분명하게 달라! 감정의 깊이가 다르오!"

"물론 다르죠! 매 사제는 매화검수예요. 내가 그처럼 걱정할 이유가 어디에 있겠어요!"

"그것이 이유가 된다고 생각하시오?"

"이유가 되죠. 당연한 것 아닌가요! 매 사제는 소요관을 통과했고, 문파의 명예를 짊어졌어요. 매화검수와 보무제자의 차이만큼, 걱정하는 깊이도 달라질 수밖에 없는 것 아닌가요!"

"하! 재미있군. 매화검수와 보무제자의 차이라니!"

장현걸의 감정은 정점을 향해 치닫고 있었다. 그가 소리쳤다.

"그놈은 매화검수의 수준을 예전에 넘어섰어! 그걸 모르는 것이오? 이미 석가장에서 그는 나나 당신보다 위에 있었소! 그건 이미 보무제자가 아니지. 그런 것으로는 설명이 되지 않아!"

장현걸의 말은 결정적인 힘을 가지고 있었다.

그의 말.

보무제자를 예전에 넘어서 버린 청풍을 말한다.

연선하가 염려하지 않아도 그 혼자서 이 강호를 질주할 수 있는 무인을 말하고 있다.

그럼에도 걱정한다.

그럼에도 불안해한다.

장현걸의 말처럼, 매화검수이고 아니고로 설명할 수 있는 문제가 아니다. 가볍게 떠올려 말한 그녀의 말에는 어떠한 설득력도 깃들어 있지 못했다.

"…그래요. 그렇다고 해요. 그래서, 그렇게 걱정하는 이유를 내가 당신에게 설명해야 할 필요가 있나요?"

연선하의 목소리는 혼란스러운 마음을 그대로 드러내고 있었다. 반문하는 그녀의 목소리가 가볍게 떨려 나왔다.

"설명해야 할 필요가 있지."

대답하는 장현걸. 그의 목소리는 그저 단호하기만 했다.

워낙에나 단정적이기 때문이었을까.

연선하는 아무런 말을 하지 못했다. 그저 다음 말을 기다릴 뿐이다.

"내가 알고 싶으니까."

장현걸은 잠시 말을 멈추었다.

말을 멈추고 연선하의 눈을 바라보았다.

"당신의 생각을 원하니까. 그가 당신에게 어떤 존재인지 알고 싶은 것처럼, 내가 당신에게 어떤 사람인지 알고 싶기 때문이니까."

거기에 담겨 있는 의미는 너무도 뚜렷했다.

장현걸은 연선하에게 끌려가고 있는 자신의 마음을 이야기한다. 지나치게 뚜렷하기에 도리어 연선하는 자신의 귀를 의심할 지경이었다.

"그런… 말을 한대도……."

당혹스러움이 그대로 드러나는 말이다.

마주 보는 두 사람.

결국 마음속에 있는 말을 토해냈다는 사실에 시원함을 느끼는 듯, 장현걸의 얼굴은 점차 평온함을 되찾고 있다. 그의 얼굴이 편해지면 질수록 연선하의 얼굴은 점점 더 혼란으로 가득 찬다. 얽히고설킨 인연의 끈이 다시 한 번 꼬이는 순간이었다.

*   *   *

청풍은 산동성에 도착했다.

굉장한 속도였다.

강서성에서 산동성까지 걸린 시간이 불과 십 일 남짓이다. 기마를 타고 온종일 달린다 해도 산 넘고 물 건너다 보면 순식간에 넘겨 버릴 시간이었다.

"공명결은 아직 멀었고……. 하지만 염화인은 괜찮군요."

청풍의 몰골은 말이 아니었다.

옷가지가 성치 않아 너덜너덜해진 것은 물론이요, 이곳저곳에 베인 상처까지 생겨 있다. 인정사정 봐주지 않던 남강홍 때문이다. 하루에 한 시진, 주작검을 빼앗아 들고서 거칠 것 없이 쳐들어오는데, 몇 번이나 죽음의 위기를 넘겼는지 모른다. 수련이라 했는데, 그러다가 죽어도 상관없다는 기세였다.

맞서서 살아나려면 하루라도 빨리 배우는 수밖에 없었다. 그나마 화천작보의 대련 때와는 다르게 청룡검으로 방어를 할 수 있었으니 버텼지, 방어가 허용되지 않고 피하라고만 했다면 일찌감치 불귀의 객이 되었을 게다.

생사의 경계에서 배우는 무공이다.

방어는 청룡검으로, 눈으로는 염화인의 투로를 살피며 초식의 응용을 깨우쳤다.

반격은 오로지 같은 염화인으로만 해냈다.

염화인.

염화인은 연환검, 염화인은 그 이름처럼 검날의 불꽃이었다.

격렬하고 드센 검격이 쉴 틈을 주지 않고 나아간다. 일타 일격이 지금껏 보아왔던 그 어떤 무공보다도 살벌했다.

"일단 여기까지 하겠습니다. 공명결이 갖추어지지 않으면 주작살(朱雀殺)은 나오지 않아요. 염화인도 그렇습니다. 백 명쯤은 더 죽여봐야 쓸 만해지겠지요."

남강홍은 웃으며 사라졌다.

헤어지는 뒷모습.

청풍은 또 하나 깨닫는다.

을지백, 천태세, 남강홍.

이들은 청풍 외에 다른 사람과의 접촉이 없다.

청풍이 다른 사람을 만나야 할 때가 되면 어딘가로 자취를 감춘다. 왜 아직까지도 의식하지 못하고 있었는지 의문이 들 정도였다.

예외도 있기는 했다. 단 한 번, 청풍이 육극신에게 쫓기고 있었을 때다. 하지만 그 이후, 을지백은 다시 나타나지 않았다.

어디서 무엇을 하고 있는지, 또한 어떻게 청풍을 찾아오는 것인지 알 수가 없다. 알고자 캐물은 적도 없지만 이제 와서 돌아보면 이해 못할 신기한 일들을 잘도 받아들여 왔다는 생각이 들었다.

청풍은 상념을 털어내며 마을로 돌아가 옷부터 장만했다. 얇은 백삼 도복에 장삼은 걸치지 않았다. 간편한 복장, 새로운 기분으로 화산파 산동지부로 향했다.

"일이 잘된 모양이군."

이지정은 청풍을 반갑게 맞아주었지만 그 얼굴은 그다지 밝지가 못했다.

화산과 무당, 철혈련의 싸움 때문일 것이다.

난전으로 얽히고 있는 것도 문제였지만, 화산의 이름이 무당에 눌리고 있다는 것이 더 큰 문제다. 이렇게 되면 싸워서 이겨도 얻을 것이 없다. 인력 손실과 자금 손실이 지대한 지금, 끝난 후 남는 것이 무당파보다 아래라는 평가라면, 차라리 싸움을 안 하니만 못하다. 그렇다고 이제 와서 투입한 무인들을 되돌릴 수도 없으니, 전전긍긍이다. 마땅한 대책이 없는 것이었다.

"어떻게 되었습니까?"

"상황이 매우 안 좋아. 전력상으로는 철혈련을 압도하고 있지만, 대부분 무당파의 주도 하에서야. 지략에서도 무공에서도, 분하지만 이쪽에서는 무당파에 내세울 만한 사람이 없어."

같은 구파다.

어차피 한 목표를 향하여 돕고 있으면, 어느 쪽이 주도하고 있든 상관없는 것이 아닌가.

그것이야 청풍 생각이다. 같은 구파일방이라도 앞서 가고 싶은 자존심이 있으며, 뽐내고 싶은 명예가 있기 마련이다.

게다가 화산은 문파의 기강 자체가 그러하다. 천화관이 그렇고 소요관이 그렇듯, 어릴 때부터 제자들 사이에 경쟁심을 부추기고 커서는 최고를 지향하게 만든다. 승패와 우열에 연연하는 것이 당연한 문풍, 지금 같은 상태는 화산에 있어 최악의 상황이나 다름없는 것이다.

"하면……."

내키지는 않았지만, 정 그렇다면 청풍 자신의 힘이라도 보태야 할지 모르겠다. 그러나 그의 마음을 읽은 이지정이 고개를 설레설레 흔들며 말했다.

"그럴 것까지는 없네. 자네가 가도 달라지는 것은 없을 거야. 지금 철혈련과의 싸움은 굉장히 효율적으로 돌아가고 있다네. 무당이기(武當二奇)라 불리는 두 사람 덕분이지. 그들의 활약이 눈부셔. 달리 손을 쓸 필요가 없을 정도야. 지금 자네가 가보았자, 어차피 그들의 지시대로 움직이게 되겠지. 그럴 바에는 도리어 가지 않는 편이 좋을 걸세."

이지정의 생각은 오로지 화산파의 명예를 드높이는 것에 맞추어져 있다. 청풍에게 크나큰 기대를 걸고 있으니, 어지러워진 흙탕물에서 명성을 낭비하지 말라는 뜻이다. 이미 무당파 쪽으로 기울어진 대세, 청풍이 가서 역전시켜 줄 수 있으면 좋겠다만 그러기엔 너무 늦은 까닭이었다.

"……."

"사실은 이런 식으로 이야기하면 안 되는 것인데……. 문파의 싸움이고 무림맹의 싸움이라면 응당 달려가야 한다고 말하는 것이 옳겠지. 그렇지만 그것이 또 이 강호의 이치인 것을. 내 개인적인 생각이지만, 철혈련과의 싸움은 자네가 낄 곳이 아니라네. 본산에서는 이미 화산파 전력의 보존을 검토하고 있는 눈치지. 장문인께서 직접 나서시지 않는 것도 그래서고."

전력의 보존이라 한다면, 무인들을 물리지는 않되 더 이상 위험한 싸움에는 참가시키지 않겠다는 뜻이다.

가장 선봉에서 자발적으로 용맹을 떨치고 있는 이들은 어떻게 하는가.

그들은 그대로 둔다. 문파의 명예를 위해 죽어주면 그만이기 때문이다.

장기판의 졸.

커다란 싸움이란 항상 그렇게 이루어지는 법이다. 청풍은 그 같은 싸움의 실체를 피부로 느끼면서 천하무림 비정강호의 생리를 다시 한번 깨달았다.

"아, 그리고 부탁한 것에 대해서 말인데……."

이지정이 탁자에 쌓여진 수많은 문서들에 손을 뻗어 몇 장의 종이를 추려냈다. 청풍의 부탁, 서천각의 힘을 빌려달라는 이야기. 청풍의 눈이 반짝 빛을 발했다.

"먼저 현무검……. 현무검은 정확한 위치가 파악이 안 되고 있다네. 성혈교 총단이 유력하다고 생각했었는데, 다시 알아보니 그게 아냐. 성혈교가 지니고 있되, 성혈교가 위치해 있는 귀주성에는 없다고 추정되네."

"귀주성에 없다면……."

"인접한 사천성이 유력하지. 현무검을 사천에서 보았다는 사람이 있으니까."

"직접… 말씀이십니까?"

"그렇다네."

"대체 누가……?"

"이름은 몰라. 술사(術士)들 사이에서는 최근 들어 환신(幻神)이라고까지 불리고 있다더군. 천하의 기물들을 쫓고 있다고 알려졌네. 그런 그가 현무검을 말한다면, 믿을 만하다고 사료되지."

"결국 정확한 위치는……."

"그래, 모른다는 말이다. 안 좋은 소식이지. 거기까지가 현재 서천각의 한계라네."

현무검의 위치는 파악이 안 되었다.

그렇다면 다른 것은 어떨까.

"다음으로… 흠검단주. 숭무련 흠검단주의 행방을 물었었지?"

사라져 버린 흠검단주에 관한 사항이다.

입을 여는 이지정의 얼굴, 청풍은 거기서 이 부탁의 성과 역시 부정적이라는 것을 직감할 수가 있었다.

"흠검단주에 관한 사항, 팔황에 관한 사항은 접근 자체가 극비라네. 따라서 거기에 대한 것은 기본적으로 사람을 운용하기가 쉽지 않아. 그래도 어찌 어찌 하여 한 가지 사실은 알아낼 수가 있었지."

"……?!"

"장강이네. 흠검단주는 장강 어딘가에 있어. 심귀도로 흘러간 후, 흠검단주는 다시 모습을 드러내지 않았네. 한 사람이, 그것도 흠검단주 같은 자가 마음먹고 사라지기로 결심했다면 그것을 추적하기란 불가능에 가깝겠지. 하지만, 거기엔 다른 자들도 있었다네."

"심귀도……."

"그렇지. 심귀도에 있던 사람들 말이네. 그들은 흠검단주와 함께 없어졌고, 그 일대부터 멀리까지 심귀도의 인물로 짐작되는 사람들은 육지의 어디서도 발견되지 않았어. 그 말은 곧, 수로를 따라 움직였다는 말이 되지."

일리가 있는 말이었다.

모든 선착장을 다 뒤지는 것이야 불가능하겠지만, 서천각의 능력이라면 전부는 아니라도 그에 근접할 정도까지는 가능하다.

그러한 정보력에 걸려들지 않았다는 것은 결국 수로 어딘가를 통해 움직였다는 말이 된다. 강의 지류를 타고 먼 거리를 이동했거나 아니면 그 일대 다른 섬에 숨어들었거나.

"그렇게 수로를 거슬러 가다가 새로운 사실 하나를 알아낸 것이 있었네. 그것이야말로 내가 자네에게 줄 수 있는 유일한 낭보(朗報)라 할 수 있겠지. 현무검도, 흠검단주도 찾지 못했지만, 다른 것이 걸려들었다네."

"그것이 무엇입니까?"

이지정은 잠시 말을 멈추었다. 유일하다는 말처럼 처음으로 환한 표정을 지어 보였다.

"백호검. 백호검에 관한 정보라네."

바깥으로 나와 석양을 받는 청풍은 주작검과 청룡검을 내려다보았다.

'백호검……!'

되뇌이는 그 이름이다.

마음속에 묘한 여운을 남기는 이름, 백호검.

백호검은 사방신검 중 최초로 그와 인연을 맺었던 검이다.

운명처럼 만나 검자루를 쥐던 순간과 을지백에게 무공을 사사하던 순간들, 백호검주로 육극신을 찾아가던 순간들이 주마등처럼 아련하게 떠올라 흩어졌다.

이지정은 말했다.

장강에 백호검이 있다고.

육극신과의 싸움에서 잃게 된 백호검이니 당연히 장강의 비검맹에 있을 것이라 생각하고 있었기는 해도, 막상 그곳에 있다 이야기를 들으니 부동심을 유지하기가 무척이나 힘들었다.

게다가 이지정은 이야기하지 않았던가.

백호검은 새로운 주인을 만난 모양이라고.

"한참 전부터 백호검이 아니냐는 추측이 나오고 있었는데, 지금은 거의 확실하게 백호검이라 생각되고 있다네. 광혼검마(狂魂劍魔)라 불리는 검귀가 그 주인이지. 비검맹 소속이고 육극신의 최측근이라 알려져 있네."

육극신이 아니라 다른 자다.

누굴까.

설마 하니. 설마 하니, 광혼검마라는 자는 을지백이 아닐까.

그래서 청풍은 물었다. 그 광혼검마가 어떤 자냐고.

"전혀 알려진 적이 없는 자라네. 중년 남자인데 광장한 발검술을 구사한다고 하지. 성정이 폭급할 뿐 아니라 맞서는 자에게 자비가 없고, 무공도 엄청나게 고강하여 비검맹의 새로운 강자로 떠오르고 있다네."

을지백을 절로 연상시키는 말들이었다.

청풍은 들끓는 마음을 어렵사리 억제했다.

성정이 폭급하고 자비가 없는 무인이 한둘이던가. 당장이라도 달려가고픈 마음을 누르기 위하여 운기까지 해야 할 정도였다.

"결국은 장강이란 결론이 나오지. 하지만 장강은 넓어. 확실한 위치를 찾기 위해서 아직 좀 더 기다려야 할 듯싶네. 어디 점쟁이라도 있어서 기점을 찍어주면 좋으련만."

이지정의 말을 되짚어 떠올리던 청풍은 여기까지 이르러 퍼뜩 떠오르는 생각이 있었다.

장강은 넓다.

찾는 것이 어디 있는지 명확치 않다.

이지정은 점쟁이를 말했다. 점술사(占術士).

청풍은 집무실로 달려가 다시 이지정을 찾았다.

"만불통지······. 만통자(萬通者)라고 아십니까?"

"만통자라면··· 천하에 달통치 못한 것이 없다 자처하는 그 강호기인을 말함인가?"

"그렇습니다."

"물론 알고 있지. 무공이 강한 것은 둘째 치고, 천하의 고인(高人), 고수들과 친분이 두텁다고 알려져 있네. 복자(卜者)로서의 경지도 대단하다더군."

"그래서··· 한 가지 부탁을 더 드려야겠습니다."

"부탁이라면··· 만통자에 관한 일인가?"

"예. 만통자, 그분을 뵙고 싶습니다."

"그것이라면 그리 어려운 일은 아니네. 정해진 거처는 없지만 행적을 숨기면서 다니는 자가 아니니까. 한데 어인 일로······?"

"점쟁이를 말씀하셨지요. 하여, 그분께 여쭈어볼 생각입니다."

"점술(占術)로?"

"예."

태연하게 답하는 청풍에 꽤나 당황해하는 얼굴이다. 아니, 어이가 없는 표정이라는 편이 옳겠다.

"만통자와는 본래 친분이 있는가?"

"친분이라고 하기까지는 어렵지만 안면은 있습니다."

"안면이라······."

이지정이 고개를 설레설레 저었다. 이런 것은 또 처음이다. 서천각에서 파악하지 못한 것을 알기 위해 복자를 찾는다라······. 전례없는 일인 것은 분명했다.

"후우… 일단은 알았네. 최대한 빨리 찾아보지. 하지만, 반드시 좋은 결과를 얻을 수 있어야 할 거야. 서천각으로서도 자존심이라는 것이 있으니까."

"알겠습니다."

만통자에게 든다.

청풍에겐 예감과도 같은 확신이 있었다. 그에게는 청풍이 원하는 것이 있다. 이전까지는 만통자가 청풍을 찾아왔지만, 이제는 그가 찾아간다. 분명히 얻는 바가 있을 것이리라.

"아, 그리고 말인데……."

청풍이 고개를 숙이고 물러나려 할 때다.

이지정이 탁자 위에서 종이 몇 장을 꺼내며 청풍을 불러 세웠다.

"그… 육극신과 백호검에 대한 것 말이네."

"…예, 말씀하십시오."

"백호검이 육극신 곁에 있다면… 솔직히 역부족이지 않을까 하네만."

이지정의 지적은 잔잔한 가운데 날카로운 구석이 있었다.

육극신은 초절정고수다. 백호검을 지니고 있다는 광혼검마가 어떤 자일지는 모르지만 지금 시점에서 육극신과도 부딪치게 된다면 그 결과는 자명할 뿐이었다.

"역부족, 그렇겠지요."

청풍은 무공의 부족을 시인했다.

일신의 무공이 진보하면 진보할수록 육극신과의 차이를 더욱더 뚜렷이 알 수 있다. 아직도, 아직도 그를 이기는 것은 무리였다. 하지만······.

"그러면 어쩌려고 그러는가?"

"달리 방도가 있을 겁니다."

이지정의 안색은 곱지 못했다. 그가 꺼냈던 종이들 중 한 장을 펼쳐 들며 말했다.

"직접 부딪칠 생각이군."

청풍은 부인하지 않았다.

어떻게든 마주쳐야 할 상대이기 때문이다. 이번이든 언제든 그저 미룰 수만은 없다. 백호검만이 그 이유가 아니라, 사부님의 과거도 얽혀 있는 까닭이었다.

"자네가 지금 가서 육극신과 겨룰 생각이라면··· 나는 반대네. 장강으로 가는 것 자체를 막고 싶을 정도야."

마음 깊은 곳에서 나오는 진심이었다.

이지정의 눈빛과 청풍의 눈빛이 허공에서 맞부딪쳤다. 걱정 어린 눈빛, 청풍은 어찌 받아내야 할지 곤란함을 느꼈다.

그때였다.

단영검객 송현이 안으로 들어오며 같은 말을 했다.

"나 역시 이 사제의 생각과 같다네. 나 역시 함부로 가라고 이야기를 못하겠어. 육극신은 위험한 자야."

송현의 목소리는 무거웠다. 이지정의 옆으로 다가와 그 앞에 펼쳐진 종이를 받아 든다.

오래된 종이. 서천각 장서고 한구석에서 꺼내온 과거가 그 종이 안에 있었다.

"백호검에 관한 것은 이 사제에게 이미 들었네. 하지만 자네가 그곳에 가려는 것은 그 이유뿐이 아니겠지?"

청풍은 송현의 말에서 한 가지 사실을 직감할 수 있었다.

당연하다면 당연한 일일까.

이들은 알고 있다. 청풍의 사연을, 청풍의 사부 선현 진인과 관계된 사건들을 이들은 알고 있는 것이다.

"자네 사부에 대한 복수 때문이라면 아직은 이르지 않나 싶네. 육극신의 무공이라면 이미 한 번 겪어보았다고 들었네만."

"…예, 겪어보았었지요."

"저번에는 용케도 살아왔다지만 이번에 또 싸운다면 다시는 돌아올 기회가 없을 걸세. 잘 생각하는 것이 좋을 게야. 그런 자에게는 한 번이고 두 번이고 도전할 수 있는 것이 아니니까."

청풍의 눈이 번쩍 기광을 발했다.

송현의 말에는 틀린 점이 없었다.

이번에 다시 덤빈다면, 그때처럼 검 하나 잃는 정도로는 끝나지 않으리라.

저번 같은 요행은 기대하기 힘든 것이다. 그러나 청풍의 신경을 자극한 것은 그런 것이 아니었다. 송현의 어조에 담긴 묘한 느낌, 무엇인가 더 있다. 사부님과 육극신에 관한 것은 단순한 비무와 복수로 끝나는 것이 아니다. 예전에 장현걸이 남겼던 여운처럼, 감추어져 있는 것이 더 있는 느낌이었다.

'그래서……'

그래서 더욱 가야 한다.

"그래도 가야 합니다."

청풍의 눈빛이 가라앉았다. 뇌리를 스치고 지나간 의문에 대해서는 일부러 언급하지 않았다. 이들은 청풍에게 힘이 되어주는 사람들이다. 연선하 이후 처음으로 사문을 느낄 수 있게 해주는 분들이었다. 그런 분들에게 괜한 의심은 아니 될 일이었다. 행여나 그 의심이 감당 못할 진실을 품고 있다 해도, 함부로 입 밖에 내는 것은 도리에 맞지 않는 것이다.

"후우……. 그런 건가. 정 그렇다면 어쩔 수 없겠지. 대신 육극신과는 되도록이면 싸우지 말도록 하게. 나도 달리 준비를 해놓겠어."

무엇을 준비하겠다는 것인지는 모른다.

청풍은 그것도 묻지 않았다. 지금은 그저 백호검과 육극신에 대한 생각만으로 머리가 가득할 뿐이다. 송현과 이지정도 청풍의 심경을 알아챈 듯, 더 이상 다른 이야기는 하지 않았다. 포권을 하고 물러나는 청풍, 그의 눈에 강한 결심이 반짝이고 있었다.

*　　　　*　　　　*

연선하는 놀랐다.

장현걸의 이야기를 듣고 청풍에 대해 알아본 결과, 서천각 일각에서 청풍과 관계된 움직임이 포착되고 있었기 때문이다.

거점은 산동지부였다.

단영검객 송현과 지운검객 이지정이 관여한 일이다. 두 사람 모두, 화산파에서 손꼽히는 실력파이며, 인망도 두텁다. 산동성, 본산과 그렇게 멀리 떨어진 곳에 자리를 잡았으면서도 화산의 이름을 드높이는 데 혁혁한 성과를 올리던 분들이었다.

'지원해 주고 있어. 대체 어떤 인연으로?'

더욱더 놀라운 사실은 서천각의 힘이 청풍을 지원하는 쪽으로 돌아가고 있다는 사실이었다. 결정적인 것은 산동성에서 호광성으로 이어지는 관도에 떨어진 명령이다. 형산까지의 서천각 지부 전체가 청풍으로 짐작되는 청년에게 무적낭인 귀도(鬼刀)에 대한 정보를 제공하기로 되어 있었다. 상당히 큰 명령임에도 워낙에 은밀하게 진행되었던 데다가, 일 처리가 굉장히 깔끔하게 이루어졌기에 전혀 주의를 기울이지 못했었다. 실무(實務)와 지모(智謀)에 있어 서천각 최고를 논한다는 지운 검객 이지정의 능력이 거기에 있었다.

'산동성. 사제가 마지막으로 사라진 곳이 바로 산동성이었다. 그렇게 자취를 감출 수 있었던 것도 그분들 덕분인가?'

연선하는 산동지부에 관한 자료들을 살펴보며 이내 고개를 저었다. 산동성이 청풍과 관계된 일로 움직이기 시작한 것은 올해 봄부터다. 그전까지는 아무것도 없다. 청풍의 흔적이 전혀 감지되지 않았다.

'사제가 강호로 나온 것은 결국 이번 봄부터가 되겠어. 그렇다면 나오자마자 산동지부로 찾아간 것인가?'

틀림없다.

청풍은 어딘가에 숨어서 무엇인가를 준비했고, 준비가 끝난 후 강호로 나왔다. 돌아보면 항상 그랬다. 사라져 있었던 동안에는 무공이든 정신이든 굉장한 성장이 있었고, 그런 후에는 어김없이 굉장한 일을 벌여놓았다. 이번에는 주작검. 호남 지역과 강서성 남부 지역에서는 벌써부터 청홍무적검이라는 이름이 알려지고 있는 상태였다.

'산동지부를 찾아서, 서천각을 동원했다. 그래서 정보를 얻었고 주작검을 손에 넣었어. 세상에! 이제는……'

손이 닿지 않는 곳까지 가버렸다.

청풍은 강하다. 제멋대로 커져서 날개를 펴고, 붉은 구름을 따라 멀어진다. 연선하는 창밖으로 비쳐드는 노을에서 붉은 영웅의 환상을 보았다.

'주작검……. 중간이 빈다. 보름에서 한 달, 어딘가로 움직였어. 귀도의 정보가 산동지부에 들어간 것은 사제가 산동지부를 찾아간 지 한참 후다. 그사이에는…….'

연선하의 손과 손이 책상에 가득 쌓여 있는 문서 위를 누볐다.

장거리 이동을 위한 죽간이 치워지고, 겹겹이 접혀 있는 종이들이 펼쳐진다. 그러다가 한곳, 서초(瑞草) 매가장(梅家莊)의 이름에 이르렀고, 그 어지러운 손놀림이 딱 멈추었다.

'매가장. 매한옥!'

최근에 들어온 정보다.

매가장에 관한 문서, 거기에는 현 매가장의 근황에 덧붙여 '매가장의 매한옥, 회복 가능성'이라는 짧은 어구가 추가되어 있었다.

'이것이다. 다녀갔어!'

연선하의 추측은 직감에 가까웠다. 즉흥적인 연상이 근거를 찾고, 이야기를 만들어간다. 그녀의 눈이 대외 비밀문서 중, 서천각 산동지부의 명령 목록을 훑어냈다.

'매가장에 관한 정보. 특기(特記) 매한옥.'

특별히 매한옥에 관한 정보를 요청하는 대목이다.

산동지부, 매가장, 주작검.

청풍의 행보가 윤곽을 드러내고 있었다.

'매 사제에 대한 정보가 필요하겠어. 지금 어디에 있는지, 과연 옛 모습을 되찾았는지.'

연선하는 앞으로 할 일에 매한옥에 관한 사항을 추가했다.

철혈련과의 싸움이 한창인 이때, 이런 일을 할 때가 아니었지만 저절로 손이 간다.

청풍에 대한 개인적인 감정 때문만은 아니었다. 연선하는 이 일이 어쩌면 훗날 문파의 대사(大事)가 될지 모른다는 예감이 들었다.

청풍에 관한 다른 사항을 찾아보았지만, 제대로 된 정보는 보이지 않았다. 철혈련과의 싸움 때문에 서천각의 기능이 편중된 까닭이다. 게다가 호광성에서도 호남 지역, 그리고 강서성 남부 지역이라면 화산파의 영향력이 가장 작은 지역이기도 했다. 달려들어서 수소문하지 않고서야 특별한 정보가 있을 리 없었다.

'잠깐… 이것은……?'

다시 대외 비밀문서 쪽으로 돌아가 서천각의 명령 목록을 살피던 중, 연선하는 예상치 못했던 것 하나를 발견했다. 전혀 생각지도 않았던 것. 한참 동안 떠올린 적도 없었던 이름이다. 이 이름이 왜 서천각 명령 목록에 들어 있는지 절로 의문이 들었다.

'하운(夏雲)……. 이 이름이 왜……?'

마치 그 이름만 종이 위로 돌출된 것처럼, 그녀의 눈에 새겨지듯 비쳐들고 있었다.

화산 제자 하운과 접촉 요망, 그것도 산동지부 명령이 아니라, 하남지부에서 떨어진 명령이다. 하지만 하남성은 산동성의 바로 옆, 연선하는 두 곳의 이름을 따로 떨어뜨려 생각하기가 힘들었다. 명령의 출처는 하남성이지만, 그 뒤에 산동성이 있을 것 같다. 지운검객 이지정과 단영검객 송현의 주도면밀함이 그녀의 뇌리를 스쳤다.

'하운… 하운…….'

재능으로는 하나같이 남부러울 것 없는 매화검수들 중에서도 천재라는 소리를 듣던 남자였다. 철기맹과의 첫 번째 싸움에서 단 한 번 불행한 실책으로 매화검수 자격을 박탈당한 비운의 검사. 그 이후로 어디에서 무엇을 하는지 들어본 적 없던 이가 여기 이 목록에 있다. 이제 와서. 대체 무슨 이유로.

'하운. 그의 자격 박탈은… 그 녀석과도 관련이 있었지.'

거기에도 청풍의 존재가 있다.

하운, 매한옥, 그리고 청풍.

세 사람 모두 화산파에서, 적어도 장문인께는 버림받은 이들이나 다름없다. 그런 세 사람의 이름들이 있는데, 여기에서 무엇을 느끼지 못한다면 바보다.

무엇인가 돌아가고 있었다.

아무도 모르는 곳에서.

단영검객 송현. 그리고 지운검객 이지정.

허튼짓을 하실 분들이 아니지만, 그냥 모른 채 넘어가기에는 사안이 가볍지 않았다. 다른 사람에게는 어떻게 느껴질지 몰라도, 연선하에게는 그 이름들이 결코 쉽게 넘길 수 없는 의미였던 까닭이었다.

                    *   *   *

"오랜만에 뵙습니다."

"후후후. 그렇구나. 이전에는 어떤 녀석일까 궁금해서 찾아갔었는데, 이제는 그때의 미적지근했던 젊은이가 오히려 나를 찾는다라 …….
재미있다, 재미있어. 그래서 세상은 알기 어려운 게지. 무불통지(無不通

知)이나 또한 만난통지(萬難通知)라는 것이다."

만통자는 전혀 변하지 않은 얼굴이었다.

십 년 전에도, 십 년 후에도 그 모습 그대로일 것 같다. 세월이 새겨진 채, 그대로 못 박힌 얼굴이었다.

"그래, 홍검을 얻었군. 주작(朱雀)은 병오(丙午)의 화신으로 초풍신(招風神)이라고도 한다. 한여름에 왕하는 흉장(兇將)으로 양의 극치다. 구설과 형전의 신으로, 지득하면 명성와 지위을 얻으며 실하면 화재와 재병(災病)에 시달린다. 주작은 또한 재주와 기술의 신이다. 많은 것을 주고 많은 것을 빼앗길 수 있다. 운명은 천명이며 인사일지니, 정진, 오직 정진뿐이 지득을 위한 길이리라."

내용은 다르지만 어투는 같다.

미래를 이야기하는 만통자다. 흉사는 피하고, 바른길을 가라는 충고다. 완전히 이해하기는 힘들어도 지복을 바라는 그의 말에 청풍은 엷은 미소를 떠올릴 수밖에 없었다. 그런 그를 보는 만통자가 마주 웃음을 지었다.

"좋은 얼굴이다. 그때 보았던 젊은이가 아니야. 아직 왕성해지지는 않았지만 다른 운수도 엿보이고 있어. 들어볼 텐가?"

"예. 물론입니다."

"현무는 계해(癸亥)의 수신(水神)으로 음위(陰位)의 극(極)이며 만물의 끝이다. 동 삼월에 왕하는 흉신(凶神)으로 진무대제의 다른 모습을 받아 귀기(鬼氣)를 품고 있다. 만물을 두렵게 하는 막강한 신(神)이니, 사방신들 중 가장 크게 떠받들어지는 귀장(鬼將)이다. 지득하기까지는 많은 고난이 따르고, 죽음을 실감하게 될 것이다. 각오하는 것이 좋을 것이야."

청풍의 눈이 번쩍 빛났다.

현무에 대한 이야기까지 들을 줄은 몰랐다. 단서는 조금도 없다. 하지만 만통자가 그런 이야기를 한다는 것은 그것을 얻을 기회가 가까이 왔다는 것을 뜻한다. 지금까지 그래 왔듯 말이다.

"그래, 일부러 나를 찾은 이유가 그런 것은 아닐 테고, 달리 원하는 것이 있을 텐데?"

만통자는 대번에 청풍의 의도를 알아채고 있었다. 세월로 얻어진 안목이다. 만통자의 질문에 청풍이 고개를 숙이며 말했다.

"예, 사실은 알고 싶은 것이 있습니다."

"복자를 불렀으면 당연히 그런 이유 아니겠나. 무엇을 원하지?"

화통하게 말하는 만통자다. 청풍이 말을 이었다.

"찾고자 하는 사람과 찾고자 하는 물건이 있지요. 그런 것을 아는 것도 가능합니까?"

"아주 못할 일은 아니지. 한데, 화산 서천각으로는 안 된다던가?"

"어려운 모양입니다."

"허, 그것참. 서천각에서 어렵다고 나를 부른다라. 이런 일은 또 처음이로구만!"

만통자는 무척이나 기분이 좋은 듯 보였다.

구파가 점복을 원한다면 대사(大事)의 길일(吉日)이나 풍수(豊水) 감여(堪輿), 인연과 운세를 묻기 위한 것이 전부다.

한데 청풍이 원하는 것은 그런 것이 아니다.

구파의 제자가 사람과 물건을 찾기 위해 점복에 의지한다는 것은 만통자에게도 색다른 기분을 불러일으키는 모양이었다.

"어디 보자, 그래, 찾는 사람이 누구인가?"

"흠검단주입니다. 숭무련의 무인이지요."

산반을 꺼내던 만통자의 얼굴이 딱 굳었다. 기분 좋아 보이던 표정이 순식간에 사라진다. 그가 되물었다.

"누구라고?"

"숭무련의 흠검단주 갈염이라 말씀드렸습니다."

만통자가 산반을 툭 내려놓았다.

숭무련의 이름을 듣자 태도가 달라진다. 흔쾌히 말했던 것과는 달리 마지못한 눈빛을 보이고 있었다.

"숭무련에 대하여 묻는다……. 나는 세상을 관망하는 사람일 뿐이다. 거기에 개입하고 싶은 마음은 없어."

"……."

잠시 망설이던 만통자다. 그가 어쩔 수 없다는 표정으로 말을 이었다.

"하지만 할 수 없군. 일단 물어온 것이니 답해줄 수밖에."

답해준다.

흠검단주라는 이름만 듣고도 그것이 가능한 것인가?

그렇다. 만통자는 평범한 복자가 아니다.

눈을 감고서 알 수 없는 진언을 외운다. 그의 전신에서 기이한 기운이 흘러나오기 시작했다.

이름만으로 사람을 찾을 수 있다면, 이미 그것은 단순한 점복(占卜)이라 볼 수 없다. 검에서 불을 뿜어 올리고 부적으로 조화를 부리는 것처럼, 세상의 이치를 훌쩍 뛰어넘은 무엇이 아니고서는 불가능한 일이었다. 놀라운 능력, 만통자가 한순간 진언을 딱 멈추더니 산반을 툭 팅기며 점괘를 늘어놓았다.

"물이 있다. 물이 있다. 수(水)가 겹치고 겹쳐 대강(大江)이다. 토(土)가 이어진다. 중원을 질러 질러 흐르는 큰 강이니 장강(長江)이다."

만통자가 다음 괘를 본다. 잠시 멈칫하고는 말을 이었다.

"곁에는 승(僧)이 있다. 승려는 승려이되 거꾸로 섰다. 운명이 강장하여 천명을 벗어난 이다. 장강의 물을 뒤엎고, 수류의 길목을 바꾸려고 하고 있다. 자네가 찾는 이는 그 승려이되 승려가 아닌 자와 함께 있다."

누구를 말함인가.

청풍의 눈에 의아함이 깃드는 것을 바라본 만통자가 손가락을 치켜들었다.

"자네는 그와 이미 스치는 인연을 가지고 있었다. 장강에 그런 자라면 단 하나밖에 없지. 생각해 보면 알 텐데."

꿰뚫어 보는 시선이다. 만통자의 손가락과 눈은 청풍을 향하고 있지만 그들이 머물러 있는 것은 청풍의 과거다. 청풍은 마치 그 시선에 동화된 것처럼 예전에 있었던 한 가지 사건을 떠올릴 수가 있었다.

'장강! 백무한!!'

뇌리를 스치는 이름이었다.

집법원 검사들에게 쫓기고 있던 당시, 소림절기들을 자유자재로 구사하면서 크나큰 도움을 주었던 남자가 그 기억 한가운데에 있었다. 집법원의 절정고수들을 한순간에 물리치던 막강한 무공과 천하에 이르던 기세가 떠올랐다.

"그렇다면… 흠검단주는 백무한과 함께 있는 것입니까?"

"그럴 것이다. 승(僧)은 지금 금(金)을 구하고 있지. 무기를 모으고 병란(兵亂)을 준비한다. 장인(匠人)이 또한 거기에 있어, 세 사람의 인연이 얽혀 있는 상태다."

장인.

당 노인이다. 청풍은 잃어버렸던 조각이 맞추어지고 있음을 느꼈다. 그것도 단숨에.

백무한은 비검맹에 원한이 있는 것으로 보였다. 비검맹과의 일전을 생각하고 있다는 것은 그와 이야기를 해본 사람이라면 누구나 알 수 있을 것이다.

사람을 모으고 병기를 모은다. 그 와중에 심귀도의 당철민을 알게 되었고, 그의 기술을 얻기로 했다. 천의(天意)를 품고 있는 백무한의 사람됨을 보았을 때, 당 노인의 성격상 백무한에게 힘을 빌려주기로 결정했을 가능성이 높았다.

비밀리에 심귀도로 향하는 백무한.

당 노인을 설득하고, 그가 지닌 막대한 병기술을 지원받는다. 흠검단주는 자연스럽게 당 노인과 함께하고, 백무한의 진영으로 거처를 옮기게 된다.

그 모든 것은 아무도 모르게 이루어졌을 것이다. 은밀한 밤을 틈타, 심귀도의 안개를 방패 삼고 하나둘 자취를 감추고, 당철민은 백무한의 거점에서 새롭게 장인으로서의 날개를 펼치게 되었을 것이다.

물이 흐르듯 자연스럽게 그려지는 그림이었다. 청풍은 흠검단주의 행방불명을 비로소 이해할 수가 있었다.

"장강……. 그렇다면, 백호검과 현무검은 어디에 있습니까?"

내친김에 한 걸음 더 나아간다.

청풍은 주저하지 않고 백호검과 현무검에 대해서도 물었다.

그러나 만통자의 대답.

굳어진 표정처럼 밝지 못했다.

"백호검은 장강에 있을 것이다. 하지만 거기까지다. 나는 이미 너무 많은 것을 가르쳐 주었다. 천기(天機)를 발설하는 자, 그 생이 결코 순탄치 못하다. 백호검과 현무검을 찾는 것부터는 인력에 의존하도록 하라. 만일, 그 다음에도 손이 닿지 않는다면, 그때가서 다시 만나도록 하지."

만통자의 점술은 분명, 저잣거리에서 퍼놓고 하는 단순한 점술이 아니다.

백호검과 현무검에 관한 진실도 일부러 가르쳐 주지 않는 느낌이 강했다.

하지만 천리는 거기까지다.

청풍은 흠검단주에 대한 실마리를 잡은 것으로 만족하기로 했다. 그만큼이라면 만통자를 만난 성과로 충분하고도 남은 까닭이었다.

*   *   *

연선하는 장현걸의 말을 듣자마자 청풍에 대한 정보를 모았다. 장현걸은 연선하의 얼굴만 보고도 대번에 그 사실을 눈치챌 수가 있었다.

"그래, 여전하군."

장현걸의 말투는 비틀려 있었다.

그 안에 담긴 감정은 명백한 질투다. 연선하는 그런 그의 목소리에서 도리어 왠지 모를 측은함을 느꼈다.

'약한 사람……'

연선하의 눈빛을 마주한 장현걸이 얼굴을 굳혔다. 두 사람의 눈이 허공에서 부딪친다. 장현걸이 이를 드러내며 말했다.

"그런 식으로 쳐다보지 마시오."

장현걸이 받고 있는 압박은 범인이 견딜 수 있는 수준이 아닐 것이다. 개방의 후계자로 일찍이 천재 소리를 들었지만, 지금은 후개의 신분이 무색하게도 운신조차 힘이 드는 마당이다. 무엇을 꾸미려 해도 함부로 움직이지 못한다. 그런 것에서 오는 상실감과 무력감은 연선하로서도 상상하기 힘든 것이리라.

"동정 따위는 받고 싶지 않아. 아니면 아닌 것이지. 당신은 나를 말려 죽이려고 작정했군."

장현걸은 웃으며 말했다.

쓴웃음이었다. 연선하는 마주 웃어줄 수 없었다. 동정은 아니지만 그렇다고 애틋한 감정을 느끼는 것도 아니다. 호감은 가지고 있으나 연정은 결코 아닌 것이다.

"저번에……."

연선하는 천천히 말을 이었다.

함께 일을 하는 이 상황에서 사적인 감정이 끼어든 것은 실로 유감이라 아니 말할 수 없다. 그렇다고 당장 이 관계를 깨는 것은 불가능했다. 두 사람의 연계는 화산과 개방의 연계라, 연선하의 생각만으로 어찌할 수 있는 것이 아닌 까닭이다.

그렇다면 뭐라도 말을 해야 한다. 분명하게. 적어도 이 어색함을 떨쳐 버릴 수 있는 조치만큼은 취해놓아야 했다.

"당신이 했던 말에 대해서는 곰곰이 생각을 해보았어요."

청풍에 관한 이야기다.

장현걸의 표정이 어두워졌다. 무슨 말을 할 것인가, 심지어는 두려움을 느끼는 것 같기도 했다. 연선하의 말이 이어졌다.

"청풍, 풍 사제에게 가진 감정은 당신이 말한 것처럼 평범한 것은 아니에요. 매화검수로서 동료나 사제에게 가지는 것과는 확실히 달랐죠. 하지만, 당신이 생각하는 것 같은 그런 감정이라 볼 수도 없어요. 나는 그의 어린 시절을 보았고, 그의 천성과 재능을 아꼈을 뿐이지요. 사부를 잃고 아무 데도 의지할 곳 없던 아이라 힘이 되어주고 싶었고, 그러다 보니 저절로 아끼는 마음이 커졌어요. 그런 것은 그 아이가 아무리 크고, 강해져도 사라지지 않는 감정일 것이에요."

연선하는 잠시 말을 끊었다. 장현걸의 얼굴은 여전하다. 연선하는 말투를 가볍게 바꾸며 되물었다.

"어때요? 대답이 좀 되었나요?"

장현걸은 잠시 동안 연선하의 시선을 피했다. 마음에 혼란을 느끼는 모습이다. 이내 고개를 끄덕인 그가 침중한 어조로 답했다.

"대답은 되었소. 충분하오."

장현걸은 깨달았다.

연선하와 청풍의 결속은 역시나 가벼운 것이 아니라는 사실을. 그것이 비록 일방적인 것일지라도, 아니, 일방적인 것이기에 더 더욱 끼어들기 어렵다는 것을.

그대로 받아들이거나, 아니면 깨부수거나.

장현걸은 마음속에 솟구치는 어두움을 감춘 채 입을 열었다. 화제는 여전히 청풍으로 같았지만, 더 이상 사적인 감정이 섞여 있지는 않았다.

"이야기를 바꾸지. 그래, 청풍에 대해 알아본 것은 어떻소?"

"…강해졌더군요. 서천각의 힘을 빌려 쓰고 있었어요."

장현걸은 감정을 억눌러 놓았지만, 연선하는 온전히 그녀의 마음을 갈무리하지 못했다.

　청풍의 성장을 말하는 그녀의 어조에는 뿌듯함이 깃들어 있었다.

　"서천각이라……. 그에게 그런 권한이 있었던가."

　"원로원, 화산도문의 영향력이겠죠. 게다가 단영검객 송 사숙과 지운검객 이 사숙이 그를 지원해 주고 있어요."

　장현걸이 또다시 청풍에게 해를 끼치지 말라는 법은 없다.

　하지만 연선하는 그녀가 알아낸 것을 숨기지 않기로 했다.

　장현걸의 성정이 악하지 않을 것이라 믿기도 했거니와 현재 장현걸에게는 청풍을 해코지할 만한 힘이 없다는 판단 때문이었다. 기껏 오결 제자를 동원할 수 있는 수준에, 자신을 보호하기에도 벅찬 장현걸로서는 청풍을 해할 수 있는 능력이 없었다. 걸출한 개방 인재들을 한꺼번에 동원할 수 있었던 작년과는 사정이 완전하게 달랐던 것이다.

　"쥐도 새도 모르게 주작검을 찾을 수 있었던 것에는 역시 그런 이유가 있었군. 게다가 강해졌다니……. 얼마나 강해졌지?"

　"그것은 아직 알 수 없어요. 직접 본 것이 아니니까요. 적어도 저번 석가장에서보다는 성장했겠죠."

　석가장. 연선하는 모른다. 석가장이 무너진 잔해 위에서 장현걸이 청풍에게 어떤 수모를 당했었는지.

　타구봉을 송두리째 박살당하고, 뭇 군웅들 앞에서 무릎까지 꿇었다. 이미 그때부터 장현걸을 앞지르던 무위, 개방과 모산, 황보세가 세 거파의 추격을 뿌리치던 무공인데, 그보다 더 강해졌다면 그 성취를 짐작하기가 쉽지 않았다.

"화산 본산에서는 어떻소?"

"장문인께서 품은 뜻… 을 묻는 것인가요?"

"그렇소. 집법원에서 그를 쫓고 있었던 것으로 알고 있는데, 현재 본산에서 그에 대한 입장은 어떤지 알고 싶소."

"그것을 묻는 것은 개인적인 이유에선가요, 아니면 문파끼리의 공적인 사안 때문인가요?"

"못 당하겠군. 둘 다라고 해두지."

연선하는 잠시 말을 멈추었다.

진의를 파악하기라도 하는 듯, 장현걸의 눈을 깊게 들여다본다. 무슨 생각을 하는 것일까. 또는 읽히는 것이 과연 진실이기는 할까.

"글쎄요. 장문인께서 어떻게 받아들이고 계실지는 저도 잘 모르겠어요. 아직 집법원이 움직이고 있는 기미는 보이지를 않으니 본격적인 행동에는 들어가지 않은 것이겠지요. 게다가 지금은 철혈련과의 싸움만으로도 처리할 일이 엄청나게 많아요. 귀주성 관군들과 그 지역 문파들, 소집된 무림맹이나 상계(商界)의 인사들을 관리하는 것만으로도 벅찬 상태지요. 아마 무슨 결정을 내리시든 지금은 아닐 것이에요. 싸움이 막바지에 이르는 때거나, 아니면 이 일이 모두 끝난 후가 되겠지요."

'그럴까……'

장현걸은 연선하의 말을 곧이곧대로 듣지 않았다.

화산파 장문인 천화 진인은 겉으로 보이는 것이 전부인 사람이 못 된다. 어느 누구든 겉으로 보이는 것 이상의 무언가를 가지고 있겠지만, 천화 진인은 어느 누구 정도로 볼 사람이 아니다. 그가 지금까지 쌓은 업적, 그리고 강호사를 처리하는 방식이 그것을 보여준다. 하늘의 검을 품었다는 천검 진인의 이름 이상으로 훨씬 더 복잡하고 훨씬 더 위험한 인물이었다.

'차라리 전혀 신경을 쓰지 않는다면 모르되, 그놈에 대한 관심을 이미 가지고 있다면…….'

천화 진인은 일찍부터 결정을 내리고 있었을 인물이었다.

청풍을 어떻게 할 것인가, 아무도 모르는 새 결론을 보았으리라. 그것을 읽어야 했다. 화산파와 관련된 장현걸의 지금 입장도 그 결론에 영향을 받을 것이기 때문이었다.

'지금까지는 집법원을 보내는 등, 그놈에 대하여 포용하기보다는 배척하는 입장을 취해왔었지. 하지만…….'

화산 장문인은 청풍을 탐탁지 않게 보았었다.

개방과 황보세가, 모산파가 뒤를 쫓고 있었는데에도 아무런 조치를 취하지 않았다는 것 또한 그러한 점을 시사한다. 아무리 화산이 철기맹에 정신이 팔려 있었다 해도, 청풍에 관한 사안을 전혀 몰랐다는 것은 말이 되지 않는다. 나름대로 떠들썩했던 추격전이다. 그럼에도 수수방관 아무런 행동을 보이지 않았다는 것은 청풍이란 제자에 대해 있어도 그만, 없어도 그만이라는 생각을 가졌다는 뜻이었다.

'검에 대해서만큼은 예외다. 그것이 문제지.'

청풍이란 제자는 어찌 되어도 상관없다.

하지만 사방신검에 대해서는 그렇지 않았다.

매한옥과 연선하를 보냈다는 것, 서천각이 사방신검의 소재를 파악하려 했다는 점 등이 그것을 말해 준다. 청풍은 버려도 검은 못 버린다는 것이 장문인이 지닌 의도의 핵심인 것이다. 게다가 지금은 상황이 또 달랐다.

'지금은 마음이 바뀌었을 수 있어. 그렇다면 내 입장이 곤란해진다.'

장현걸이 우려하는 것이 바로 그것이었다.

청풍은 버리기에 너무나 커버렸다.

무공도, 인물됨도 만만치 않은 고수다.

먹기엔 어렵고, 버리기엔 아깝다는 것. 계륵(鷄肋)이라는 말이 이보다 어울릴 수는 없는 남자였다.

이 시점.

바로 이 시점에서 만약 화산파 장문인이 청풍을 포용하기로 결정한다면, 그것은 장현걸에 있어 최악의 상황이나 다름없었다.

장현걸은 청풍을 핍박한 전적이 있으며, 그에게서 사방신검을 빼앗으려 했던 과거도 있다. 자파인 청풍과 타파인 장현걸의 비중을 비교하게 된다면 그 결과는 가히 좋지 않다. 화산파 장문인이 알고 있는지는 모르겠지만 허울뿐인 후개와 제대로 돌아가지도 않는 개방을 고려한다면, 장현걸을 내치는 것도 순간일 수 있는 것이다.

어렵사리 현상을 유지하고 있는 장현걸.

화산파와의 연계에서조차 배척당한다면 장현걸은 그야말로 끝장이었다. 더욱이 화산파 장문인은 그 지난바 성정으로 볼 때, 청풍을 자기 사람으로 만들기 위하여 얼마든지 장현걸을 공격할 수 있는 인물이다. 장현걸이 청풍을 곤란케 했던 것을 핑계 삼아 본보기로 박살당할 가능성이 농후했다.

"확실히 그렇겠소. 아직은 정해진 것이 없겠지."

머리 속의 생각은 날개 돋친 듯 진행되었으나, 장현걸은 그저 동의하는 대답만 남겼다. 그가 우려하고 있는 사태를 말해 보았자 연선하는 좋아하지 않을 것이기 때문이었다.

"그리고… 좀 전에… 당신이 그에 대해 했던 말은 잘 들었소. 당신 마음은 이해하겠어. 그렇다고 내 마음까지 이해해 달라고는 하지 않겠소. 다만, 불편해하지 않기를 바랄 뿐이오."

장현걸은 대화를 오래 끌지 않았다.

더 이상 말해 보았자 감정 이야기만 두드러진다.

그뿐이 아니다.

장현걸은 위기를 느꼈다. 청풍에 관한 이야기. 화산파 장문인의 입장에 대한 사안이다. 장현걸 자신은 이제 천화 진인이 재는 저울대 위에 올려진다. 장현걸의 반대편엔 청풍이, 그리하여 천화 진인은 장현걸과 청풍의 경중을 비교하게 되리라. 아니, 어쩌면 이미 저울대 위에서 움직이고 있을지도 모른다.

'그놈의 역량을 봐야 해.'

장현걸의 처지를 천화 진인이 제대로 알고 있는지도 변수가 될 것이며, 화산파 입장에서 본 청풍의 효용성도 변수가 될 것이다.

장현걸은 그 저울이 제멋대로 기우는 것을 두고 봐줄 수가 없었다. 먼저 움직여야 했다. 연선하와의 대화, 이름만큼은 화산파와의 회합인 자리를 벗어나 고봉산을 불렀다.

"어느 정도인지를 확인해야겠다."

상대방의 무게를 알아야 이쪽도 다음을 생각할 수 있다. 밑도 끝도 없이 시작된 첫마디에 고봉산이 눈썹을 치떴다.

"예?"

"이번에는 확실히 하겠어. 성급하게 나서지 않는다. 차근차근, 실력부터 본다."

치떴던 눈썹 밑, 고봉산의 얼굴이 미미하게 굳어졌다.

장현걸은 다시 청풍에게 손을 뻗으려 한다. 신중을 기한다 했지만 이전까지의 일이 있으니 걱정이 앞서는 것도 당연하다. 장현걸도 바보는 아니었으니 그 사실은 스스로도 알고 있는 바, 명령을 내리는 그의 얼굴에도 긴장된 빛이 감돌았다.

"놈의 행적을 숭무련으로 흘려라. 흠검단주의 일이 해결되지 않은 만큼, 숭무련에서는 바로 움직이게 될 것이다. 어쩌면 이미 움직이고 있을지도 몰라. 거기에 힘을 더해줘."

"그러면……."

"십중팔구는 부딪친다. 부딪치지 않아도 관계없어. 만일 그놈이 숭무련의 무인들을 같은 편으로 만든다면 그것도 하나의 능력이다. 이번에는 힘을 재두는 것이야. 굳이 해를 끼칠 생각은 없어."

"……."

"한 가지 더 있다."

"성혈교… 말씀이십니까?"

고봉산은 기다렸다는 듯 대답했다. 윗사람의 마음을 읽는다. 지금 장현걸에게 있어 최대의 행운을 꼽는다면 역시나 고봉산의 존재일 것이다.

"잘 아는군. 성혈교에는 지금 여유가 없다. 그놈을 쫓겠다는 생각 따윈 할 수도 없겠지. 무당과 화산을 상대하는 데에도 벅찰 테니까. 한데 이상한 것은 일곱 명이나 되는 사도들이 한 명도 나타나지 않고 있다는 사실이다. 성혈교는 이 싸움을 끝으로 생각하지 않을 수 있어."

"하면… 첫 번째 철기맹 발호와 같다는 말입니까?"

"그렇지, 바로 그거야. 성혈교는 성급했어. 철기맹이 처음부터 말도 안 되는 싸움을 시작했던 것과 똑같지. 질 것을 뻔히 알면서도 덤볐다는 생각밖에 들지 않아."

"······."

고봉산은 눈을 크게 떴다.

성혈교가 이 싸움을 벌인 목적.

가장 근본적인 일이면서도 간과하기 쉬운 일이다. 본래부터 사교(邪教)란 그 행태를 이해하기 어려운 법, 상식적으로 생각하기 어려운 싸움을 하고 있음에도 그러려니 했었다.

하지만 장현걸은 그것을 파고드는 것이다. 모두가 생각지 않은 곳에서, 새로운 사건의 실마리를 찾아내고 있었다.

"철혈련의 준동은 애초부터 더 큰 음모가 깔려 있었던 일인지도 몰라. 성혈교는 전력을 내놓지 않고 있어. 진짜 주력들을 다른 곳으로 빼돌리는 중일 수 있다는 이야기지. 개방이 총력전을 벌일 수 있었다면 성혈교의 진의를 파악해 볼 수 있었을 텐데 더 나아갈 수 없다는 것이 아쉬울 뿐이야. 어쩌면 개방을 무력화시키는 것 역시 그 커다란 흐름의 일부인지도 모르지."

장현걸의 이야기에는 공상에 가까운 비약이 있다. 그러나 고봉산은 그 안에서 실제로 그럴지도 모른다는 느낌을 받았다. 장현걸. 적어도 그 능력에 있어서는 의심할 여지가 없는 남자였기 때문이다.

"여하튼, 성혈교는 사도들을 내놓지 않았어. 마지막 한 수로 아껴둔 것일 수도 있지만, 그러기엔 너무 늦었다. 아예 사도들이 나서지 않기로 했다면, 성혈교의 힘은 아직도 많이 남아 있다는 이야기겠지. 게다가 성혈교 오사도는 그놈에 대한 원한도 있으니까."

장현걸이 팔 한쪽을 손으로 그었다.

오사도의 팔 하나. 석가장에서 청풍이 베어냈던 일을 뜻함이었다.

"성혈교의 진의가 무엇이든, 오사도만큼은 틀림없이 움직인다. 청풍, 그놈이 오사도를 어디까지 상대하는지 확인해야겠어. 오사도도 그동안 놀지는 않았을 테니, 직접 볼 수 있다면 좋은 구경이 될 거야."

■제17장■
백무한(白無限)

백무한(白無限).

법명(法名) 무한(無恨). 초절정고수.

나찰신(羅刹神), 수로맹주, 권신.

장강수로채 백해(白海) 출신. 부(父) 백해채주(白海寨主) 백정영(白正英), 비검맹 혈사 시 사망. 모(母) 비검맹 혈사 시 사망.

무한승(無限僧). 소림사 초유(初有)의 십할살인집단(十割殺人集團) 나찰사(羅刹娑) 수좌(首座).

비검맹 혈사 시 고립, 전륜회주(轉輪會主)와의 연(連)으로 무상대능력(無上大能力), 소림절기 사사(師事)…중략…….

나찰승 수좌로 소림 적대 세력 진압 및 괴멸 임무.

남왜토벌대(南倭討伐隊) 용린단(龍鱗團) 지원. 장강수로십팔채 재건

…중략…….

한백무림서 인물편 제일장.

소림사 中에서.

백무한(白無限)

장강으로 가는 길은 평탄했다.

마음껏 화천작보를 펼치면서, 마음껏 염화인을 연마했다.

가장 어려웠던 일이 인적 드문 길을 찾는 것, 그 정도가 전부였을 만큼 순탄하기 짝이 없는 행보였다.

첫 번째 난관에 봉착한 것은 장강에 도착해서였다.

바다처럼 넓은 강.

강의 저편이 보이지 않는 대강(大江)의 전경은 다시 봐도 새로울 뿐. 어디서부터 시작해야 할지 막막할 따름이었다.

"수로맹이 모여들고 있다던데, 어디인지 아십니까?"

수소문부터 시작했다.

그러나 돌아온 것은 얼음장과도 같은 냉대뿐이었다.

한여름 태양은 뜨겁게 내리쬐고 있건만, 장강 어민들의 태도는 한겨울 추위를 떠올리게 만들 정도였다.

아예 대꾸하지 않는 사람들이 태반이었으며, 부정 탄다는 듯 침까지 뱉는 자들도 있었다. 쉽사리 이해할 수 없는 반응이었다.

"이 사람, 함부로 엉뚱한 소리를 하고 다니다가는 쥐도 새도 모르게 죽는 수가 있다네."

"허튼소리 할 것이면 일 방해하지 말고 꺼지는 편이 좋을 거야."

수로의 장한들은 입담도 거칠었다.

뭔가를 알아내는 것이 이렇게 곤혹스러운 적은 없었다. 객잔에서 사람들의 말소리를 엿들어보아도 마찬가지였다. 비검맹과 수로맹에 관한 내용은 약속이라도 한 것처럼 함구하고 있었던 것이다.

하루 온종일 물어보고 다녀도 얻을 수 있는 것이 없었다.

청풍은 궁금증만을 가득 안은 채, 그날을 마무리하고는 다음날 할 수 없이 화산파 지부를 찾았다. 서천각의 지원을 받기 위해서였다. 하지만 청풍은 거기서도 원하는 정보를 얻을 수가 없었다.

"보무제자라면 지원해 드릴 수 없소. 이름이 청풍이라 했소? 미안하지만 그런 지시는 받은 바가 없소. 다시 알아보고 오시겠소?"

업무를 보는 제자는 보무제자라는 신분에도 공손한 태도를 잃지 않았다. 하지만 지위에 대한 인식이야 어쩔 수 없는지 은연중 무시하는 태도가 드러나고 있었다. 청풍의 기도가 보무제자답지 않게 출중한지라 함부로 하지 못할 뿐, 그렇지 않았더라면 애초부터 공손함을 보이지 않았을 가능성도 있었다.

'너무 빨랐어.'

그런 것들이야 그냥 넘겨 버리면 그만이었지만 문제는 이지정의 지시가 전해져 오지 않았다는 사실이다. 그 이유는 간단했다.

강소와 안휘의 경계, 화현(和峴)에 위치하고 있는 이곳 화산지부.

현재 화산파의 연락망은 철혈련과의 전투 지역 이외에 다른 모든 곳에서 그 기동성이 떨어져 있는 상태다. 화현도 마찬가지였다. 그 지역이 워낙에 궁벽한 곳이기에 더 더욱 그랬다.

게다가 두 번째 이유. 그것은 결정적이었다.

연락망이 느려졌다 해도 기껏 하루 이틀 차이밖에 나지 않는 정도다. 청풍의 남하 속도가 연락 속도보다 훨씬 빠른 것이 그 진정한 이유였다. 너무도 빠르기에 이지정의 지시가 미처 청풍의 움직임을 따라오지 못했다. 화천작보의 보이지 않는 위력을 실감하는 순간이었다.

'할 수 없군.'

청풍은 어쩔 수 없이 백매화 은패를 꺼냈다.

화산도문의 상징, 서천각의 지원을 한시라도 빨리 받으려는 생각이었다.

한데, 지부의 제자가 보인 반응은 뜻밖의 것이었다. 도리어 무엇인지 물어보는 모습, 백매화 은패를 전혀 알아보지 못하는 모양이었다.

"이것이 무엇이오?"

"원로원 명을 나타내는 영패요."

"원로원? 그런 이야기는 들어본 적이 없소. 이런 것은 어디서 구한 것이오?"

심지어 의심하는 눈초리까지 보낸다.

대놓고 추궁하지는 못해도, 태도만큼은 추궁과 다를 바가 없었다.

'이상한 일이군.'

그러고 보면 이지정과의 처음 만남 때도 그랬다. 오행 진인께 백매화 은패를 받을 당시, 오행 진인께선 매화기(梅花旗) 휘날리는 그 어떤 화산지부에서도 서천각의 지원을 받을 수 있을 것이라 말씀하셨었다. 하지만 이지정은 백매화 은패를 바로 알아보지 못했었다. 서천각 업무를 보는 분인데도.

"알아보지 못한다면 되었소. 필요하다면 다시 찾아오겠소."

아무런 소득 없이 지부를 나왔다.

청풍은 고심했다.

백매화 은패를 알아보는 사람이 생각보다 많지 않았다. 아니, 많지 않은 정도가 아니라 무척이나 한정되어 있었다. 이지정처럼 직접적으로 연결이 된 사람이 아니고서는 백매화 은패의 존재조차 알지 못한다. 그것은 분명한 한 가지 사실을 시사하고 있었다.

'원로원의 영향력……'

그렇다.

원로원으로 대변되는 화산도문의 영향력이 그만큼 작다는 것을 뜻하고 있다. 그것은 다시 말해, 화산검문, 현 장문인의 지배력이 상대적으로 크다는 것을 의미했다.

집법원을 통하여 청풍을 추격하던 장문인.

장문인과의 문제는 어떻게 해결해야 할까.

송현과 이지정, 두 사숙의 전폭적인 지원을 받고 있는 청풍으로서는 서서히 화산파 내에서의 자신의 입장도 생각해 놓아야 할 시점이었다.

장강이 보이는 언덕에 이르러 청풍은 상념을 멈추었다.

장문인과의 관계, 사문에서의 행보는 아직까지 먼 훗날의 일이다. 저번에도 생각했듯이 지금은 사방신검의 회수가 먼저였다. 청풍의 강호행은 거기서 시작했고, 그것으로 여기까지 왔다. 그 길 너머의 것은 그 길의 끝에 이른 뒤에 생각하기로 했다.

'일단……'

청풍은 언덕을 가로질러 장강으로 향했다.

화산파 지부에서도 정보를 얻지 못하니, 다시 몸으로 부딪칠 수밖에 없었다. 그래서 청풍은 무작정 강으로 나와 배를 탔다. 이 수로에 흐르는 기운이 무엇인지, 왜 사람들은 하나같이 입을 다물고 있는 것인지 알아볼 생각이었다.

'확실히 공기가 심상치 않아.'

뜨겁게 내리쬐는 태양 아래, 배들의 움직임은 그 어느 때보다 활기를 띠고 있었다. 하지만 청풍은 그 안에서 분명한 위화감을 느낄 수가 있었다. 분주하게 움직이는 선원들과 선주의 얼굴에는 긴장된 기색이 가득하다. 이 배뿐이 아니다. 선착장에서 보았던 모든 배들에, 이 강 전체에 같은 기류가 흐르고 있는 것이다.

'전장의 공기다. 이것은.'

청풍은 한참 만에 깨달았다.

수로맹과 비검맹.

대규모 싸움이다. 일찍이 겪어본 적 없는 거대한 싸움이었다. 문파 하나가 불타는 정도가 아니라, 장강 전체의 판도를 바꾸는 전쟁이었다.

'그래서인가. 사람들의 이야기는.'

청풍은 고개를 끄덕였다.

한 발 물러나서야 제대로 보인다. 이 커다란 강 위에 살고 있는 모든 사람들은 세상이 바뀌느냐 아니냐의 길목에 서 있다. 수로맹이 아니라 비검맹에 대해서 물었어도 똑같을 게다. 하루하루를 벌어먹는 민초들로서는 이 무지막지한 싸움에 끼고 싶은 마음이 조금도 없다. 함부로 입을 놀렸다가는 죽는다는 말, 그것은 청풍에게뿐이 아니라 그 자신들을 향하여 하는 말이기도 하다. 마음속에서 수로맹을 응원하든, 비검맹을 응원하든 무슨 말을 해도 위험한 것이 지금의 장강이었다.

'일촉즉발, 그 정도까지 와 있었던 것이로군.'

예상 밖의 일이다.

두 세력이 적대하고 있는 것은 잘 알려진 일이지만, 그 싸움이 이 정도까지 임박해 있을 줄은 상상도 하지 못했다.

사실 바깥에서는 알 수가 없다.

철혈련의 대란(大亂)에 모든 이목이 집중되어 있으니, 그와 같은 일이 장강에서 또 일어나리라고는 생각하지 못하는 것이다.

청풍은 그제야 어떤 실수를 했는지 깨달을 수 있었다.

질문을 잘못 택했다.

그렇게 물어서야 아무런 정보를 못 얻는 것이 당연했다.

모두가 조심스러워하고 모두가 두려워하고 있는 지금, 수로맹이 어디에 있냐고 직접 물어보았던 것은 우둔한 짓이었다고밖에 할 수 없다. 돌려서 물어보든, 아니면 전혀 다른 이야기로 떠보든 그런 식이어서는 안 되었던 것이다.

질문 방식을 바꾸어야 한다.

수로맹을 묻기보다 먼저 어민들의 입장을 이해해야 했다.

바람을 맞으며 갑판으로 나갔다.

사방에 가득한 장강의 물소리.

청풍은 갑판 위의 사람들과 배 주위에 펼쳐진 강수(江水)를 둘러보며 또 한 가지 사실을 깨달을 수 있었다.

그는 늦었다.

하루 반나절뿐이었지만, 청풍은 너무도 많은 사람에게 수로맹에 관한 것을 물어보았다. 당장이라도 터져 버릴 화약고 앞에서 횃불을 들고 돌아다닌 것에 진배없는 일인 바, 청풍은 이미 놈들의 비위를 거스르고 말았다.

타고 있는 평범한 여객선, 그 주위로 험악한 분위기를 물씬 풍기고 있는 세 척의 쾌속정이 다가오고 있었던 것이다.

*　　　　*　　　　*

쏴아아아아아!

바람을 타고 움직이던 범선(帆船)이 물소리를 따라 멈추었다. 객선(客船) 선원들의 얼굴이 사색이 되었다. 선주 역시 백지장처럼 창백한 얼굴이 되어 선두(船頭)를 향해 달려가고 있었다.

"비검맹의 어르신들께서 여기는 어쩐 일이십니까!"

선주는 건장한 체격에 험상궂은 얼굴을 지녔다. 하지만 쾌속정을 내려다보며 몸을 숙이는 모습에는 겁을 집어먹은 기색이 역력했다.

선민(船民)의 숙명이었다.

수로에 목을 맨 자들은 수로를 지배하는 자들에게 굽실거릴 수밖에 없는 것이다.

촤아아악!

쾌속정에서는 아무런 말이 없었다.

빠르게 다가와 양옆으로 배를 붙이고 밧줄을 걸 뿐이다. 이제는 선원들만이 아니라 갑판 위의 모든 사람들이 두려움에 떨고 있었다.

휘익! 휘이익!

'빠르다.'

쾌속정으로부터 십여 명의 무인들이 뛰어올라 온 것은 순식간이었다. 상당한 자들, 강바람을 뚫고 움직이는 몸놀림이 무척이나 날렵했다.

휘잉, 쿵.

열두 명의 무인들에 이어, 놈들의 수좌로 보이는 거한 하나가 뛰어올라 왔다. 육중한 몸체에 커다란 철검을 들었다. 위협적인 눈빛에 툭 튀어나온 광대뼈가 신경질적인 인상을 준다. 세상 누가 보아도 악당이라 부를 만한 얼굴이었다.

"아, 아니, 항(項) 대인께서 여기까지 어인 일로……!"

선주는 숫제 몸 전체를 벌벌 떨고 있었다.

항 대인, 항회(項匯).

함산철검(含山鐵劍)이라 불리며 달리 함산마두(含山魔頭)라고도 불린다.

안휘성 함산 출신으로 지닌 바 성정이 포악하고 흉맹해 감당이 안 되는 마두로 알려져 왔다. 그의 악행을 보지 못한 무림협사들이 그를 징계하기 위해 수차례 함산으로 찾아들었지만 도리어 그의 철검에 피를 보고 물러나니, 어지간한 무공으로는 통하지 않는 고수다.

도당을 결성하고 함산 주변을 어지럽힌 것이 몇 년째.

언젠가부터인가 한풀 꺾였다 싶더니, 갑작스레 비검맹의 밑으로 들어가 장강을 터전으로 더 큰 악행을 일삼는다. 그의 비위를 거슬러서 죽은 어민들이 수십을 헤아리는 바, 그를 아는 선원들은 누구라도 겁을 집어먹을 수밖에 없었다.

"굴러먹는 배라고 아무나 태워서야 되겠나."

악한의 눈빛은 그 자체만으로도 더럽다.

선주의 몸이 뱀 앞의 개구리마냥 움츠러들었다. 잘못한 것이 없음에도 일단 위축된 모습부터 보인다. 장강 물길에 언제나 자부심을 가지던 대강장한(大江壯漢)의 모습이 아니었다.

"수로맹의 이름을 입에 올리는 놈이 아직도 있다던데… 그런 놈을 배 위에 올렸으면, 죽을 각오를 했다는 말이렷다!"

함산마두가 큰 소리로 외치며 철검을 치켜들었다.

무공도 익히지 않은 선주를 내려칠 기세다.

자포자기한 듯 눈을 감는 선주, 함산마두의 철검이 희롱하듯 휘둘러진다. 그것으로 끝이 아니다. 함산마두의 행태는 갈수록 가관이었다.

"눈을 감으면 덜 고통스러울 줄 아느냐! 일단 네놈부터 죽이고 봐야겠다. 아니, 그냥 이 배에 있는 놈들을 모조리 죽여 버리는 것이 좋겠군."

갑판 위에 올라와 있던 무고한 민초들이 제각각 겁을 집어먹고 뒷걸음질을 쳤다. 무의미한 뒷걸음질. 이곳은 장강의 한복판이었다. 주위에 도망칠 곳은 없었다.

"죽이고서 수로맹의 짓이라면 그만이니까 말이다. 자, 함산검대(含山劍隊)는 검을 들어라!"

함산검대.

함산에서부터 끌어 모은 무리들 그대로 비검맹 한자리를 꿰찬 모양이다.

그 밑에 있는 놈들도 제 두목의 성정 그대로 흉악한 놈들, 민초들을 상대로 검을 뽑는 데 조금도 망설임이 없었다.

'나를 찾아왔으면서, 아무런 잘못이 없는 이들을……!'

아무리 봐도 이놈들은 미쳤다.

수로맹을 묻고 다닌 청풍을 구실로 살행이나 한 번 더 하려는 살인광들 같다. 두고 볼 수 없음이 당연했다.

"검을 거두어라!"

청풍이 앞으로 나섰다.

갑판을 가로질러 함산마두의 앞으로 걸어가는 모습이 한적한 들판을 걷는 것처럼 태연하기만 하다. 함산마두의 얼굴이 크게 찌푸려졌다.

"네놈은 뭐냐!"

"네가 찾는 사람이다."

청풍은 예의를 갖추지 않았다. 거한인 함산마두를 올려다보고 있지만, 마치 몇 장 높이 위에서 내려다보는 것 같다. 체격의 차이가 그렇게 많이 남에도 전혀 작아 보이지를 않았다.

"수로맹을 떠들고 다닌 놈이 네놈이란 말이냐?"

살기를 뿜으며 내뱉는 말이지만, 함산마두의 얼굴에는 긴장감이 가득했다.

함산마두는 변변찮은 하수가 아니기 때문이다.

그릇된 방법으로 무공을 사용하고 있지만, 그 깊이는 결코 얕지 않았다. 그렇기에 함산마두는 아는 것이다. 청풍이 만만치 않은 상대임을. 이제까지의 상대들과는 격이 다른 존재임을 알아챈 것이었다.

"내가 수로맹에 대해 알고자 했다. 뭐 잘못된 것 있나?"

청풍의 언사는 거침이 없었다.

함산마두의 얼굴이 붉게 달아올랐다. 그가 분노에 가득 찬 목소리로 외쳤다.

"잘못된 것 있나? 이놈이 비검맹 앞에서 못하는 소리가 없구나!"

"비검맹이면, 무고한 사람들을 함부로 죽여도 되는 것인가?"

"이놈!"

기어코 휘둘러지는 검이다.

함산마두의 철검이 청풍의 머리 위로 떨어졌다.

쩌어엉!

역발산의 힘을 품고서 내려오던 철검이 거짓말처럼 멈추었다.

청룡검이다.

뽑지도 않은 청룡검이 용갑째로 철검을 가로막고 있었다.

"이익!"

함산마두의 얼굴이 크게 일그러졌다. 있는 힘껏 내려친 철검을 손목 힘 하나만으로 막아내는 청풍이다. 내력의 깊이를 짐작할 수가 없었다.

"크합!"

함산마두가 철검을 다시 치켜들며 험악한 기합성을 터뜨렸다. 주변에 무엇이 있든 상관치 않는다. 휘두르는 철검에 물러나 있던 선주까지도 피를 뿌리며 쓰러질 것만 같았다.

텅!

청풍의 발이 움직였다.

그리고 검이 뽑혔다.

치리리링!

금강탄이 뛰쳐나오는 소리는 언제나처럼 날카로웠다. 땅을 박찬 발에, 일직선으로 이루어지는 발검이다. 청룡검, 청백색 검신이 철검에 부딪쳤다. 무지막지한 충돌음이 터져 나왔다.

쩌저정!

철검이 뒤로 밀려나는데 그 기세가 휘두르는 것보다 더하다. 검에는 기다란 균열도 생겼다. 상대할 수 없는 힘이었다. 함산마두의 눈에 당혹감이 어렸다.

파아아!

청풍은 멈추지 않았다.

반보 앞으로 나아가며 선주의 앞을 가로막고, 재차 청룡검을 휘둘렀다. 이번에 나아가는 것은 백야참, 금강탄에 이어 연환검격으로 투로를 만든 백호의 검결이었다.

함산마두는 제대로 방어하지 못했다. 아니, 방어할 수가 없었다.

수준이 달랐기 때문이다. '얕지 않은 정도'의 무공으로는 절정에 이른 검공을 결코 상대할 수가 없는 까닭이었다.

촤아악! 쿵! 우지끈!

철검을 제대로 휘둘러 보지도 못했다.

황급히 뒤로 몸을 날리다가 청풍의 검압에 넘어지고 마는 함산마두다.

육중한 몸이 제멋대로 처박히니, 뱃머리 쪽 목판 장식까지 함께 부서진다. 부서진 목재 사이, 꼴사나운 모습으로 몸을 일으키며 주저앉았다. 그러나 청풍은 이미 함산마두의 눈앞에 와 있었다. 청룡검을 머리 위로 치켜든 채.

함산마두를 내려보며 내려치는 검이다. 함산마두가 다급히 철검을 들어 머리 위를 방어했다.

쩡!

정련된 철검이 두 동강 나는데, 강철이 아닌 것처럼 가벼운 소리가 울려 나왔다.

내려가는 검격, 함산마두의 머리가 바로 그 밑에 있었다.

'죽여라!'

함산마두의 머리가 조각나기 직전.

마음속 어딘가에서 발해진 목소리가 있었다. 그것은 마치 남강홍의 목소리 같기도 하고, 청풍 자신의 목소리 같기도 했다. 살기를 무한정으로 부추기는 목소리다. 그 진득함과 살벌함에 놀란 청풍이 내려치던 손을 딱 멈추었다.

종이 한 장 차이였다.

함산마두의 머리 위에서 멈춘 청룡검.

검의 예기를 버텨내지 못한 함산마두의 머리 가죽이 길게 베어졌다. 붉은 선혈이 얼굴을 타고 흘러내렸다.

뚝. 뚝.

핏물이 턱 선을 타고 바닥까지 떨어졌다.

두피의 출혈은 언제나 급격하기 마련이다. 하지만 그것은 어디까지나 피류의 상처일 뿐이었다.

함산마두는 정신을 잃지도 않았고, 내상을 입지도 않았다.

놀라운 일이었다.

강철을 조각내던 힘으로 떨어지던 검인데, 살을 벤 상처로 끝났다.

내력의 수급이 자유자재라는 뜻이다. 찰나간에 그만한 내력을 갈무리하고도 전혀 무리를 느끼지 않을 만큼, 청풍이 지닌 기의 바다가 깊다는 이야기였다.

"이놈! 죽이지 않는군."

함산마두는 서늘한 검날을 머리 위에 그대로 느끼는 와중에도 별반 두려움을 느끼지 않는 것 같았다. 피를 철철 흘리는 그의 입가에 일그러진 웃음이 그려졌다. 그가 이를 가는 목소리로 말했다.

"네놈 같은 부류를 알지……. 살인을 망설이는 놈들 말이다."

그래도 한 지역을 풍미하던 악당이다. 어떤 일에도 겁을 집어먹지 않았다.

위기를 비굴함으로 넘기려는 놈들보다는 그릇이 크다. 악당의 그릇이라고 해보았자 크면 클수록 천리(天理)에 해를 못미치는 것이겠지만.

"깨끗한 척해보았자, 결국 똑같다. 약자가 죽는 것은 당연한 일, 실컷 후회해라."

죽음을 생각하기는 하는지, 함산마두의 말에는 두서가 없었다.

무엇을 후회하라는 것인가.

함산마두가 비웃음을 흘리며 목소리를 높였다.

"함산검대는 검을 들어라! 이곳으로 오지 말고 선원들을 죽여! 이놈에게 죽음의 후회를 맛보여라!"

청풍의 얼굴이 굳어진 것은 순간이었다.

채채챙!

함산마두와 함께 온 무인들. 비검맹의 졸개들이 검을 치켜든다. 사람들이 난장으로 물러나기 시작했다.

놀라움이 집중력으로 바뀌고, 집중력이 상승의 경지를 부른다.

시간이 느려졌다.

세상 모든 것이 천천히 움직이는 것 같은 공간 속에서 청풍의 눈이 주변을 둘러 움직였다.

비명 소리와 달려드는 무인들이 보인다.

청풍의 눈이 다시 함산마두에 이르렀다.

죽음을 각오한 듯, 눈을 감은 함산마두다. 피에 젖은 얼굴 위로는 비틀린 웃음을 떠올리고 있었다.

이런 식으로 나올 줄은 몰랐다. 멈추라고 말하는 것도 무의미하다.

죽음에 이르러 마지막으로 부리는 수작.

막아야 한다.

의지가 일어난 순간, 청풍의 몸이 곧바로 반응했다.

청풍의 신형이 빛살처럼 움직이기 시작한 것이다.

쐐애애애액!

공기가 갈라진다. 화천작보, 전혀 다른 속도의 영역이었다. 바람 줄기 하나하나가 물속을 헤엄칠 때 부딪치는 물살처럼 온몸을 감싸고는 뒤로 멀어졌다.

치링! 파라라락!

검을 휘두르는 비검맹 무인이 눈앞으로 가까워왔다. 청풍의 오른손이 검자루를 잡았고, 잡았다 싶은 순간 움직이고 있었다.

드러나는 적백색 검인(劍刃)이 먼저다. 파공음은 한참 후였다.

사선으로 일검, 휘돌아 원을 그리고 불처럼 일어났다.

화려하게 피어오르는 염화인의 검격이다. 비검맹 무인의 전면을 휩쓸고 지나간 그 겁화의 검인에 검 한 자루가 동강나 날아갔다.

팔뚝째로 잘려진 손목이 날아가는 검날을 따라 하늘로 치솟았다. 핏줄기가 뿜어 나올 때, 청풍은 이미 다음 무인을 향하여 작보를 펼치고 있었다.

쐐애애액! 파라락!

상상을 초월하는 빠르기였다.

바람을 품고, 육신을 태운다.

염화인 검날이 두 번째 검날을 부수고, 그 주인의 어깨를 가르고 지나갔다.

"크악!"

비명 소리는 그것으로 끝이 아니었다. 가속이 붙은 청풍은 네 명, 다섯 명의 비검맹 무인들을 순식간에 쓰러뜨리고 배 안의 선원들 앞을 막아섰다.

무시무시한 위력이었다.

일순간의 정적이 선상을 맴돌았다.

그 정적을 깬 것은 함산마두였다. 그가 비웃음이 사라진 얼굴로 피를 튀기며 고함을 질렀다.

"둘로 갈라져! 놈의 몸은 하나다! 양쪽으로 나누어서 죽여라!"

놈이 말한 후회는 바로 이것이다.

이런 악인은 망설임없이 죽였어야 했다. 무고한 민초들을 간단히 죽인다고 했을 때부터 진즉에 죽일 마음을 품었어야 했지만, 그러지 못했던 것이 일을 그르쳤다.

함산마두의 명이 떨어지기 무섭게, 두 무리로 갈라지는 비검맹 무인들이다.

두 방향으로 내쳐 달려가는데, 청풍으로서는 도리가 없다.

가까운 쪽부터 무작정 발을 박찼다.

쐐애애액!

다시 한 번 새로운 세상이 열렸다.

나 이외의 모든 것이 느려지고, 오직 홀로만 빠르게 움직인다. 격전이 극치에 이를 때에만 진입할 수 있었던 상승의 영역이 거기에 있었다.

쩡! 스거걱! 쩌정!

급하고 저돌적일수록 염화인은 제 위력을 발한다. 붉은 피가 갑판을 수놓으며 섬뜩한 빛을 발했다.

화르르르륵!

완만하게 휘어진 검날이 사선으로 휘둘러지고 역회전을 반복한다. 공작새의 깃털이 펼쳐지는 것처럼 적백의 빛살이 무리지어 피어났다.

네 명의 비검맹 무인이 쓰러지는 것은 순식간이다. 청풍이 날아든 쪽에서는 비검맹 무인들이 단 한 명의 선원도 해치지 못했다.

문제는 반대편이었다.

네 번째 비검맹 무인의 허리를 갈라낸 직후, 내력을 최대한 끌어올리면서 땅을 박차지만 시간과 거리가 모자랐다.

청풍의 눈에 겁을 먹고 주저앉은 여인 한 명과 그 여인에게 달려들고 있는 비검맹 무인 한 명이 비쳐들었다.

'안 돼!'

비검맹 무인이 든 검날은 벌써부터 휘둘러지기 시작했고, 청풍에게는 그것을 막을 능력이 없었다. 그리 넓지 않은 갑판이지만, 또한 누구보다 빠르게 움직이고 있었지만, 그 몇 장 안 되는 거리가 너무나도 멀다.

그때였다.

피를 뿜고 쓰러질 것 같던 여인의 앞으로 한줄기 그림자가 드리워진 것은.

채애앵!

비검맹 무인의 검이 단숨에 튕겨졌다.

표홀한 신법으로 비검맹 무인을 막아선 남자. 죽립을 눌러써 얼굴이 드러나지 않는 남자였다.

'저 신법은!'

청풍은 놀랐다.

너무나도 잘 알고 있는 신법이기 때문이다.

채챙!

그의 놀람과는 별개로, 죽립인의 움직임은 계속되고 있었다. 다가드는 청풍을 뒤로한 채, 다음 비검맹 무인을 향하여 발을 옮긴다. 쳐내는 검이 가볍고 절묘했다. 청풍의 검처럼 격렬하지도, 막강하지도 않았지만 맥을 끊는 검첨이 극도로 정교했다.

싸이악!

피륙을 가르는 소리는 무척이나 날카로웠다.

잔인하지는 않았지만 그렇다고 손속에 자비가 있는 것도 아니다. 발에 깃든 암향(暗香), 검에 깃든 검향(劍香), 군더더기없는 솜씨였다.

"커억……!"

육검(六劍).

세 명의 무인들을 제압하는데 쓰인 것은 여섯 초식의 검격이 전부였다.

뿌려지는 검들을 막는데 일초씩, 허점을 잡아 내치는데 일초씩.

한 명에 이검(二劍)으로 족했다.

싸움을 알고, 투로를 깨우친 남자이기에 그렇다. 고수였다.

"아직 미숙해. 이 정도는 예측하고 미리 대비를 했어야지. 악인들은 항상 어떤 일을 벌일지 모르는 것이니까."

이 목소리.

청풍의 눈이 크게 뜨여졌다.

잘 알고 있는 목소리이기 때문이었다. 여기서 들을 것이라고는 생각지도 못한 목소리이기도 했다.

죽립인의 정체를 알아채고 놀라워할 때다.

갑작스럽게 들려온 비명 소리가 두 남자의 고개를 한쪽으로 돌아가게 만들었다.

"아악! 사, 살려주시오!"

뱃머리 쪽이다.

선주의 목소리였다. 겁을 먹고 내지르는 그의 외침 뒤로 함산마두의 고함이 뒤따랐다.

"다가오지 마! 이놈을 죽이겠다!"

선주의 목을 잡고, 당장이라도 부러뜨릴 기세다. 피를 철철 흘리는 얼굴이 흉신악살과 같았다. 자신의 마지막 수작이 통하지 않는 것을 보고, 각오했던 죽음을 살고자 하는 발악으로 바꾼 모양이었다.

"이것도 마찬가지다. 저놈 말은 틀리지 않았어. 죽일 것이었으면 바로 죽였어야 했다."

죽립인의 목소리에는 흔들림이 없었다.

냉정함을 잃지 않고 틈을 본다. 그런 죽립인의 모습에 함산마두의 두 눈이 잔 떨림을 보였다.

"멈춰! 한 발짝만 움직여도 죽이겠어!"

외침과 함께 선주의 목을 비튼다.

숨이 막힌 선주가 만면에 공포의 빛을 떠올렸다.

당장이라도 뛰어나갈 기세였던 죽립인이 흠칫 몸을 굳혔다.

이런 경우가 가장 만만치 않은 경우다.

인의도 법도도 지키지 않는 악인이란 이래서 무섭다. 싸워서 이기는 것은 문제될 것이 없으나, 관계없는 사람까지도 다칠 수 있는 것이다.

죽립인이 청풍에게 고개를 돌렸다.

죽립 밑으로 드러나는 턱 선이 가볍게 움직였다. 내가 주의를 끌겠다. 그사이에 손을 써라.

이심전심(以心傳心)이었다. 청풍은 죽립인의 의도를 단숨에 눈치챌 수 있었다.

스르룽.

죽립인이 갑작스레 들고 있던 검을 검집으로 되돌렸다. 그러더니 품을 뒤져 길쭉한 물건 하나를 꺼낸다.

길쭉한 물건.

그것은 하나의 옥소(玉簫)였다.

이 인질극과는 도무지 어울리지 않는 한 자루 옥피리다. 느닷없는 행동에 심상치 않음을 느낀 함산마두가 얼굴을 굳히며 고래고래 소리를 질렀다.

"무슨 수작을 하는 것이냐! 엉뚱한 짓거리를 하면 끝이야!"

끝이라고 엄포를 놓지만, 함산마두는 잘 알고 있다.

선주를 죽이는 즉시, 자신도 죽는다는 것을.

인질을 잡고 있는 지금, 최대한 거리를 벌려 도망치는 수밖에 없었다. 함산마두가 선주를 끌고 뒷걸음치며 쾌속정이 대어져 있는 곳을 향해 움직였다.

삐이이이이.

청아한 피리 소리가 뱃전을 울린 것은 바로 그때였다.

죽립 아래 옥소를 입에 물고 한줄기 맑은 음을 내뿜는다. 영문을 알수 없는 짓에 모두의 시선이 집중되었다. 다급해하는 함산마두도 예외는 아니라서 일순 죽립인을 향해 고개를 돌렸다.

찰나의 순간이었다.

죽립인의 옥소에서 내력의 충격파가 퍼져 나온 것은.

한 점을 목표로 뻗어나간 음파(音波)가 함산마두의 귓속을 파고들어 그의 심혼을 뒤흔들었다. 청풍의 몸이 한줄기 백선(白線)으로 화한 것과 동시에 벌어진 일이었다.

쐐애애액!

머리에 충격을 받은 직후다.

짧은 시간, 함산마두는 자신의 신체를 통제할 능력을 상실했다. 그 사이 청풍의 몸은 격해진 공간을 꿰뚫고 함산마두의 눈앞에 이르러 있었다.

파라락! 스격!

사태를 깨달은 함산마두가 선주의 목을 부러뜨리기 위하여 팔을 움직였지만, 이미 그 시도를 가능케 할 손은 그에게서 떨어져 나가 버린 후였다. 사선으로 올려친 주작검이 이미 그의 손목을 끊어놓은 것이다.

"크아아악!"

손목이 달아난 팔에서 핏물이 분수처럼 쏟아졌다.

비명을 지르는 와중에도 선주 하나만큼은 길동무로 삼겠다는 양, 남겨진 손 하나가 선주의 뒷덜미를 잡아챘다.

청풍은 그대로 두지 않았다.

실수는 한 번으로 족했다.

사선의 격검과 회선의 반검(反劍)이다. 함산마두의 나머지 한 팔이 잘려 나가고 그의 가슴에서 피가 튀었다. 다시는 돌아올 수 없는 사로(死路)였다. 비틀대며 난간에 걸린 함산마두가 그 밑에 대어진 쾌속정으로 떨어져 버렸다.

우직!

뼈가 부러지는 소리가 들려왔다.

머리부터 떨어진 쾌속정 바닥이다. 육중한 신체, 낙하하는 무게를 그대로 받았으니 그 목이 성할 리가 없다. 등을 향하여 끔찍한 각도로 꺾여진 머리가 보였다. 가슴을 갈라놓은 염화인으로 인하여 어차피 끊어질 숨이었지만, 함산마두의 최후는 그 자신이 저질러 왔던 악행처럼 그보다 더 비참했던 것.

실수로 빚어졌던 위기는 그렇게 마무리되고 있었다.

싸움도 쉽지는 않았지만, 선상에 가득 찬 공포를 수습하는 것도 쉬운 일은 아니었다.

시체를 치우고 살아 움직이는 비검맹 무인들을 쾌속정으로 몰아냈다. 선주와 선원들을 독려하여 항행(航行)을 계속하도록 하고, 갑판 위의 여객(旅客)들에겐 아래쪽 선실로 내려갈 것을 권유했다. 그들에게 있어 바닥에 얼룩진 핏물과 혈향은 그것만으로도 충분한 두려움인 까닭이었다.

"여기엔 어떻게……. 아니, 언제부터 있었습니까?"

어느 정도 사태가 진정된 후, 청풍은 죽립인에게 물었다.

그제야 벗어내는 죽립.

벗어내는 죽립 아래, 드러난 턱 선은 수려하기만 하다.

정갈한 도복에는 고급스러운 느낌마저 흐른다.

광기를 제어하려 애쓰던 절박함은 어디에서도 찾아볼 수 없었다.

매화검이 없어도 사라지지 않는 매화 향기다.

매한옥.

죽립으로 감추어져 있었던 것은 매화옥검, 바로 매한옥의 얼굴이었다.

"몰랐다니 뜻밖이군. 알고 있는 줄 알았는데 말이야."

매한옥의 말투에서는 여유로움이 배어 나오고 있었다.

강해졌다. 청풍은 알 수 있었다.

청풍이 석가장 때와 전혀 다른 무위를 가지게 되었다면, 이 매한옥도 그와 같았다. 석가장에서와 전혀 다른 사람이라 해도 과언이 아니었다. 나락까지 떨어졌던 사람이 재기하면서 얻는 성취였다. 끊임없는 보완과 연마로 만들어진 새로운 무인이 여기에 있었다.

"잊었나? 오용(五勇) 사현(四賢), 오용에는 암행과 추적이 있었지. 화현에서부터 따라왔는데 이상하게 알아채지 못하는 기색이더군. 그만큼 강한 무공을 연성하고도 기본을 간과해서야 곤란한 일이야."

가볍게 말하는 매한옥이다.

그렇기에 더 더욱 청풍은 당혹감을 감추기가 힘들었다.

화현에서부터 따라왔다면, 이 배에 오를 때부터 같이 있었다는 말이 된다. 까마득히 몰랐다는 것은 그만큼 긴장이 풀어졌다는 말밖에 되지 않았다. 물론 매한옥이 마음먹고 자신을 감추려 했었다면 청풍이 알아채지 못한 것도 결코 이상한 일은 아니다. 매한옥은 그럴 능력이 충분한 고수였으니까.

하지만 그렇다 해도 기본을 간과했다는 것은 달리 변명할 여지가 없다.

육력과 오용 사현.

그것을 떠올리지 않게 된 것이 언제부터였는지 모르겠다. 어릴 때부터 매달렸던 가르침인데, 이제는 도리어 생소하게 들릴 정도였다. 어느새 스스로 화산과는 멀어지고 있었음을 확연하게 깨우칠 수 있었다.

"놈의 마지막 행동도 그와 같다. 사현(四賢)의 지략(智略)을 항상 마음에 두고 있었어야지. 무공만으로 해결하려 하면 어려워."

옥소를 꺼내 들고 음공(音功)으로 대응한 것.

전적으로 매한옥의 기지에서 나온 방편이다.

청풍의 압도적인 속도를 계산에 넣고 순식간에 사고를 전환했다. 강호 경험의 차이라고 할까. 생각의 기민함이 달랐다.

"명심하겠습니다."

청풍은 고개를 숙였다.

매한옥의 지적은 구구절절 옳은 것이었다.

폭 넓은 사고와 시야, 천태세의 가르침과 상응하는 부분이다. 청룡검을 얻었던 그 당시엔 청풍도 잊지 않았던 내용인데, 최근 들어 급격히 흐트러진 모습을 보였다. 장강에 도착하여 무작정 수로맹의 위치를 물었던 것도 그렇다. 성격이 급해졌다고밖에 표현할 수 없었다.

'주작검……'

분명하게 느껴지는 한 가지 사실이 더 있다.

그전에도 그랬다.

청풍은 닮아간다. 각각의 검을.

을지백에게 가르침을 받았을 때, 청풍은 그의 용맹함을 닮아갔고, 천태세에게 가르침을 받을 때엔 그의 신중함을 따랐었다.

지금은 마치 천태세에게 배우기 전으로 돌아간 것 같다. 주변을 살피지 않고 앞으로만 나아가고 있다. 남강홍, 닮지 않으려 해도 닮게 만드는 마력이 그에게 있었다.

"그렇게 심각하게 받아들일 것까지는 없는데 말이다. 그저 이만큼이 아쉬워서 그럴 뿐이니까."

매한옥의 목소리.

고개를 숙이고 생각에 잠기는 청풍을 보면서 되려 당황한 것 같다.

엄지와 검지로 작은 것을 표현하는 매한옥의 모습에서는 사람 냄새가 났다.

한 자루 서늘하게 갈린 매화검이었던 남자.

멀기만 했던 사형이었다. 하지만 지금은 그렇지 않다. 석가장에서 보았던 그가 아니라는 것을 다시 한 번 확인했다. '인간'이 느껴지는 매한옥은 그때보다 덜 날카로웠지만 훨씬 더 강하기만 했다.

"아닙니다. 이번 일은 전적으로 제 책임. 매 사형께서 안 계셨으면 큰일을 겪었겠지요. 정말 감사합니다."

청풍은 다시 한 번 고개를 숙였다.

매한옥이 어깨를 한번 들썩이며 멋쩍은 표정을 지었다.

그런 말을 들으려고 도와준 것이 아닌데, 청풍은 진심을 담으며 고마움을 표시하고 있다. 젊은 나이에 높은 무공을 연성했으면 대부분 건방져지기 마련인데, 청풍에게는 그런 것을 도무지 찾아볼 수가 없었다. 함산마두를 상대하면서 보였던 것과도 완전히 다른 얼굴이었다.

"그런 말 하지 말라고. 사형제끼리는 그런 식으로 고마움을 표하는 것이 아니야."

매한옥은 고개를 모로 돌렸다.

사형제란 말을 해놓고 보니, 그 자신도 어색함을 느끼는 것 같았다. 매화검수와 보무제자는 보통 사형제라고 말하지 않는다. 특하나 강호에 나가면 상명하복의 수직 체계에 가깝지 형제의 의로서 친근하게 대하는 일이 드물다. 사형제라 함은 특별한 친분이 없는 한 같은 매화검수끼리나, 같은 평검수끼리 쓰는 단어였던 것이다.

'그것이 화산의 문제인 것을……'

매한옥도 그전에는 알지 못했던 일이다.

매화검수 자격을 잃고 나서야 깨달았다. 지위의 격차, 끝 갈 줄 모르는 경쟁 체계. 그것이야말로 화산 문하의 가장 큰 폐단이자, 냉혹한 비정(非情)의 표상인 것을 끝까지 겪어본 후에야 알 수 있었던 것이다.

"여하튼, 이 방향은 아니야. 배에서 내리고 다시 시작해야 돼. 게다가 여기서 내리면 즉시 할 일이 있어. 화산지부에 연락을 취하는 것. 이 배의 선주와 선원들에게 닥칠 후환을 막으려면 말이다."

어두웠던 선원들의 얼굴이 다소 밝아지는 것을 볼 수 있었다. 다른 누구보다도 크게 밝아진 것은 선주의 얼굴이다.

청풍은 생각하지 못했던 대목이었다.

이 배에서 비검맹의 무인들이, 그것도 한 검대가 박살났으니 비검맹의 해코지가 뒤따를 가능성이 높다.

간단하면서도 간과하기 쉬운 사실들을 매한옥은 놓치지 않고 있었다. 큰 그림을 그려가는 것에서는 청풍도 어느 누구 못지않겠지만, 세

세한 것에 이르면 이처럼 허점이 드러날 수밖에 없는 것이다.

무공에 편중된 강호행 때문이었다. 너무도 빨리 성장했다. 단계를 밟으며 하나하나 짚고 온 이와는 그런 점에서 차이가 있을 수밖에 없었다.

"하면… 함께 가시는 겁니까?"

"당연하지. 송 사숙께서 이야기하시지 않았나? 뒤를 봐주는 사형 하나 더 생긴 것이라 생각하라는 것이 그분의 전언이다. 사제는 그렇게 알고 있으면 돼."

송 사숙.

준비를 한다고 했던가.

그 준비, 산동성 단영검객, 지운검객의 안배가 여기에 있다.

단순한 지원도 아니고, 매화검수 하나를 붙여주었다. 매화검이 없으니 매화검수가 아니다?

다를 바가 없다.

무공과 경험은 매화검수, 그 이상이다.

천군만마와 같은 조력자였다.

"요즘 물길은 어떻습니까?"

"뭐, 그냥 그렇소."

"시절이 하수상해서 말입니다."

"그러게 말이오. 장강이 어떻게 되려는 건지."

"모르지요. 바람 잘 날이나 왔으면 좋겠습니다. 우리 무인들도요."

거기까지가 끝이다. 매한옥은 더 물어보지 않았다.

그대로 돌아서며 청풍에게 속삭였다.

"이런 사람에게서는 아무것도 못 얻어. 어떤 것도 말하지 않지. 정보를 얻으려면 사람을 잘 가려야 돼."

한마디로 사람을 파악한 후, 아니다 싶으면 미련없이 자리를 떴다. 시작은 언제나 일상적인 대화로, 알고자 하는 것을 묻는 것은 그 다음이다. 사람을 대하는 기술이 절묘했다.

"우리 무인들도 갈피를 못 잡겠소. 장강은 생각보다 무서운 곳인가 보오."

"물길이라는 것이 원래 그런 법이오. 허튼 마음이야 안 갖는 게 좋겠지."

"쭉 봐도 그렇더이다. 장강 사나이들은 확실히 탁 트여서 무인들 이상으로 호방한 것 같소. 그나저나 예까지 왔는데 가만히 구경만 하기도 그렇고… 어디 가면 진짜 사내들을 만날 수 있소? 한 수 배워보고 싶소."

"이 사람 큰일날 소리를 하는군. 장강의 물이 무섭다고 말한 것은 당신 아니었소?"

"무서워도 달려드는 것이 또한 사나이 아니오? 장강 사나이들은 다들 그리 살고 있지 않소. 하나하나가 다 절세무인들이오. 대강을 제 땅으로 넘나드니까."

"허, 이 사람, 말은 좋소. 정 그렇다면, 무호(蕪湖) 쪽으로 가보시오. 백해(白海)에는 진짜들이 가득하지."

"아니, 그런 식으로 막 이야기해도 되오? 다들 목을 움츠리고 있어서 도통 알 수가 없었는데 이렇게 호탕한 분은 처음 보았소."

"허허. 객쩍은 소릴랑 그만두고 어서 가보시오. 비검(比劍)의 칼이 무섭기는 제아무리 배짱이 좋아도 어쩔 수가 없는 것이라오."

전형적인 호한(好漢)이다.

매한옥은 사람을 정확히 보았고, 말 몇 마디로 중요한 정보를 얻어냈다. 오용 사현을 완벽하게 체득한 결과다. 소요관을 통과한 매화검수라는 것은 무엇이 어떻다 해도 역시나 허울뿐인 지위가 아닌 것이었다.

"무호라면 그렇게 멀지 않아. 그런 곳에 거점을 삼았다니 의외로군. 병법을 전혀 모르거나, 아니면 병법에 도가 튼 자들이겠지."

매한옥은 청풍이 보지 못한 것까지 보고 있었다.

병법을 말한다면, 청풍으로서는 제대로 알 길이 없다. 홀로 싸우는 것이야 상대가 몇이든 감당할 수 있다. 그러나 집단과 집단이 싸우는 격전이라면 아직 파악이 안 된다. 경험이 적기 때문이었다.

"서둘러야겠어. 아무래도 심상치 않아. 이대로라면 조만간 엄청난 일이 터질 느낌이다. 바깥에서는 어찌 이렇게 모르고 있었을지, 도통 알 수가 없어."

그것만큼은 청풍이 받은 느낌과 같았다.

이제 곧 벌어지는 것이다. 장강을 통째로 건 싸움이.

장강에 부는 바람을 달리 장풍(長風)이라 했던가. 전란의 장풍이 그들 바로 곁에 와 있었다.

"혼자라고 들었는데. 아니었군. 예상 밖이야."

"……."

"그래… 아가씨는 어떻소? 마음의 정리는 되었소?"

"……."

그녀는 대답하지 않았다.

아름다운 얼굴.

무표정한 얼굴을 한 채, 멀고 먼 청풍의 등을 바라보고 있을 뿐이었다.

"……."

조신량은 그녀의 침묵을 나무라지 않았다.

흠검단주는 끝내 돌아오지 않았고, 청풍이 그를 해쳤다는 추측은 이제 기정사실처럼 되어버렸다.

그뿐이 아니었다.

청풍은 무적진가의 비호까지 받고 있다.

화산파라는 것만으로도 이미 길을 걷고 있는데, 팔황의 숙적인 진가까지 얽혔다면 더 이상 할 말이 없다. 승무련을 버린다면 모를까. 두 사람, 애초부터 이어갈 수 없는 인연이었다.

"보는 순간 저절로 검이 나갈 것이라 생각했소. 그런데 그렇지가 않아. 이유를 모르겠소. 불공대천의 원수일 텐데 이상하게도 분노가 일지 않는군."

조신량의 표정은 차분했다.

목덜미에는 전에 없던 흉터가 새겨져 있어 석가장 때와는 다른 인상을 주고 있었다. 모든 사람은 변하는 법, 그때와 달라진 사람이 여기에 또 있는 것이다.

"저놈 말마따나 저놈이 아무런 짓을 안 했기 때문일 수도 있을 것이오. 만일 그렇다면 단주님께서 건재하실 수도 있는 것이고……. 하지만 그 괜한 기대가 망설임을 부르고 있는 것인지도 모르지."

자신의 감정을 잘 다스리고 있다.

잠시 눈을 감으며 생각을 정리한다. 조신량이 눈을 뜨며 그녀에게 물었다.

"만에 하나, 놈이 단주님을 해한 것이 아니라면, 아가씨는 어찌할 것이오?"

이번에도 대답이 없을 것으로 생각했던 조신량이다.

하지만, 이번에는 대답이 있었다.

동문서답. 질문과는 전혀 동떨어진 대답이었지만.

"살아 있었군요."

"그럼 살아 있었지. 대체 그동안의 이야기를 무엇으로 들은 것이오?"

서영령.

아무것도 담고 있지 않았던 서영령의 두 눈이다.

처음으로 한줄기 감정이 깃들고 있었다.

"살아… 있었어요."

마무리를 지을 것이라면 자신이 직접 가야 한다고 따라나선 서영령이었다.

삶의 의욕을 상실했던 그녀.

몇 달 만에 처음으로 보인 의지다. 서자강으로서도 막을 수 없을 만큼 그녀의 의지는 강했고, 절박했다. 궁지에 몰려 있는 딸의 심경을 서자강은 외면할 수가 없었다.

서영령이 고개를 숙였다.

그녀는 청풍이 죽은 것으로만 알고 있었다.

마지막 순간, 무적진가의 가주가 나타나 청풍을 살려 갔다 했지만, 서영령은 그 말을 결코 믿지 않았다. 오히려 궁색한 변명을 한다고 생각했을 뿐이다.

딸이 사랑하는 남자를 죽인 아버지다.

그런 아버지라면 무슨 말을 못하겠냐 싶었다. 없는 말을 지어낼 사람이 아니라는 것이야 누구보다 잘 알고 있었지만, 그때는 믿지 못했다. 믿을 수가 없었다.

한참이 지나고서야 그가 살아 있을지도 모른다는 생각을 했다.

하지만 그것은 그것대로 또 하나의 두려움이었다.

그 벌판에서.

청풍은 그녀를 밀어내고 서자강 앞에 섰었다.

서자강은 숭무련을 이야기했고, 청풍은 화산의 제자를 말했다. 청풍 스스로 가는 길이 다르다는 것을 분명히 했던 것이다. 쏟아지는 빗속에서.

살아서 만나는 것이 더 무서웠다.

만나서 이루어지지 못한다는 것을 확인하는 것은 그의 죽음과 다를 바가 없는 무서움인 것이다.

그러나 또 마음속 한편에서는 말한다.

그래도 살아서.

그래도 살아 있어서.

중원무림 중천의 태양으로 날개를 펼치게 된다면, 그것을 지켜본다는 것이 또한 기쁨일 텐데.

하지만 그것을 지켜보기만 하고 나누지 못한다면 그것은 또한 죽음과도 같은 슬픔일 텐데…….

어느새 주체할 수 없을 만큼 깊어진 사랑이다.

그녀는 다시 만난 청풍이, 이제 다시는 같은 길을 갈 수 없는 타인으로 되어버렸을까 봐, 그렇게 다른 사람이 되었을까 봐, 두려울 따름이었다.

"질문을 바꾸어보지. 놈이 단주님을 해한 것이 맞다면, 그렇다면 아가씨는 어찌할 것이오? 그래도 마음의 정리를 하지 못할 것 같소?"

서영령은 고개를 들어 청풍이 있던 곳을 바라보았다.

이미 청풍은 사람들 속 어딘가로 사라져 보이지를 않는다.

'풍랑이 갈 숙부를 해한 것이 맞다면……'

그렇다면 당연히 끝내야 한다.

갈 숙부는 가족이다. 아무리 청풍일지라도 가족을 해한 사람에게 연정을 품을 수야 없다. 그런 것은 천도(天道)에 맞지 않는 것이었다.

'하지만……'

그러나 서영령은 알고 있었다. 그렇게 천도에 맞지 않는 일일지라도 서영령은 온전히 청풍을 떨칠 수 없을 것이라는 사실을.

패륜(悖倫)이다?

그렇지 않다.

사랑은 도의로 잴 수 있는 것이 아니기 때문이다. 평생을 죄책감 속에 살더라도, 그 죄책감을 감내할 수 있을 만큼 그녀의 사랑은 깊었다.

그뿐이 아니다.

무엇보다 그녀는 믿고 있었다.

청풍은 분명히 갈염을 해치지 않았다고 했다. 그가 해하지 않았다면 않은 것이다. 청풍은 거짓을 말할 사람이 아니다. 언젠가도 말하지 않았던가. 평생 거짓말은 안 하고 살 것이라고. 장난처럼 했던 말이지만, 청풍은 그럴 남자다. 자신이 했던 말은 지킬 남자라고 믿었다.

"대답하지 않는군. 그래서야 나로선 아가씨의 마음을 알 길이 없소. 어찌 되었든 결론을 지으려면 만나야 하겠지. 아가씨나 나나."

서영령의 침묵.

조신량이 말하며 돌아섰다.

"가야겠습니다, 전(錢) 회주님."

"바로 치는 것인가?"

카랑카랑한 목소리가 돌아왔다.

조신량과 서영령의 뒤에는 흠검단 검사 열 명 이외에도 주단(朱丹) 장포를 걸친 초로의 노인 하나가 더 있었다.

"예. 죽이든 죽이지 않든, 일단 강의검은 받아와야 하니까요."

"놈은 강하다. 내 입에서 강하다는 말이 나왔어. 그 의미는 알고 있 겠지?"

오만한 말투였다. 하지만 누구도 그에게 오만하다 말하지 못한다.

노인은 그럴 만한 고수였기 때문이다.

숭무련이란 무(武)를 숭상하는 여러 지파의 연합을 의미한다.

숭무련 일 파(一派) 참도회(斬刀會)의 회주, 전운록(錢雲麓)이 바로 그다. 지위로 따지자면 흠검단주와 동급, 무공에 있어서도 흠검단주와 같은 수준이거나 그 이상인 초절정고수였다.

"물론입니다."

"여차하면 내가 나서겠다. 서운케 생각하지 말아라. 흠검에 은(恩) 을 입은 것은 너 하나가 아니다."

"그것도 알고 있습니다."

조신량의 대답에 초로의 노인이 미소를 지었다.

휘날리는 주단 장포 뒤로, 폭 넓은 기형도(奇形刀) 도갑이 드러난다. 흑철갑, 금속성 묵색이 진한 빛을 흩뿌리고 있었다.

"그럼 가자꾸나."

참도회주 전운록.

서영령의 두 눈에 아련한 슬픔이 감돌았다.

서자강이 보낸 고수.

청풍을 해칠지도 모르는, 아니, 해치기 위하여 찾아온 참도회주다.
앞서 걸어가는 그의 뒤로 떨어지지 않는 발을 옮긴다.

그런 그녀, 서영령의 마음속에는 끝 모를 혼란만이 가득할 뿐이었다.

재회는 갑작스럽게 이루어졌다.

갈대 바람이 불어오는 강변, 선착장이 먼 곳에 보이는 장소다. 일순
간 청풍은 온몸을 엄습하는 강렬한 기파를 느끼고 매한옥을 불러 세우
며 몸을 돌렸다.

이 느낌.

'고수다!'

청풍은 내력을 한껏 끌어올렸다.

선자불래(善者不來) 내자불선(來者不善)이라, 이렇게 한적한 곳으로
고수가 찾아온다면 그것은 십중팔구 적(敵)이다.

갈대가 절로 갈라질 것만 같은 기운.

이런 기파를 알아채지 못한다면 무인이 아니다. 매한옥도 금세 얼굴
을 굳히며 내력을 일으킨다. 강한 자들, 하나둘이 아니었다.

'이들은……!'

마침내 갈대 숲을 헤치고 낮은 언덕 너머 온다.

청풍은 그들을 단숨에 알아보고 두 눈을 크게 떴다.

눈에 익은 복장이다.

석가장에서 보았던 자들.

흠검단이었다.

'숭무련……!'

자연히 숭무련의 이름을 떠올린다.

또한 숭무련을 생각하면 필연적으로 이르게 되는 한 여인의 이름이 있다.

서영령.

항상 머리 속에 있었던 그녀다.

그리고 청풍은 보았다.

흠검단 검사들 뒤쪽으로부터 흘러오는 강바람을 따라 나타나는 한 여인을.

이름을 떠올리자 거짓말처럼 모습을 드러낸다.

서영령, 그녀다.

그녀가 거기에 있었다.

"령… 매……!"

신음성처럼 입가에 맴도는 이름이었지만, 그녀는 그의 목소리를 듣지 못한 것 같았다.

그녀는 그와 눈을 마주치지 않았다. 무표정한 얼굴로 걸어올 뿐이었다.

"오랜만이군."

말을 잇지 못하는 청풍의 귓전으로 한줄기 낭랑한 목소리가 들려왔다. 조신량의 목소리였다.

"……."

간만이라 말하고 있지만 조신량의 얼굴에서는 반가움의 감정을 조금도 찾아볼 수가 없었다.

당연한 일이랄까.

그들은 청풍을 추궁할 마음을 품었고, 그 추궁한 결과에 따라 청풍을 죽이기 위해 여기에 왔다. 오랜만이라 말한 것은 그야말로 표면적인 의미일 뿐, 그 이상도 이하도 아니었다.

"왜 찾아왔는지는 알고 있을 것이다."

조신량의 목소리는 차분한 가운데 날카로운 기운을 품고 있었다.

하지만 청풍은 제대로 답하지 못했다.

오직 서영령에 집중되어 있는 시선.

청풍의 정신은 그녀 이외의 어떤 것도 받아들일 여유가 없었던 까닭이다.

'왜…….'

들끓는 마음이었다.

왜 찾아왔느냐, 어떻게 여기에 왔느냐는 도리어 청풍이 물어야 할 질문 같았다.

"말없이 싸우겠다는 생각이냐!"

청풍에게서 아무런 대답이 나오지 않자, 조신량이 미간을 좁히며 검자루에 손을 올렸다.

대답이 없는 것을 임전(臨戰)의 뜻으로 받아들인 모양이었다.

다짜고짜 검을 들고 다가오니 이쪽에서도 가만히 있을 수는 없다. 청풍의 옆에 있던 매한옥이 걸어나오며 마주 검을 잡았다.

"무슨 일인지는 모르겠으나, 안하무인이로군. 실례라 생각지 않나?"

그렇다.

청풍은 이제 혼자가 아니었다.

조신량의 앞으로 걸어나오는데, 삼엄한 검기가 절로 일어난다. 매화

옥검 매한옥의 진면목이었다.

"이쪽으로 치자면 그다지 예의를 갖출 상황이 아니지. 구면인 것 같은데. 어디서 보았던가?"

조신량의 어투는 무척이나 도발적이었다.

본 적은 있지만 누군지는 기억에 없다는 말이다.

무인이란 검의 깊이로 기억되는 법, 보고서 기억조차 못한다고 한다면 다분히 모욕적인 말이라고 할 수 있었다.

"구면이었다니, 나는 전혀 모르겠다."

그러나 매한옥은 결코 흔들리지 않았다.

그는 고수였다. 무공에서 뿐만 아니라, 말을 받는 것에 있어서도 충분히 강했다.

조신량의 눈에 기광이 번쩍였다.

전혀 모르겠다니 기억에 없는 정도가 아니다. 되로 주고 말로 받은 격이었다. 조신량은 비로소 매한옥이 가볍게 볼 상대가 아님을 깨달았다.

'매화검수……?!'

이 나이에 이 기도.

게다가 전혀 물러나지 않는 배포까지 갖추었다. 청풍에 가려서 눈에 띄지 않을 뿐, 흔히 볼 수 있는 무인이 아니었다.

조신량은 자연스럽게 매화검수를 떠올렸다.

도포라면 화산, 화산에 이런 젊은이라면 역시나 매화검수밖에 없다.

그러나 조신량은 곧바로 매한옥의 검이 매화검이 아님을 발견했다. 그뿐이 아니었다. 그의 도포에서는 매화검수라면 지니고 있기 마련인 매화 문양도 찾아볼 수가 없었다.

의아함은 잠시였다. 기도가 크게 바뀌어 있었기에 일순간 알아보지 못했다.

조신량은 다시 돌아본 매한옥을 어디서 보았는지 기억해 내었고, 이어 다시 한 번 자극적인 언사를 더했다.

"사람을 잘못 보았나? 석가장에서 날뛰던 것을 본 것 같은데."

"다른 사람이었겠지."

그래도 매한옥은 경동하지 않았다. 도리어 엷은 미소까지 띠고 있다.

다른 사람이라는 것.

어떤 의미로는 맞는 말이기도 하다. 청룡검을 잡고 광인이 되어 좌충우돌하던 매한옥과 지금의 매한옥은 전혀 다른 사람이라는 이야기다. 과거의 일에서 완전히 벗어난 모습, 그때의 일을 아무렇지 않게 바라볼 수 있는 그였다.

"말장난은 그만 하고 용건을 말하라. 우리는 발길이 급해."

흔들림없는 가운데 과감함이 있었다.

숭무련 무인들 십여 명에 둘러싸이고도 전혀 위축됨이 없는 매한옥이었다. 조신량의 얼굴이 굳어지고, 무인들 사이에 분노의 감정이 일어났다.

"자신이 처한 상황을 잘 모르는군. 관을 봐야 눈물을 흘릴 놈이야."

스르릉.

조신량의 검집에서 검이 뽑혀 나온다. 매한옥도 왼손으로 수결을 취하며 검자루에 힘을 더했다. 발검 직전의 이십사수 매화검법 기수식이었다.

일촉즉발.

터지기 직전, 화약의 불을 끈 것은 놀랍게도 서영령이었다.

우수가 깃든 목소리, 언제나 당차던 그녀가 발하는 가녀린 목소리는 달아오른 불길을 끄기에 충분하고도 남았다.

"풍랑……"

그 자리에 멈추어 선 서영령이다.

그녀가 자신의 목을 가리키며 말을 이었다.

"목걸이를 걸지 않았군요."

하얗디하얀 목 선을 따라 옷깃에 머무는 손가락이다. 그녀가 청풍을 똑바로 쳐다보았다.

"령매… 그것은……."

어릴 적부터 고이 간직하고 있었던 목걸이.

동방 고묘에서 수련에 집중하기 위해 벗어둔 목걸이다. 목걸이를 보면 그녀 생각이 났으니까. 마음에 커다란 연정(戀情)의 심마(心魔)를 불러오던 목걸이였으니까.

"풍랑과 나를 이어주는 끈으로 생각했었지요. 제 것은 언제인지 모르게 잃어버렸지만, 풍랑도 그것을 버렸을 것이라고는 생각하지 못했네요."

'령매의 목걸이는 내게…….'

서영령의 목걸이.

육극신에게서 도주할 때, 줄이 끊어져 챙겨두었던 그것이다.

두 개의 부옥을 한 줄에 엮어, 동방 고묘로 들어가기 전까지는 언제나 목에 걸고 있지 않았던가. 하지만 청풍은 그것을 품속에 지니고 있다고 말할 기회가 없었다. 그럴 상황이 아니기도 했거니와, 이어지는 그녀의 말이 너무도 빨랐던 까닭이었다.

"서로의 인연이 끊어지는 것이라면 어쩔 수가 없지요. 갈 숙부를 해쳤기 때문에 목걸이를 버린 것인지도 모르겠네요."

서영령은 오해를 하고 있었다. 아니, 오해라기보다는 확신이었다.

특별한 이유가 없는 한 청풍이 먼저 목걸이를 버릴 사람이 아니라 믿고 있는 것이다. 흠검단주를 해쳤다거나, 서영령과의 연을 끊기로 마음먹지 않고서야 그것을 버렸을 리 없다고 생각하는 것이 틀림없었다.

"령매, 그런 것이 아니야."

이 순간 품에서 목걸이를 꺼내어 든다면 모든 오해가 풀릴까.

그럴지도 모른다.

그러나 청풍은 그러지 못했다. 검과 검이 서로를 부르는 이 심각한 시점에서 그런 식으로 가볍게 일을 해결하기에는 청풍의 성정이 너무도 진중했던 까닭이다.

상황과 해결의 괴리에서 오는 망설임이었다. 하지만 그 잠깐의 망설임이 결국 참도(斬刀)의 무서움을 부르고 말았다.

참도회주.

그가 나섬으로 인하여, 청풍은 결국 목걸이를 꺼낼 기회를 놓치게 되고 말았다.

"어떤 놈일까 했는데 실망이다. 그 당당하지 못한 태도로 보아하건대, 갈 아우에게 해를 입힌 놈이 틀림없으리라."

오해의 중첩이었다.

청풍이 당황한 것은 서영령 때문이지, 떳떳하지 못해서가 아니었다. 문제는 참도회주란 인물이 타협을 모르는 사람이란 사실이었다.

사람의 성정은 자신이 쓰는 병기를 닮는다 했던가.

참도(斬刀)는 곧 단칼에 베어내는 도(刀)를 말한다. 참도회주의 성정은 그가 지닌 신공(神工) 도철의 명도(名刀) 흑철도(黑鐵刀)의 성질과 다를 바가 없었다.

"그렇지 않소."

청풍의 말이 소용없음도 그와 같았다. 참도회주는 청풍의 해명 따위는 듣지 않았다.

거센 기파를 쏟아내며 나서는 한 걸음에 천 근의 압력이 실려 있었다.

"숭무련 참도회주가 나다. 갈 아우는 나에게 형제와 같은 이! 변명은 듣고 싶지 않다. 비굴함은 죄악이야! 흠검이여, 돼먹지 못한 놈에게 당했구나!"

호통을 치는 목소리에서 무시무시한 진신내공이 전해져 왔다.

갈대 숲 저편에서부터 느껴졌던 막강한 무력은 바로 이 노인의 힘이다.

"통탄할 일이로다! 아우의 검은 네놈의 시체에서 회수하마!"

무지막지한 기세를 온몸으로 받을 때다.

갑작스레 뇌리를 울리는 진동, 청풍의 의식 저편에서 한줄기 강렬한 의지가 울려왔다.

'오해가 있으면 어떤가! 이 정도 상대, 결코 만나보기 쉽지 않다! 힘을 겨룬 후에 오해를 풀어도 늦지 않아!'

청풍의 양손이 저절로 청룡검과 주작검에 닿았다.

이상하게 들끓는 호승심이다. 함산마두를 베어갈 때 들렸던 목소리와 같은 느낌, 싸움을 피할 수 없다면 처음부터 전력을 다한다. 신검출수, 청풍의 몸에서 막강한 기파가 솟구쳤다.

파아아아!

누구도 제지할 수 없었다.

조신량이 나서며 참도회주를 말리려 했으나, 그의 기세는 넘치는 홍수와도 같았고, 그의 흑철도는 산이라도 쪼개 버릴 것처럼 사나울 뿐이었다.

조신량마저 베어버릴 기세.

그러나.

그 막을 수 없을 듯한 힘을 눈앞에 두고도 청풍은 물러나지 않았다.

치링! 치리리리링!

그 흔한 기합성조차 터뜨리지 않았다.

말없이 두 손을 움직여 두 개의 검자루를 뽑아낸다.

청룡과 주작, 두 개의 빛줄기가 현신했다.

쩌어어엉!

교차되며 뻗어나가는 이 검(二劍)의 연환검이다.

흑철도의 막대한 경력이 두 신검의 빛살에 가로막히며 무지막지한 충돌음을 울렸다.

쏴아아아아!

이어지는 충격파.

주변의 갈대가 둥글게 허리를 꺾으며 사방으로 쓰러졌다.

격이 다른 싸움이란 이것을 말함인가.

두 사람의 움직임은 멈추지 않는다.

하늘로 치솟은 참도회주가 왼손을 움직여 흑철도의 도병을 감아 쥐는 것이 보였다.

양수도(兩手刀).

떨어지며 내리찍는 강맹한 도격(刀擊)이었다.

쫘아아아앙!

이런 도격을 정면으로 받는 것은 아무리 내공에 자신이 있더라도 함부로 시도할 일이 못된다. 그러나 청풍은 피하지 않았다.

참도회주의 도법은 상대가 물러나면 물러날수록 기세를 타는 무공이다. 이런 경우, 돌아서 가려 하다가는 더 큰 곤경에 처하게 되는 법이다.

똑같이 싸워준다.

저쪽에서 공격일변도로 나온다면, 이쪽에도 그것에 뒤지지 않는 검날이 있기 때문이었다.

퀴유웅!

청룡검을 쥔 왼손을 뻗어내고, 아래로 끌어내린 주작검을 바깥으로 돌렸다.

나아가는 청룡검은 금강탄.

바람을 가르고 뻗어나가는 호쾌함에 흑철도의 무거움이 부딪쳐 왔다.

쩌어엉!

금강탄이 빗나가며 갈 곳 없는 경력을 흩뿌렸다.

참도회주 뒤편의 갈대가 짓이겨져 비산했다.

경황 중에 내친 것이라지만 금강탄을 이처럼 가볍게 튕겨내는 무공은 육극신 이외에 여태껏 만나보지 못했다.

'강자(强者)……!'

상대의 강함에 감탄할 여유 따윈 없었다.

흑철도는 이미 머리를 쪼갤 기세로 눈앞에 다가와 있다.

죽음.

죽음의 각오를 한다는 것은 바로 이런 것이다.

남강홍의 가르침, 바깥으로 돌렸던 주작검이 적홍(赤紅)의 날개를 드러냈다.

파라라락!

사선으로 올려치는 주작검이다.

염화인, 홍염의 일격이 강렬한 빛을 발했다.

카각! 쩌어어어엉!

방어라는 말이 무색했다.

방어가 아니라 공격이다. 처음부터 도격을 막으려고 했던 것이 아니라, 참도회주의 목을 날려 버리려는데 흑철도가 성가셔서 부딪치게 되었다는 느낌이었다.

우우우웅! 채앵!

힘으로 흑철도를 밀어내는 광경은 그 자리에 있는 숭무련 무인들에게 있어 경이로움 그 자체였다.

오른발을 앞으로 팅기고 흑철도를 비껴낸다. 그대로 반원을 그리는 주작검의 검끝이 아슬아슬한 간격으로 참도회주의 목덜미를 스쳐 갔다.

“이놈!”

참도회주의 입에서 종전과 같은 호통이 터져 나왔다.

그 호통은 기합성이면서 또한 놀라움의 표현일 것이다. 주작검에서 나오는 것은 폭발적인 살초다. 참도의 흑철 역시 살기로 말하자면 둘째가 서러울 살병(殺兵)이었으나, 단 한 수로 보여준 주작검의 살기는 흑철도의 그것을 능히 능가할 수 있을 것 같았다. 참도회주의 도격이 더 더욱 강한 분노를 드러내며 청풍을 향해 짓쳐들었다.

쩡! 쩌저정!

거듭되는 살초다.

일격이면 끝날 싸움.

참도회주의 무공은 이제 살의 그 자체로 충만해 있었고, 그것을 막아내는 청풍은 신이 들린 듯한 속도와 괴력을 보여주고 있었다.

"이럴 수가……!"

폭풍처럼 몰아치는 검과 도다.

조신량의 입에서 믿을 수 없다는 침음성이 흘러나왔다.

청풍을 자신의 몫이라고만 생각했던 그다.

참도회주와 대등한 싸움을 펼칠 줄은 꿈에도 상상치 못했다.

성혈교 오사도의 팔을 잘라냈을 때만 해도 요행이라 생각했었다. 아니, 그것은 요행이 맞다. 그 시점에서 성혈교 오사도는 틀림없이 청풍보다 강했으니까.

하지만 지금은 아니다.

괄목상대(刮目相對)라 함은 달리 있지 않았다. 바로 여기에, 청풍이 보여주는 무위가 바로 그와 같다. 시간과 경험, 모든 것을 초월하며 뻗어나가는 무공이었다.

촤아악! 피슉!

삼십 합을 넘어가는 공방이다.

그 끝에서 들려오는 한줄기 이질적인 음성.

핏물이 튀어 교차되는 경력에 휘말리니, 붉은 안개와도 같은 피보라가 일어난다.

움직이는 흑철도.

서영령의 안색이 하얗게 변했다.

쩌엉!

피가 뿜어 나오고 있는 것은 청풍의 가슴이다. 백포 도복에 혈화가 피고 있다. 그렇지만 청풍은 아무렇지 않은 얼굴로 흑철도를 막아낸다. 출혈이 꽤 심한데도, 전혀 타격을 받지 않은 듯한 모습이었다.

쿠유웅! 파라라락!

염화인을 익히면서 얻은 인내다.

속도가 조금도 줄지 않은 홍백의 검날에 참도회주의 얼굴이 딱딱하게 굳었다. 회심의 일격을 가했는데도 도리어 더 빠르게 짓쳐오니 제아무리 참도회주라도 질린 표정을 지을 수밖에 없다. 기세에 눌린다는 것은 곧 그만한 허점을 드러내기 마련, 청풍은 참도회주의 흔들림을 놓치지 않았다.

터엉! 쐐애애액!

청풍의 발이 금강호보의 진각을 밟고 그의 몸이 화천작보의 구결을 따라 공간을 찢어낸다.

무시무시한 빠르기였다.

화천작보의 속도를 받은 주작검이 비할 데 없는 쾌검을 선보였다.

사선에서 횡으로, 다시 횡에서 직선으로.

좁디좁은 공간, 다급하게 따라붙는 흑철도가 위태위태했다. 심력의 우위를 점하여 몰아치는 광포한 화마(火魔)의 울부짖음이었다.

쩌어엉! 촤아아악!

먼저의 것과 똑같은 소리였다.

살이 갈라지고 피가 튀는 소리.

참도회주가 뒤로 튕겨 나오며 자세를 바로잡는 것이 보인다. 청풍의 상처와 비슷한 위치, 비슷한 깊이의 검상이었다.

찌이익.

상대의 부상으로 시간을 번 청풍이다.

재빨리 앞섶을 찢어내고 옷깃을 말아 상처 부위를 동여맸다. 너무나도 자연스러운 동작이었다. 한두 번 해본 솜씨가 아니었다.

'변했어……!'

청풍을 보는 서영령.

그녀는 청풍에게서 시선을 뗄 수가 없었다. 얼마나 많은 격전을 거쳐 온 것일까.

드러난 상체, 전에 없던 흉터가 수두룩했다. 찢기고 짓이겨진 흔적 위로 최근에 생긴 것으로 보이는 검흔들까지 남아 있었다.

주작검을 비껴드는 청풍은 그녀의 기억 속에 있는 그와 너무나도 달랐다.

살벌한 검격에 망설임없는 살초.

누구에게도 지지 않을 것 같은 웅지(雄志)가 전해지고 있다.

예전과는 크게 달라진 모습이었다. 어딘지 모르게 모자라고, 어딘지 모르게 감싸 줘야 할 것 같던 청년은 이제 없다. 청풍은 청풍이되, 그녀가 만났던 청풍이 아니었다.

스릉.

참도회주는 상처를 수습하지 않았다.

가슴을 한번 내려다보고 흑철도를 비껴 쥔다.

그가 씹는 듯한 어조로 입을 열었다.

"무공만큼은 확실히 대단하구나. 아우가 당한 것도 이해가 된다."

참도회주를 바라보는 청풍이 답답한 한숨을 내쉬었다.

마치 살풀이라도 하듯 한바탕 검을 나누었다.

이제는 족했다. 더 이상 살초를 나눌 이유가 없다. 들끓던 살기도,

하늘을 찌를 듯한 호승심도 거짓말처럼 가라앉아 버렸다.

"그만두는 것이 좋겠소."

청풍의 목소리는 진중했다.

말뿐이 아니다. 주작검과 청룡검을 각자의 검집으로 회수해 버렸다. 그것을 본 참도회주의 눈썹이 꿈틀대며 한껏 위쪽으로 치켜 올라갔다.

"그것이 무슨 짓이냐!"

싸움의 와중에 무슨 망발이냐는 의미다. 참도회주를 쳐다보던 청풍, 청풍의 행동은 그것으로 끝나지 않았다. 곧바로 몸을 돌려 참도회주를 등진다. 참도회주의 입에서 커다란 호통이 터져 나왔다.

"이놈! 싸움 중에 감히 등을 돌려!"

머리끝까지 화가 난 얼굴이다. 그러나 달려들지는 않는다.

그것이 바로 상승고수가 지닌 자세다.

무기를 회수하고 등을 돌린 상대에게 어찌 달려들 수 있을까.

참도회주는 성질이 급하고 융통성이 없는 자였지만, 무인으로서의 긍지만큼은 넘치도록 갖춘 남자였다. 싸울 의지가 없는 자의 등을 치는 것은 그에게 있어 스스로 용납할 수가 없는 일이었다.

"정 싸우고 싶다면 기다리시오. 오해는 풀고 봐야겠소."

"건방진!"

청풍은 고개를 돌렸다.

그래도 손을 쓰지 않을 것이라 확신한 까닭이다.

확신…….

확신이라기보다는 믿는다는 것에 가깝다.

참도회주는 강자다. 그리고 강직하다.

그 강직함이 지나쳐 압력으로 비쳐 나올 뿐, 결코 악인이 아니었다.

악인인가, 아닌가.

마주치는 병장기, 부딪치는 무공에는 그 주인의 성정이 담겨 있을 수밖에 없다.

살벌하게 살초를 주고받았지만, 그것은 어디까지나 공방의 특성이었을 뿐, 그것이 서로의 마음과 직결되는 것은 아니다.

경험에 의한 것이 아니라 한순간에 직접 느껴지는 성정이다.

매한옥이 풍부한 강호 경험을 통해 민초들의 마음을 본다면 청풍은 피부에 전해지는 느낌으로 고수들의 심중을 파악하는 것이었다.

'게다가……!'

강직함도 강직함이었지만 무엇보다 중요한 것이 또 있었다.

이 사람과는 더 싸울 수 없다. 참도회주에게서는 다른 누구도 아닌 흠검단주의 그림자가 느껴지고 있었기 때문이다.

참도회주는 흠검단주와 전혀 다르다. 그럼에도 비슷하다.

무공을 섞으면서 느껴 버린 흠검단주의 향취.

그 때문에서라도 더 이상 싸우고 싶은 마음이 들지 않았다. 생사를 갈라야 할 적은 더 더욱 아니었다.

"조신량이라 했었지. 당신에게 내 먼저 분명히 말하겠소."

청풍이 발을 움직이는 곳은 조신량의 앞을 향해서였다.

청풍이 등 뒤로 질끈 매어놓았던 끈 하나를 풀어내며 말했다.

"나는 그분을 해하지 않았소. 내 목숨과 이 검을 걸고 맹세하오."

투둑.

풀어낸 끈으로 검이 지닌 영기(靈氣)가 함께 흐르는 듯하다. 호풍환우, 구름과 바람이 새겨진 검집을 잡아 앞으로 내밀었다. 강의검, 흠검단주가 맡겼던 강의검이었다.

"그분이 당신에게 전해달라고 했던 물건이오. 건네주는 것이 늦어져서 미안하오."

청풍의 손 위에 올려진 강의검을 바라보는 조신량의 두 눈에서 의심의 빛이 차 올랐다. 이런 식으로 강의검을 건네줄 것은 꿈에도 몰랐을 것이다. 쉽게 받아들이기 힘든 것이 당연했다.

"이것은 또 무슨 수작이냐!"

깊어진 오해가 한순간에 풀릴 리 만무했다. 강의검으로 손을 뻗지 않는 조신량, 급기야는 두 눈에 분노의 기색까지 떠올리고 있었다.

"이런 식으로 넘어가려는 것이냐? 그 정도로 얄팍한 심산이라니! 대체 우리를 무엇으로 보는 것인가!"

어렵다. 어렵고도 어려운 일이다.

게다가 상황을 어렵게 만드는 것은 또 있다.

잠자코 있던 매한옥이 끼어들면서 분위기는 다시금 싸늘하게 굳어지고 말았다.

"무슨 사정인지는 모르겠지만, 상대를 함부로 대하는 것은 이쪽이 아니라 그쪽이다! 다짜고짜 몰아붙이는 그 행태, 수치스러운 줄 알아라!"

한 발 앞으로 나서는 그의 전신에서 화산 매화의 서늘함이 일어나니, 마주 받는 조신량의 기세도 난폭하기 짝이 없다. 조신량이 진득한 살기를 발하며 대답했다.

"아까부터 거슬리는군! 해볼 텐가?"

"하! 얼마든지."

숭무련 일 파, 흠검단 부단주 조신량.

매화검수였으되, 매화검수의 자격을 박탈당한 매한옥.

어느 쪽이 위인가.

무공의 깊이나 뿜어내는 기파나 조신량이 위에 있는 것은 자명한 일이었다. 석가장에서도 조신량은 매한옥을 한참이나 앞서 있었고, 매한옥이 크게 변했다지만 조신량도 놀고 있지만은 않았다. 그 차이는 쉽게 좁혀질 성질의 것이 아니라는 말이다.

"덤벼라. 어설픈 매화검수!"

매한옥은 전혀 위축되지 않았다. 얼마든지 싸우겠다고 말하고 실제로도 검을 뽑는데 망설임이 없었다. 싸움에 임한 자, 절대로 물러나지 않는다. 화산 계율 제칠계. 그는 어디까지나 화산파다. 화산파 정신의 표본이었다.

"그만두시오!"

일촉즉발의 상황이다.

그것을 정리한 것은 결국 청풍일 수밖에 없다.

콰악! 하는 소리와 함께 강의검을 휘둘러 검집째로 땅에 박아놓았다. 가볍게 찍어 넣는 듯했는데 단숨에 반에 가까운 길이가 박혀 버렸다. 청풍이 호통에 가까운 목소리로 외쳤다.

"나는 그분께 은혜를 입었고, 그분은 나에게 많은 것을 주셨소! 내가 그분을 해쳤다는 것은 당치 않아!"

좌중을 한번 둘러본 청풍이다.

전신에서 뿜어 나오는 기운이 사방을 압도한다. 불어오는 갈대 바람까지 숨을 죽일 정도였다.

"당신은 강의검을 받아가시오! 나는 당신에게 강의검을 전달하기로 약속했소. 만일 당신이 그것을 거부한다면 무력으로라도 그것을 받아들이게 만들 것이오."

청풍의 오른손이 조신량을 가리켰다.

뭉클뭉클 일어나는 것은 참고 참았던 분노였다.

왜 그렇게밖에 안 되는가.

사람이 사람을 만나고, 소중한 인연을 쌓았다. 아무것도 모르는 이들이 그것을 함부로 말한다. 참아줄 수 있는 한계를 넘어버리고 말았다.

청풍의 시선이 이번에는 참도회주를 향했다.

"그리고 노선배, 나는 노선배와 싸우고 싶지 않소! 노선배에게선 갈선배, 그분의 그림자가 느껴지기 때문이오! 하지만 그래도 싸우겠다면 덤비시오. 난 물러나지도, 도망치지도 않겠소!"

끓어오르는 불길이 담긴 눈빛이었다.

서영령과의 만남으로 당황스러워하던 모습은 온데간데없었다. 그 어느 곳에 그런 힘이 숨어 있었는지 모른다. 타오르는 압력으로 느껴지는 힘이었다.

"마지막으로 말하겠소. 나는 이 장강에 한 사람과 하나의 물건을 찾으러 왔소. 그 사람이 곧 당신들이 찾는 그분이지. 찾을 수 있을 것이라 장담은 못하지만, 나는 그분이 여기 있을 것이라 믿고 있소. 함께 하겠다면 따라와도 좋소! 그러나 더 큰 오해를 하겠다면 어쩔 수 없겠지."

청풍은 잠시 말을 멈추었다. 그리고 그전의 그답지 않은, 또한 지금의 그에게 있어 너무도 어울리는 목소리를 더했다.

"막으려면 막으시오. 모두 쓰러뜨리고라도 난 내 길을 가겠어."

그 누구도 움직일 수가 없었다.

참도회주만이 복잡한 표정을 지으며 흑철도를 비껴 내릴 뿐이다.

모두를 자극하는 말임에도 덤벼들지 못한다.

청풍에게는 명분이 있고, 그에 더하여 명분을 가능케 하는 무공이 있었다. 그의 말은 진실이었고 그가 가는 길은 오로지 올곧게 뻗어 있을 따름이다.

청풍에게는 상대로 하여금 그렇게 믿도록 만드는 힘이 있었다.

그것이 바로 정도(正道)였다.

정도를 걷는 자에게 함께하는 무상(無上)의 바람이다. 숭무련 무인들에게는 그런 그를 막을 능력이 더 이상 존재하지 않았다.

저벅. 저벅.

청풍과 매한옥이 걸어가는 발밑으로 강변의 자갈밭이 묵직한 울림을 울렸다.

자리를 뜨는데 누구도 나서지 않는다.

참도회주도, 조신량까지도 잠자코 있는 때에 다른 숭무련 무인들이 움직일 리 만무했다.

강변의 갈대를 따라 멀어지는 뒷모습.

오직 한 명만이 혼란을 느끼는 모습으로 발을 옮긴다.

서영령. 그녀의 얼굴에 당황이, 그녀의 얼굴에 슬픔이 깃들었다.

단호하여 망설임이 없는 청풍의 발걸음임에, 한번도 뒤를 돌아보지 않는 청풍임에.

그녀의 두 눈에 주체할 수 없는 슬픔이 떠올랐다.

그러다가 어느 한순간에 이르러 결단을 내린다.

'따라갈 거야.'

눈물은 흘리지 않았다. 눈물 대신 앞으로 나아간다.

흐르는 바람에 움직이는 갈대들 사이로 청풍의 발자국을 쫓아 걸음을 빨리했다.

조신량과 참도회주는 먼저 떠나는 그녀를 말리지 않았다.

혼란을 느끼는 것은 그녀 혼자만이 아닌 까닭이다.

참도회주가 고개를 돌려 강바람 저 멀리 가고 있는 서영령을 바라보았다. 그리고 다시 조신량을 쳐다보며 입을 열었다.

"우리도 가야겠지."

강의검.

땅에 박힌 강의검만을 뚫어지게 보고 있는 조신량이다. 그가 한참만에 마음을 정리한 듯 고개를 끄덕였다.

"예. 가야지요."

조신량이 강의검으로 다가갔다.

호쾌한 외침을 발하던 청풍의 잔영이 그 앞에 아직도 남아 있는 듯하다. 강의검으로 손을 뻗어 잡아 뽑는데, 마치 청풍에게서 직접 전해받는 것처럼 묵직한 느낌이 전해져 왔다.

파아앙!

내력을 더하며 강하게 앞으로 튕겨내자, 땅에 박히면서 묻었던 흙과 갈대 줄기들이 단번에 흩어져 날아갔다. 청풍뿐 아니라 그전에 그것을 휘둘렀던 흠검단주의 그림자마저 털어내 버리는 듯했다.

"두 명은 본 련으로 돌아가라. 이곳 상황을 보고해. 두 명은 장강의 상황에 대해 조사하라. 놈이 찾는다는 백호검에 관한 정보와 단주님에 대한 정보를 알아봐."

조신량은 빠르게 지시를 내렸다.

고개를 숙이며 대답을 한 네 명의 무인들이 서둘러 몸을 날린다. 신속하게 행동을 결정하고 실행하는 모습이 돋보였다.

"나머지는 놈을 쫓는다. 놈의 말이 거짓이라면 그때는 쳐야겠지. 하지만 그전까지는 경동하지 말라. 알았나."

"예!"

흠검단 검수들의 대답은 일사불란했다. 강의검을 든 자, 단주와 같다.

조신량.

강의검의 무게가 새삼스레 느껴지는 순간이었다.

*　　　　*　　　　*

"일났습니다."

고봉산이 뛰어들어 올 때는 언제나 심상치 않은 소식을 가지고 온다. 고봉산은 들어오자마자 중원 동부 전역이 그려진 지도부터 펼쳐 깔았다.

"마안(馬鞍)입니다. 장강 한복판에서 비검맹과 수로맹이 정면으로 부딪쳤답니다. 사상자가 일백을 넘는 격전이었다고 하더군요."

"마안? 안휘의 그 마안 말인가?"

"제가 지금 여기 가리키고 있잖습니까. 그 마안입니다."

장현걸의 얼굴에 황당하다는 빛이 떠올랐다.

그가 고개를 저으며 말했다.

"둘 다 미쳤군."

"예. 미쳤지요. 비검맹이나 수로맹이나."

"안휘의 마안이면 남경(南京)과 거리가 얼마나 된다고 거기서 싸움을 벌여!"

"말씀하셨잖습니까, 미쳤다고."

벌떡 일어난 장현걸이다.

고봉산의 옆으로 성큼성큼 다가와 지도를 들여다보았다.

아니나 다를까.

안휘의 마안이라면 황제가 기거하는 남경에서 얼마 떨어지지 않은 곳이다.

당금의 황제, 영락제가 몽고 친정에서 돌아온 지 얼마 되지도 않은 이때, 남경의 지척에서 싸움을 벌이다니 대체 무슨 생각으로 그러는 것인지 알 수가 없었다.

"관군의 동향은 어때? 군함이 나서면 순식간에 당도할 거리일 텐데?"

"그게 이상합니다. 관군의 대응이 무척이나 늦었어요. 군함의 움직임이 있기는 했지만, 당도했을 때 이미 싸움은 모두 끝난 후였습니다."

장현걸의 눈에 기광이 번뜩였다.

"그럴 리가 없어. 남경 수군(水軍)이 그렇게 허술했나?"

"그러니까 말입니다. 싸움이 벌어진 곳이 몇 개의 섬들로 이어지는 외진 수역(水域)이었다 하기는 합니다만……."

"그 다음 수군의 대응은?"

"그것이 가장 이상합니다. 적극적으로 조사에 들어가지 않고 있어요. 뭔가 있는 것 같습니다."

"둘 다 미친 것이 아니로군. 만만치 않아. 역시."

"다른 수작을 부렸다고 보시는 겁니까?"

"그래. 관군은 비검맹과 수로맹. 둘 사이의 싸움에는 끼어들지 않으려는 모양이야. 그렇게밖에 해석할 수 없어. 한데 대체 누가 관군을 구

워섦았지?"

"모르지요. 지금으로서는."

고봉산의 목소리엔 허탈함이 섞여 있었다.

모른다는 말.

후구당에서 정보에 관해 이토록 무력한 적이 있었던가 싶었다. 불과 일이 년 전만 해도, 그 정도 사안은 며칠 안에 알아낼 수 있었으리라. 개방의 분열, 개방 전력의 약화가 피부로 전해져 왔다.

"비검맹인가… 수로맹인가……."

수군의 움직임, 그것도 수도를 방위하는 수군이라면 그 기동성이 타의 추종을 불허할 터, 후구당이 느리다고 평가했다면 그것은 보통 일이 아니다. 무엇인가 있는 것이 틀림없다. 비검맹이든 수로맹이든 수군의 기동을 늦출 만한 수작을 부린 것이리라.

"딱히… 꼽자면 비검맹일까요?"

"비검맹……. 그것은 후구당의 의견인가?"

"아닙니다. 제 개인적인 생각입니다. 후구당에서는 아직 아무것도 결론을 내린 것이 없습니다."

"결론을 내리지 못했다라……. 그렇군. 후구당도 이제는 냄새 맡는 코가 예전 같지 않아."

"……."

"어느 쪽인지는 아직 알 수가 없을 것이다. 굳이 가려야 한다면, 더 준비를 많이 한 쪽이라 봐야 하겠지."

관군의 개입이 없어야 운신이 편한 쪽이 해답이다.

하지만 비검맹이나 수로맹이나 관군 입장에서 보면 하나같이 눈엣 가시나 다름없다. 어느 쪽이나 장강 위에 없는 것이 더 좋을 것이었다.

거기까지 이른 장현걸이 다시 한 번 지도를 내려다보았다.

몽고 친정에서 돌아온 군주, 영락제.

아수라장을 헤쳐 온 철혈의 황제다. 그가 거하는 남경이 두 눈에 박혀들었다.

"영락제……. 어쩌면… 둘 다 아닐 수도 있겠군."

"예?"

"둘이 아니라 셋이다."

"셋이라고 한다면……."

"비검맹, 수로맹, 그리고 황궁이다."

"황궁……."

"수군은 일부러 움직이지 않은 것일 수도 있어. 폐하의 명에 따라."

"아……!"

"비검맹과 수로맹이 부딪치면 수많은 사람이 죽어나가고 민심이 동요하겠지만, 그 싸움이 끝나고 나면 둘 중 하나만 남게 될 것이야. 어느 쪽이든 큰 타격을 입은 후겠지. 둘 다 어차피 없애야 할 것이라면 그때 해도 돼. 내가 사냥꾼이라면 기세등등한 호랑이 두 마리보다 상처 입은 호랑이 하나를 택할 것이다. 관군은 둘이 한판 제대로 붙는 것을 오히려 반가워할지도 몰라."

확실히 그렇다.

관군 측에 서서 생각해 보면 그것이 오히려 당연한 일이다.

물론 너무 앞서 나간 것일 수도 있다. 싸움이 한창인 때라면 모르되, 싸움이 벌어지자마자 순식간에 수군의 동원 여부까지 결정한다면 지나치게 빠른 결단이다. 그렇기 때문에 비검맹이나 수로맹의 뒷공작이 먼저 떠올랐었다.

‘그래. 게다가 황궁에는 그가 있었지.’

장현걸은 ‘그’를 떠올렸다. 그라면 가능하다. 어떤 빠른 결단이라도 이상하지 않았다.

“그래서, 싸움의 결과는 어땠지?”

결론이 안 나는 고민은 뒤로 미뤄둔다. 비검맹이든 수로맹이든 마안 같은 곳에서 싸움을 벌였다면, 그야말로 생사를 결(結)하겠다는 뜻일 테다. 어느 한쪽이 지워지지 않고서는 끝나지 않을 싸움이었다.

“싸움의 결과는 확실하지 않습니다. 일단은 수로맹의 우세였던 것 같지만 그것도 추측일 뿐이지요.”

“수로맹의 우세? 비검맹이 아니라?”

“예. 수로맹의 전선 두 척이 대파되었지만, 죽은 사람의 숫자로 본다면 비검맹의 무인들이 더 큰 피해를 입었다고 하더군요.”

“잠깐. 배가 부서진 것은 수로맹인데, 정작 무인들이 죽은 것은 비검 맹이다? 반대로 되어야 하는 것 아니었나?”

“맞습니다. 그것이 또 이상한 일이지요.”

“수로맹……. 수로맹에 백무한 말고 또 누가 있었지?”

“사람이야 많지요. 하지만 적어도 알려진 사람 중에서 딱히 고수라 불릴 자들은 몇 명 안 됩니다.”

“역시나 그렇지? 그런데, 비검맹과 싸웠고, 우세를 점했다니……. 그들을 너무나 간과하고 있었다고밖에 말할 수 없군.”

“…….”

“이제 와서 장강수로맹에 대해 조사하는 것은 여력이 안 되겠지. 그 래도 애를 좀 써봐. 장강 수채들이 비검맹의 지배 하에 들어간 이후로 너무 신경을 못 썼어.”

장강에 대한 정보가 극도로 부족하다.

수로맹.

비검맹에게 싸움을 걸 정도로 커버린 것이 언제였던지. 무슨 일이 벌어질지 모르는 장강 수역이란 강호의 일부면서도, 중원무림과는 또 다른 세상 같기만 했다.

"장강에 관한 것은 이미 조사에 들어가고 있었습니다. 철혈련 사안에 관한 인력을 조금씩 빼오고 있었지요. 하지만 이미 대사(大事)로 받아들이고 있었는데에도 아무래도 인력 수급이 어렵습니다. 여기에도 풍 장로의 입김이 작용하고 있는 것 같습니다."

"풍 장로? 자세히 말해 봐."

"장강에 눈을 돌린 것 자체를 신경 쓰는 눈치입니다. 낌새가 이상해요. 장강으로 빼온 오결 제자 중 두 명이 손(孫) 장로의 명에 따라 사천으로 급파되었거든요."

"손가정 장로? 풍 장로의 최측근이로군. 너무나 노골적인데……."

"예. 이제는 거리낄 것이 없다는 투입니다."

"풍 장로가 나선다. 이렇게까지……. 혹시 비검맹과 수로맹의 싸움에 걸리는 것이 있나?"

"모르지요."

"모른다는 말을 남발하지 마. 후구당에는 코만 있는 것이 아니잖나."

"…죄송합니다."

"풍 장로, 비검맹……. 그리고 보면 접점이 없는 것도 아니지."

"접점이란… 팔황을 말씀하시는 겁니까?"

"옳게 보았다. 비검맹, 그리고 단심맹. 둘 사이에 연관이 없다면 오히려 이상한 일이겠지. 단심맹……. 단심맹이 일으켰던 일은 태반이 관이나 황실과 관련되어 있었어. 태반이 아니라 거의 전부라 보아도 무방할 거야. 봉산이, 자네 이야기처럼 비검맹이 정답일 수도 있겠어. 관군의 움직임을 늦춘 것은 말야."

"단심맹도 장강에 개입하고 있다 보는 거군요."

"뭔가 영향을 끼치고 있는 것이야 틀림없겠지. 풍 장로까지 민감하게 반응하는 것을 보면."

"어디까지일지가 문제인가요?"

"그래. 얼마나 깊게 관여해 있는지는 모르지만 풍 장로가 나서기 시작했다면 더욱더 일 처리에 신중을 기해야 할 거야."

"그것은 걱정 마십시오."

"그리고 단심맹 이야기가 나왔으니 말인데."

"암행 북중랑장 조홍 말이군요."

"그런 건 잘도 눈치챈다. 코 대신에 눈치로 먹고살아도 되겠어."

"원래 개들이 눈치가 빠르죠."

간만에 하는 농담이었지만, 둘 다 그럴 때가 아니라는 것을 잘 알고 있다. 여유를 부리는 것은 버릇이지만 이제는 그 버릇도 서로에게 부담스러울 뿐이었다.

"시끄럽고, 어떻게 되었나?"

"빡빡도 하십니다. 여하튼, 그 친구 알아보니까 벌인 일이 상당하더군요."

"상당하다?"

"접선책까지 마련해서 한꺼번에 보고드리려고 했었는데요."

"어쨌거나 나온 말이니 계속해."

"그 친구 북풍단주와 깊이 연관되어 있었어요."

"그렇다면 내가 기억하는 그 친구가 맞군."

"예. 맞습니다. 북경에서부터 몽고까지 북풍단주와 오랫동안 함께 지냈답니다."

"전장… 인가?"

"그렇습니다. 그 친구, 몇 년을 전장에서 보내고, 폐하의 친정 때 폐하의 눈에 들어 암행 북중랑장이란 직책을 하사받았다 했습니다. 광록훈황실직속암행북중랑장(光祿勳皇室直屬暗行北中郎將)이 그 친구 정식 직책명이라 하더군요. 황실 내에서도 기밀 사항에 분류되어 있었습니다."

"그 긴 명칭을 잘도 외웠군."

"한참 걸렸습니다. 고생 좀 했지요."

"그래, 고생했겠어."

장현걸이 눈을 빛내며 고개를 끄덕였다.

고봉산이 말한 고생은 이름을 외는 것에 있었겠지만, 장현걸이 말한 고생의 의미는 그것이 아니었다. 황실 기밀 사항이라면 후구당이 정상으로 작동하고 있더라도 빼오기가 쉽지 않은 일이었을 텐데 그것을 열악한 상황에서도 용케 알아왔다. 후구당의 힘. 사방이 암흑으로 둘러싸인 지경에서 단 하나의 빛이라 해도 과언이 아니었다.

"황실 직속이라 지닌 바 권한이 대단합니다. 병권(兵權)까지 가지고 있던 것 같더군요. 게다가 금의위 동창까지 인맥도 굉장합니다. 금의위 대도독 위금화에 동창 삼대대주 전원과 친분이 있어요. 숨겨진 실력자가 따로 있는 것이 아닙니다."

"금의위 대도독에, 동창이라……. 골치 아프군. 접촉이 어렵겠어."

"예. 쉽지가 않습니다. 시도는 해보고 있지만요."

고봉산의 얼굴에는 난감한 기색이 역력했다.

황실과 개방.

개방으로서는 건들기가 가장 난감한 곳이 바로 황실이라 할 수 있다. 뭔가 가까워야 접근하기도 용이할 텐데, 귀족들과 거지란 물과 기름처럼 어울리기 힘든 법이다. 그런 그곳에서도 실력자라면 후구당만의 힘으로는 접촉하기에 어려움을 겪을 수밖에 없었다.

"어쩔 수가 없군. 직접 나서야 되겠어."

"예? 직접 말입니까?"

"그래. 조금 더 빨리 보고하지 그랬나. 그 정도 인물이면 어지간한 일로 경동하지 않아. 직접 만나야 하지. 예를 갖춰서."

장현걸이 직접 나서는 것은 그곳이 어디가 되었든 위험 부담이 작지 않다. 더군다나 황실, 관부라면 단심맹의 주요 영역이다. 타초경사(打草驚蛇)가 될 가능성이 컸다.

"그러면… 직접 하시는 쪽으로… 준비하겠습니다."

"그래 줘. 풍 장로의 이목을 속이는 방향으로 가야겠지. 어차피 들통나겠지만 말이야."

개방의 눈을 피해서 일을 도모하는 것의 의미는 후개 스스로가 더 잘 알고 있다.

개방의 힘.

그 힘의 대부분이 풍 장로에게 있으니, 결국 개방 안에서 개방과 싸워야 되는 상황이다. 어려운 싸움이 될 것이 자명했다.

"그리고… 장강에 관한 보고가… 하나 더 있습니다."

마지막 보고를 이야기하는 고봉산이다.

그 망설이는 듯한 기색, 장현걸은 그 이유를 쉽게 읽을 수가 있었다.

"그놈에 관한 것이로군?"

청풍이다.

청풍에 관한 것이 아니고서야 넉살 좋은 고봉산이 그런 식으로 나올 리 없었다.

"예."

"말해 봐."

"그 친구, 이동 속도가 너무 빨라서 현재 동원할 수 있는 개방의 전력으로는 도저히 쫓을 수가 없었습니다. 그래서 말씀하신 대로 서천각 정보를 뒤졌지요."

"서천각 정보를? 그것은 최후의 수단으로 쓰라 했잖아."

"말씀드린 대로 어쩔 수가 없는 상황이었습니다."

"설마 흔적을 남기거나 한 것은 아니겠지?"

"물론입니다. 천류여협의 시선만 조심하면 나머지는 문제없죠. 게다가 화산 녀석들도 어차피 같은 식구라 생각하기 때문에 별반 경계를 하지 않더군요."

"그래도 조심해. 특히나 서천각 명령 문서는 대외 기밀문서야. 우리가 열람했다는 것을 알아채면 곤란해."

"사람이 모자랄 뿐이지, 능력이 모자란 것은 아닙니다. 걱정 끄십시오."

"꼬리가 길면 잡히는 법이다. 어련히 알아서 잘하겠지만……!"

개방의 정보는 그처럼 사람 수에 의해서만 나오는 것이 아니다. 개방의 특기는 잠입과 염탐, 첩보의 영역까지 닿아 있는 것이다.

"그래서, 뭔가 찾은 것이 있나?"

"예. 알아냈죠. 놈의 목적지를요."

"목적지?"

"목적지가… 놀랍게도 장강으로 되어 있었습니다."

"장강? 왜지?"

"그 이유는 서천각 문서에도 적혀 있지 않더군요."

"그 정도는 어떻게든 알아봤어야지."

"서천각 문서를 엿본 것만으로도 무리수였다는 걸 잘 아시면서 엄청 쪼이십니다."

"시끄러. 보고나 계속해."

"아이고 거참, 내 팔자도 무지하게 더럽소. 여하튼! 장강 화현 부근에는 화산지부 하나가 있지요. 그 친구의 첫 번째 목적지가 바로 그곳인 것 같았습니다. 때문에 그곳을 목표로 잡아 숭무련과 성혈교에 미리 정보를 흘렸지요. 그게 벌써 며칠 전인데… 어떻게 반응했는지는 아직 확인되지 않았습니다."

"그래서, 그게 단가?"

"물론 아니지요."

"뜸 들이지 말고 말해."

"그 친구 말입니다, 장강에 도착하자마자 수로맹에 대해 묻고 다녔답니다."

"수로맹? 그것은 또 왜?"

"그것은… 또 모르지요. 문제는 수로맹에 대해 대놓고 물어보고 다녔다는 겁니다."

"타는 불에 기름을 부었군."

"예. 어쨌든 그 때문에 비검맹이 나섰다고 합니다. 함산철검이 이끄는 함산검대와 부딪쳤다고 하더군요."

"함산철검? 함산마두를 말하는 것인가?"

"그 함산마두 맞습니다. 어떻게 그런 놈들까지 기억하십니까? 그 기억력에는 정말 감탄을 금치 못하겠습니다."

"같잖은 소리는 그만 하고. 결과는? 아니, 안 봐도 뻔하군."

"예. 일방적인 싸움이었다고 했지요. 한데……."

"한데?"

"조력자가 있었답니다."

"조력자?"

조력자라니. 그것은 또 무슨 소리인가.

우연히 만난 것이라면 모르되, 특별한 조력자가 있을 리 만무하다. 홀로 움직이던 사람은 본래 동료들과 움직이기 힘든 법이다. 장현걸이 보았던 청풍은 홀로 강호를 걷는 자였지, 여럿과 함께 나누는 자가 아니었다.

"조력자의 정체는 분명하지 않습니다. 하필이면 그 싸움이 벌어졌던 배에, 쓸 만한 무인들이 한 명도 타고 있질 않아서 도무지가 제대로 된 정황을 알아볼 수가 없었지요. 어떤 무공인지 알아보는 사람이 없었습니다. 사람들 말만 들어보면 상당한 고수인 것 같은데 민초들의 눈을 믿을 수가 있어야죠."

"그야 그랬겠지."

"무공 말고 특이한 것이 있다면 두 사람의 관계죠. 그 친구와 서로 아는 눈치였답니다. 원래부터 친분이 있어 보였대요."

"친분 관계, 조력자라……. 그거 작지 않은 변수인데."

"예. 그래서 그것에 대한 조사도 따로 시작했습니다."

"잘했어. 혼자와 둘은 다른 점이 많아. 그놈, 서천각에서도 지원을 받는 모양이던데, 그것에 대해서도 마저 알아두도록 해. 중요한 것은 화산 장문인과의 관계야. 그놈에 대하여 이상한 낌새가 보이면 즉각 보고하는 것 잊지 마."

*　　　　*　　　　*

"상처는 어떤가?"

갑작스런 매한옥의 질문이다. 청풍은 일순 알아듣지 못하고 두 눈을 크게 떴다.

"예?"

"참도회주라는 노인장에게 당한 상처 말이다."

"아… 괜찮습니다."

"괜찮다라……. 항상 그런 식이었나?"

"예?"

"상처는 제대로 치료해야 하는 법이다. 아무리 작은 상처라도 말이지. 옷을 풀어봐라. 상처를 봐야겠다."

"아니, 그러실 필요 없습니다. 정말로 괜찮습니다."

"못 말릴 놈이군. 도상(刀傷)은, 특하나 그 작자의 기형도 같은 병기는 근육을 자르는 것이 아니라 파내기 때문에 깨끗한 검상과는 다르다. 그대로 두면 안 돼."

사려 깊은 말이었다.

어찌 대해야 할지 갈피를 잡을 수가 없었다. 도통 익숙하지가 않았기 때문이다. 누군가 걱정 어린 말을 해주는 것이 얼마 만인지 알 수가 없었다.

"이대로 두면 나아질 겁니다. 깊이 베이지 않았으니까요."

청풍은 다시 한 번 사양했다. 상처야 노상 달고 다니던 것, 그것이 편하기 때문이었다.

그렇지만 매한옥은 그만두지 않았다. 그것이 당연한 일이라는 듯, 청풍을 붙잡아 세웠다.

"오용 사현을 제대로 지키는 법이 없구나. 정 그렇다면 이거라도 써라. 무인은 언제나 자신의 몸을 최상의 상태로 유지해야 하는 법이다."

매한옥이 주섬주섬 자신의 품을 뒤져 조그만 약 봉지 하나를 꺼냈다. 곱게 접힌 종이, 비상시에 쓰기 위한 약이었다.

"금창약이다. 지혈산(止血散)과 진통분(鎭痛粉)이 함께 들어 있으니 쓰기가 좋을 것이다."

내밀어진 손.

금창약 봉지에는 매한옥의 마음이 깃들어 있었다. 청풍은 그것을 받아 들며, 사형제로서의 교감을 함께 얻었다.

"감사히 받겠습니다."

가볍기 짝이 없는 물건이었지만, 묵직한 무게가 느껴졌다. 동문 사형제끼리 지닐 수 있는 정(情), 그 무게가 얹혀져 있기 때문이었을 것이다.

조금 더 이동하여 선박들이 모여 있는 포구에 이르렀다.

장강 물결이 크게 굽이치는 곳, 강물 저편으로는 몇 개의 섬이 군도(群島)를 이루고 있는 것이 보였다.

"잠시 기다려라. 배를 알아보마."

"아닙니다. 제가 알아보겠습니다."

"내가 움직이는 것이 더 빨라. 상처나 돌보고 있으라구."

제지할 틈도 없이 시야에서 사라지는 매한옥이다. 청풍은 인적이 없는 곳을 찾아 긴장을 풀고 가슴을 동여맨 옷가지를 풀어냈다.

"흐읍."

살점이 엉켜 떨어지는 고약한 아픔에 숨이 절로 들이켜졌다. 매한옥의 말마따나 피부와 근육이 제멋대로 패어 있었다. 그가 준 금창약을 뿌리고 잠시 기다리니, 순식간에 고통이 진정되고 시원한 느낌이 찾아왔다. 쉽게 구할 수 없는 약이다. 귀한 물건임을 절로 알 수가 있었다.

"후우……."

내력을 휘돌려 싸움으로 남아 있던 탁기를 흩어냈다. 찢어진 옷은 버리고, 행낭을 뒤져 낡은 도포를 다시 꺼내 입었다.

그렇게 몸을 추스르고 나니 상당한 시간이 흘렀다. 다시 강이 보이는 언덕으로 올라갔다. 구름에서 얼굴을 내민 태양이 양광으로 청풍의 전신을 비추고 있었다.

찌르는 듯한 태양 빛에 눈이 부셔 고개를 돌린 청풍이다.

그가 온 길과 그가 갈 길.

관도를 따라 움직이던 그의 눈이 일순간 크게 뜨여졌다.

'령매……!'

청풍과 매한옥이 가던 방향이다.

저 멀리 서영령의 뒷모습이 보였다.

따라오던 그녀가 청풍과 매한옥을 앞질러 버린 것이다.

당황한 듯 주변을 둘러보며 앞으로 나아가고 있다. 매한옥이 사라지고 청풍이 숲으로 들어갔던 사이, 두 사람을 지나쳐 버린 모양이었다.

'따라오고 있었구나!'

누군가 따라온다는 느낌은 받았지만 그것이 설마 서영령일 거라고
는 생각하지 못했다.

계속되는 오해로 거리가 벌어진 두 사람이다. 하지만 그렇게 거리가
벌어졌다고 생각했던 것은 청풍 혼자만의 착각이었던 것 같다. 청풍과
매한옥이 보이지 않으니 다급하게 경공을 펼치는 것이 보였다. 앞질렀
다고는 생각지 못하는 그녀였다.

'령매……'

마음을 뒤흔드는 광경이었다.

두 사람은 멀어졌으되, 마음은 아직도 지척에 있었나 보다.

그녀를 부르기 위해 한 발 나섰을 때, 그때였다.

언덕 아래쪽으로부터 들려온 매한옥의 외침이 그녀를 부를 기회를
앗아갔다.

"내려와! 일이 터졌어. 벌써 시작한 모양이다!"

내력이 담긴 고함 소리다.

저만치 달려가던 서영령이 발길을 멈추고 고개를 돌리는 것이 보였
다. 멀고 먼 거리, 돌아본다. 청풍과 그녀의 시선이 마주쳤다.

'또……!'

가라앉는 그녀의 시선이 느껴졌다.

어긋남이다.

다시 하나 더해지는 오해였다.

청풍은 상처 때문에 숲으로, 매한옥은 배를 알아보기 위해 포구로
내려갔던 상황이었다. 하지만 그녀는 그렇게 생각하지 않을 것이다.
그녀를 피하기 위해, 그녀가 쫓아오는 것을 못마땅하게 여기기 때문에
숨었다고 생각할 것이라는 이야기였다.

그 자리에 못 박히듯 서 있는 그녀의 모습이 그런 생각을 그대로 보여주고 있었다.

"……!"

이제 와서 그녀를 부를 수는 없었다.

어찌해야 좋을지 몰랐다는 편이 옳을까. 청풍은 그녀를 대할 준비가 되어 있지 않았고, 중첩되는 오해를 풀고 달랠 자신이 없었다.

청풍의 눈이 다시 서영령에서 매한옥으로 돌아갔다.

"수로맹과 비검맹의 싸움이야! 서둘러!"

소리치며 강 저편을 가리킨다.

매한옥의 손가락 끝을 따라 그의 눈이 강 저편에 닿았다.

무리지은 섬, 군도 사이로 방금 전까지 보이지 않던 점들이 보이고 있었다. 교차되는 점들과 화광(火光), 수상전(水上戰)이었다.

청풍은 이를 악물었다.

차라리 잘된 것인지도 모른다.

어차피 그녀와의 동행은 무리다. 흠검단주를 만나고 난 후라면 모르되, 지금은 안 된다. 아니, 흠검단주를 만나게 되더라도 그녀와 함께 이 장강을 가로지를 수는 없었다.

'육극신……!'

그녀를 잃을 뻔했던 곳, 그녀와 헤어졌던 곳이 바로 이곳, 장강이다.

또한 그 중심에는 육극신이 있다.

육극신에게 덤비면서 그녀가 다쳤고, 육극신에게서 도망치면서 그녀를 보내주어야만 했다.

아직 모자랐다.

그녀를 만날 준비가 되지 않은 것처럼, 청풍은 육극신을 만날 준비

또한 아직 되지 않았다. 그런 지금, 그녀와 동행하면서 또다시 그녀를 위험에 처하게 만들고 싶지 않았다.

그녀는 흠검단, 참도회주와 함께 있는 것이 안전했다.

여기까지 온 이상 수로맹과 비검맹의 싸움에 휘말릴 것은 자명한 일. 격한 싸움을 치러야 할 마당에 그녀를 위험에 노출시키는 것은 절대로 안 될 일인 것이다.

텅!

그래서 청풍은 그녀를 외면했다.

언덕을 박차고 매한옥에게로 몸을 날렸다. 그를 따라 움직이는 그녀의 시선이 느껴졌지만 청풍은 애써 돌아보지 않았다. 모든 것이 끝난 후에, 이 장강의 일이 마무리된 다음에야 만날 생각이었다.

만나서 무엇을 어떻게 해야 할지는 알 수가 없었지만, 그때는……. 그때는 더 이상 오해 따위 만들지 않으리라.

"사공들이 움직이려 들지를 않아! 배를 통째로 빌려야 할 판이다!"

청풍은 매한옥을 따라 달렸다.

포구에 이르러 배를 구했다. 매한옥은 빌린다 했지만 누구도 빌려주려 하지 않았기 때문에, 어쩔 수 없이 한 척을 제값 주고 샀다. 흥정을 할 시간이나 여유 따위는 없었다.

배를 띄우며 마지막으로 서영령이 있던 곳을 돌아보았다.

하지만 그녀는 없었다. 흠검단과 합류하면 좋을 것이라 느끼면서도 그와 모순되는 묘한 상실감이 밀려들었다. 청풍은 생각을 접었다. 거기까지인 게다. 그걸로 좋은 것이다.

"갈 사람이 없으니 안 되겠다. 우리끼리라도 가야겠어!"

뱃사공도 없이 강 위로 나왔다.

누구도 수로맹과 비검맹의 싸움에 끼어들려 하지 않아서였다. 노 젓는 기술도, 경험도 없었던 두 사람이다. 순전히 내력과 힘만으로 강심을 향해 강물을 가로질렀다.

쏴아아아아.

힘을 다해 노를 젓고 있지만 군도까지의 거리는 도무지 줄어드는 것 같지가 않았다.

맑은 날씨.

풍경이라는 것은 원래부터 그렇다. 두 눈에 보인다고 가까운 것이 절대로 아닌 것이다. 언뜻 느끼기로는 금방 이를 것 같지만 실상은 전혀 그렇지가 않았다. 물길도 모르고, 강의 흐름도 제대로 못 읽는 두 사람에게 그것은 실제 거리보다 더 먼 거리였을 따름이었다.

반나절이 훌쩍 지나서야 겨우겨우 섬들 사이로 들어설 수 있었다. 경공으로 달린다면 순식간에 이르렀을 거리였을 텐데 그 정도로 이렇게 애를 먹다니 믿을 수가 없었다. 장강, 수상(水上)이라는 공간이 무림의 대지와 얼마나 다른지 온몸으로 체험하는 순간이었다.

"저쪽이야. 이제 얼마 안 남았다!"

기운을 더하기 위한 말이다.

하지만 그들을 기다리고 있었던 것은 그들이 기대했던 것이 아니었다.

반나절.

그들은 너무 늦었다.

침몰되었든, 아니면 철수하였든.

싸움을 벌이고 있던 전선들이 한 척도 남아 있지 않았다. 싸움이 이미 끝나 있었다는 이야기였다.

"미치겠군……!"

매한옥의 입에서 허탈한 한숨이 새어 나왔다.

수로맹도 비검맹도 없었다. 떠다니는 것은 살벌하게 조각난 나무 파편들과 그 나무 파편에 걸쳐진 시체들뿐이었다.

촤아아악, 투둑! 투두둑!

물결따라 출렁이는 싸움의 잔해들이 두 사람이 탄 소선(小船)의 선체를 두드렸다. 용케 가라앉지 않은 시체들이 곳곳에 보이고 있었다. 얼마나 많은 피가 뿌려졌던지, 수역 전체가 붉게 변해 있는 것만 같았다.

"살아 있는 사람들이 있을 텐데요."

청풍은 그 와중에도 구조할 수 있는 사람이 있는가부터 살피고 있었다. 그의 눈이 사방을 훑어가고 그의 오감이 살아 있는 사람의 생기(生氣)를 탐색했다.

"싸움이 끝난 직후라면 모르되, 지금은 아마도 산 사람이 드물 것이야."

매한옥의 말은 틀리지 않았다.

수상전에서 물에 빠졌다가 철수하는 배 위로 올라가지 못했다는 것은 곧, 죽음을 뜻한다. 용케 여력이 있어 뭍으로 헤엄쳐 갔다면 모르되 지금까지 이곳에 있었다면 기운이 다해 죽었을 수밖에 없었다. 여태 살아 있다면 그것이 도리어 이상한 일이었다.

소선을 이리저리 움직이며 파편들 사이를 움직였지만, 딱히 얻을 것은 없었다. 수상전에 대해 잘 모르기도 하거니와, 이야기를 들을 생존자도 없는 까닭이었다. 차라리, 가장 가까운 섬으로 배를 움직여 그 섬으로 대피한 생존자들을 찾는 것이 빠를 수도 있었다.

"잠깐. 저기, 숨이 붙어 있는 것 같습니다."

'숨이 붙어 있어?'

청풍은 곧바로 배의 방향을 바꾸어 한 켠에 있는 커다란 나무 파편을 향해 다가갔다. 문짝 두 개 크기는 족히 될 만한 파편에 죽은 듯 걸쳐 있는 두 사람이 있었다. 그중 한 명 쪽에 배를 대고 끌어 올리는데, 아니나 다를까, 미약한 신음 소리가 뒤따른다. 매한옥의 두 눈에 기광이 깃들었다.

'이런 것을 듣는단 말인가. 이 강 위에서…….'

쏴아아아아.

장강이 달리 대강(大江)이라 불리는 것이 아니다.

불어오는 바람과 출렁이는 물소리는 바다의 그것과 다를 바가 없다.

그런데, 그런 곳 한가운데에서 사람의 숨소리를 골라낸다?

살아 움직이는 자, 생기로 분간할 수 있다 하지만, 그것도 말처럼 쉬운 일은 아니다. 더욱이 이 남자처럼 정신을 잃고 있는 자임에야 말할 것도 없었다.

'이 사숙 말씀이 옳아. 이 녀석은 진짜다.'

청풍의 능력은 발군이다.

매화검수와 달리 화산의 매화향을 전혀 흘리지 않는다는 것이 문제일 뿐, 기대를 거는 것도 당연하다. 화산의 품을 벗어나서는 안 되는 인재였다.

"무인이로군. 내가고수(內家高手)야."

"심한 내상을 입었습니다."

끌어 올린 남자는 제대로 다듬어진 육체를 지니고 있었다. 큰 키, 정신을 차리지 못함에도 사나움이 묻어나는 얼굴이다. 회색 무복에 새겨진 붉은색 이빨 무늬가 무척이나 특이했다.

"이 문양, 수로맹이다. 잘 건졌어."

매한옥이 남자의 무복 왼편에 수놓아진 문양을 가리켰다.

상어였다.

상어 한 마리가 붉은색 수실로 정교하게 수놓아져 있다. 비검맹에서는 이런 문양을 쓰지 않는다. 게다가 한쪽 어깨에는 수로맹을 뜻하는 수(水) 자도 박혀 있었다.

"내공이 정심해요. 정종(正宗) 무공입니다. 이런 자가 이 지경에 이르다니⋯⋯."

"싸움이 격했다는 증거겠지. 한데 정종무공이라고?"

"맥을 보십시오. 지금은 불안정하지만, 내력이 상당합니다."

청풍의 말에 매한옥이 남자의 손목을 잡아 들었다. 그가 고개를 끄덕이기까지 걸린 시간은 촌각에 불과할 뿐이다. 그가 두 눈에 이채를 떠올렸다.

"그간⋯ 수로맹을 과소평가했었나 보다. 이 정도 내력이면 무시 못해. 절정고수라 불려도 손색이 없겠어."

청풍의 생각도 그와 같았다. 이어지는 매한옥의 의견 또한 청풍의 생각 그대로였다.

"이 남자를 이렇게 만들 정도면 대체 어떤 고수일지 궁금하군. 비검맹의 저력이 놀라워."

"예. 비검맹은 강하지요."

비검맹의 실체를 직접 경험해 본 청풍이다. 매한옥이 알겠다는 듯 고개를 다시 한 번 끄덕였다.

"심맥은 용케 다치지 않았지만, 전신 경혈이 극도로 탁해져 있어. 음공(陰功)이다. 혈맥을 침투해서 많은 곳에 손상을 주었어. 이대로 두면 위험해."

매한옥의 말이 끝나기 무섭게 청풍은 남자의 명문혈에 손부터 올렸다.

직접 내력을 움직이려는 의도였다. 매한옥의 얼굴이 놀라움으로 가득 찼다.

"지금 무슨 짓을!"

"일단 운기를 돕겠습니다. 사형은 외상을 봐주십시오."

"운기를 돕겠다고? 내력이 다르면 위험해!"

"괜찮습니다."

진기의 상충은 생각조차 하지 않는가.

그렇다.

청풍은 진기의 상충을 생각하지 않았다.

자하진기는 신공이다. 오행상극인 금기와 목기까지도 섞을 수 있었는데, 다른 내공 구결을 두려워할 이유가 없다. 또한 서영령의 건곤일기공을 도인해 본 기억이 있었기 때문에 전혀 다른 진기의 움직임에도 대처하는 방법을 안다. 정 상충될 것 같으면 압도적인 진력으로 눌러 버리면 그만이었다.

우우웅.

청풍은 과감히 자하진기를 주입했다. 역시나 저항이 온다. 하지만 그렇게 심하지는 않았다. 내력이 크게 줄어들어 있기도 했지만, 대부분의 내력이 내상을 치유하는 데 집중되어 있었기 때문이다.

훌륭한 내공심법이었다.

제 주인이 정신을 놓고 있는 데에도 살아 움직이며 내상을 돌보고 있다. 그뿐이 아니라, 청풍의 내력이 자신을 해하는 것이 아니라 도와주기 위하여 들어오고 있다는 것을 알기라도 하는 듯, 저항을 멈추고 그 힘을 최대한 받아들인다. 수로맹의 무인이 어떻게 이렇게 뛰어난 내공심법을 지니고 있는지 궁금함이 솟구쳤다.

"후우우우."

내력을 더해 스스로의 치유력을 거들고, 기혈을 혼탁하게 만들고 있는 탁기를 걷어냈다. 한참 동안의 운공, 매한옥은 청풍의 운기를 또 한 번의 감탄으로 지켜보았다.

'육합구소신공으로는 불가능한 일이다. 내공도 다르다는 뜻이겠지. 화산에 묶어두는 것이 가능하기는 할까.'

매한옥은 고개를 저었다.

청풍의 무공은 한눈에 보기에도 화산파 무공과 그 궤를 달리한다. 화산무공의 정점을 엿보던 매화검수로 지니는 안목이었다. 그의 눈에 청풍은 마음만 먹으면 화산파를 얼마든지 뛰쳐나갈 수 있는 인물로 보였다.

오용 사현을 이야기했을 때 당혹스러워하던 표정을 떠올렸다. 그것은 어쩌면 이미 화산에서 벗어나 버린 것을 의미하는 것인지도 몰랐다. 그 스스로 일가를 이루었다고 해도 과언이 아닌 바, 떠난다 하면 붙잡기엔 늦어버린 상황이었다.

'비약이다. 아직은 아니야. 그리고 그렇게 된다 한들, 나에겐 붙잡을 힘이 없어.'

매한옥은 더해지는 혼란을 진정시켰다.

그때의 일, 오래된 과거가 밝혀지지 않는 이상, 청풍이 화산을 떠날 이유는 아마도 없을 것이다. 며칠 동안 지켜본 청풍의 성정에 비추어

보아서도 그렇다.

게다가 매한옥은 청풍이 제 갈 길을 어디로 간다 해도 제지할 생각이 없었다. 되도록이면 화산의 테두리 안에서 함께하고 싶었지만 그의 바람은 진심에서 우러나온 것일 뿐, 다른 것을 원하는 것이 아니었다.

그의 마음은 거기까지 뿐이다. 청풍에게 화산의 미래를 걸고 있는 송 사숙이나 이 사숙에게는 미안한 일이겠지만, 매한옥은 청풍을 억지로 잡아둘 생각이 전혀 없었다.

다른 무엇보다 중요한 것은 청풍이 매한옥에게 있어 생명의 은인이나 다름없다는 사실이었다. 그 인과 관계가 어떻게 되었든 상관없다. 그는 매한옥에게 새로운 생명을 선사한 사람이다. 그런 사람의 선택이란 결과가 어떻게 되든 거들어야 할 따름이다. 목숨을 걸고서라도, 매한옥 자신이 가진 모든 것을 바쳐서라도 말이다.

쏴아아아.

매한옥은 상념을 그만두고 노를 저으며 주변의 생존자를 더 찾아보았다. 남자의 외상을 살펴달라 했지만, 남자에게는 특별한 외상이 없다. 청풍이 내상만 잘 진정시킨다면 생명에 지장은 없을 상황이었다. 매한옥으로서는 달리 할 일이 없었다.

'없어. 돌아가야 하는가.'

생존자는 보이지 않았다. 감각을 최대한 열었으나 감지되는 것은 없다. 청풍만큼은 아니라도 그 역시 민감한 오감을 지닌 고수, 찾지 못한다는 것은 곧 살아 있는 자가 없다는 뜻이리라.

'그래도 수확이 없지는 않아. 정보를 얻지 못하면 어떠랴. 사람 하나를 살렸으니 된 것이지.'

청풍은 틀림없이 그와 같은 생각을 할 것이다.

육력이나 오용 사현보다 먼저 배웠지만, 화산검수가 되어가면서 점차 잃어버리게 되는 지상(至上)의 가치.

매한옥도 배운다. 청풍에게.

서로가 서로의 마음을 움직이고, 서로가 서로에게 배운다. 아직은 서먹하고 어색하지만, 그것이 바로 사형제의 모습이다. 늦게 얻은 사제, 매한옥은 그의 힘이 되어주겠다는 다짐을 더욱 굳혀 나갔다.

"끄응……!"

"정신이 드셨습니까?"

장강의 붉은 상어, 적상(赤沙)은 크게 당황한 얼굴로 눈을 떴다. 꼼짝없이 죽은 줄로만 알았는데 살아 있다. 물에 빠졌으니, 죽었으면 용궁(龍宮)일 텐데, 눈에 비치는 천장은 객잔의 그것이다. 설마 하니 용궁이 그렇게 소박할 리도 없을 터, 죽지 않고 살아난 것이 틀림없었다.

"여기가……."

"무호요."

들리는 목소리는 맑은 가운데 힘이 있었다. 듣기 좋은 목소리였다.

"무호……!"

적상은 힘겹게 고개를 돌렸다. 눈이 번쩍 뜨이는 미청년이 자신을 내려다보고 있었다. 죽은 것이 맞는가. 용신용왕의 신하는 되어야 될 것 같은 얼굴이 거기에 있었다. 적상이 눈을 한번 감았다 뜨며 다시 물었다.

"난 죽은 거요? 산 거요?"

용궁이냐는 질문은 차마 하지 못했다. 농담이라면 모르되, 농담을 할 때가 아니기 때문이다. 눈앞의 남자가 사람이란 것쯤, 모른다면 바보일 게다. 그런 농담은 동분어(鰊盆漁) 놈도 잘 안 하는 농담이었다.

"물론 살아 있소. 여기는 무호에 있는 객잔이오."

청풍의 목소리엔 웃음기가 섞여 있었다.

날카롭게 찢어진 눈매부터 얼굴을 가로지른 두 줄기 검상까지, 적상의 인상은 가히 좋지 않다. 그런 그가 어리둥절한 표정으로 죽었나 살았나를 물으니, 재미를 느낄 수밖에 없었다.

"무호라⋯⋯. 끄으응."

"아직 일어날 때가 아니오."

만류하는 청풍을 뿌리치고 어렵사리 몸을 일으킨다. 강인한 사내였다. 온몸이 뒤틀리고 아플 것이 뻔한데, 억누르는 신음만으로 참아내고 있었다.

"일어나야 하오. 두목에게 알려야 할 것이 있으니까."

기어코 적상이 몸을 일으켜 앉았다.

오른쪽 주먹으로 왼쪽 가슴을 한 번 두드리며 청풍에게 깊이 고개를 숙였다. 그가 굵은 목소리로 말했다.

"나는 장강 동수(東水) 수로맹의 붉은 상어, 적상이오. 구명의 은혜라면 주종의 예를 갖춰야 되겠지만, 내게는 이미 모신 두목이 있소. 대신 내 이 은혜는 무슨 일이 있어도 갚겠소."

"괜찮소. 곤경에 처한 사람을 구하는 것은 사람이라면 응당 해야만 하는 일이었소. 대가를 바라는 것은 당치 않소."

"아니오. 그럴 수는 없소. 내 지금은 시일이 급하여 어쩔 수가 없지만, 훗날 반드시 은을 갚을 것이오. 이 붉은 상어는 결코 은원을 잊지 않소."

고집이 세고, 한번 생각한 것을 끝까지 밀고 나간다. 더불어 지낼 만한 남자, 강한 남자였다. 투박한 말투 안에 진한 감사의 염이 흐르고 있었다.

"내가 정신을 잃은 지 얼마나 지났소?"

"강에서 발견한 것이 어제 낮이오. 하루 정도 지났을 것이오."

"하루! 이럴 수가!"

하루면 빨리 깬 것이다. 그럼에도 적상은 크게 늦었다는 표정을 지었다. 침상을 박차고 나오려고 했으나 이내 휘청 비틀거리며 벽에 기대 숙인 몸을 지탱했다. 그가 정신이 혼미해지는 듯 다급함이 드러나는 혼잣말을 뱉어놓았다.

"하루… 하루면 늦어. 그런 괴물들이 더 있다는 것을 알려야 할 텐데. 아니, 이미 알고 있을 테지……. 백언(伯言) 이놈, 빠르면 숙포(淑浦)는 지났을 것이고 이제 곧 동릉에까지 이를 것이다. 어떻게 따라잡나. 이러고 있을 때가 아니야."

그러나 적상은 지금 제대로 움직일 수 있는 상태가 아니었다. 억지로 내력을 운기하며 몸을 가누려고 하지만, 내상의 여파가 너무 크다. 몸 전체가 한계에 달해 있었다.

"무엇을 어디에 알려야 한다는 것이오?"

보다 못한 청풍이 물었다. 적상이 고개를 들어 청풍을 올려보는데, 그 눈빛이 어지러웠다. 힘겨움이 그대로 드러나고 있었다.

"어디에… 당신… 설마 하니, 비검맹의 첩자는 아니겠지. 아니야, 그렇지는 않을 거야……. 그럼 그렇고말고."

침상 위로 주저앉더니 몸을 한번 비틀고 가부좌를 틀었다. 자연스럽게 운공을 하면서 몸을 회복하려는 모습이었다. 청풍이 그를 붙잡고 다시 한 번 물었다.

"어디에, 어떤 것을 알린다는 말인지 가르쳐 주시오. 우리가 전하겠소."

적상이 두 눈을 반개하며 청풍을 바라보았다.

혼미한 시선 중에 탐색의 빛이 감돈다. 얼마나 지났을까. 적상이 깊이 숨을 들이쉬며 뚝뚝 끊어지는 어조로 입을 열었다.

"놈들에게는 괴물들이 더 있었소. 봉두난발의 괴인, 검은색 철장을… 쓰고 있었지. 드러나 있던 오검존(五劍尊)… 칠검마(七劍魔)… 전부가 아니라는 말이오… 이러면 예측이 틀어져… 위험해…….."

잦아들다가 완전히 멈추는 적상의 목소리다.

산만한 말이었지만, 무엇을 말하고자 하는지는 어느 정도 파악할 수가 있었다.

오검존.

일 년 전까지만 해도 삼존이라 불렸던 비검맹 최강고수들은 그동안 두 명이 더해져 이제 오검존이라 불리고 있었다. 거기에 칠검마, 일곱 명의 검마들은 그야말로 비검맹의 핵심 전력으로 검존의 무위가 워낙에 막강해서 그렇지 검존들을 제외하고는 맞상대할 만한 자가 없는 자들이었다.

그들 오검존과 칠검마가 곧 비검맹 전력의 구 할이다. 그들만 상대할 수 있다면 비검맹 전체를 상대할 수 있다고 계산한 것이다. 한데, 그 계산은 틀렸다. 생각지 못한 고수들이 튀어나온 모양이었다. 그것을 수로맹에 알리고 대책을 세워야겠다는 뜻, 그러나 어디에 어떻게 전해야 할지는 모른다. 적상의 말만 듣고서는 알 수가 없었다.

'동릉… 동릉이라면……!'

청풍은 적상이 앞에서 말한 동릉을 떠올렸다.

서영령과 함께 백호검과 철선녀라는 이름으로 불리며 장강을 따라 내려갔던 그곳이다.

삼교채를 박살 내며 얻었던 정보, 당시 비검맹의 근거지라 들었던 동릉.

청풍에게는 아픈 기억이 얽힌 곳이다.

동릉으로 가는 길목, 대천진에서 육극신을 만났고 결국 뼈아픈 패배를 당하면서 굴욕의 도주를 감행하지 않았던가.

'동릉은 서쪽이다. 동릉을 지나쳤다는 이야기……'

청풍은 동릉의 기억을 털어내고, 수로맹의 움직임에 초점을 맞추었다.

동릉을 지나치고 있다는 것.

수로맹 본대가 이동하는 방향을 말하는 것이리라.

또한 그것은 곧, 동릉 방향으로 쫓아가면 수로맹 본대를 만날 수 있다는 이야기가 된다.

정신이 혼미한 사람의 말을 어디까지 믿어야 할지는 모른다.

그러나 그렇다고 달리 확인할 방법도 시간도 없는 마당이었다. 방향이 나왔으니 곧바로 움직여야 했다.

"밤새 몇 번의 싸움이 더 있었다더군. 싸움의 진행 속도가 생각보다 훨씬 빨라. 서둘러야겠어."

정보를 구하러 나갔던 매한옥이 돌아온 것은 적상이 운공에 들어간 지 일 다경이 채 안 되었을 때였다. 청풍은 적상이 말했던 것부터 이야기한 후, 곧바로 동릉으로 움직여야겠다는 뜻을 내비쳤다.

"이 남자 정도의 무공이라면 수로맹에서도 상당한 직책을 맡고 있을 겁니다. 그런 그가 전투에 관련된 사항을 급하게 알려야 한다면 그 대상은 수로맹의 수뇌가 틀림없겠지요."

매한옥은 청풍의 말에 전적으로 동의했다.

일단은 동릉 방면으로 가본다. 그곳이 아니라면?

그것은 나중에 생각한다. 지금은 느긋하게 다음 정보를 얻어볼 만한 시점이 아니었기 때문이다.

청풍과 매한옥은 적상을 객잔에 남겨둔 채, 곧바로 동릉을 향하여 발길을 재촉했다. 적상 정도 되는 이라면 더 보살펴 주지 않아도 제 몸을 추스를 수 있을 터, 그곳을 지키고 있을 필요는 없었다.

"기마(騎馬) 없이 괜찮겠나?"

"물론입니다."

말을 타고 움직이는 것보다 경공이 훨씬 더 편하다. 더 빠르기도 했다.

청풍은 잠시의 망설임도 없이 경공을 택했다. 매한옥으로서도 그 편이 더 좋은지, 미소를 지으며 고개를 끄덕인다. 인적없는 길을 찾아 전력으로 경공을 전개했다.

하루 밤낮을 꼬박 달리는 강행군이었다.

휴식 따위는 취하지 않았다.

가장 걱정이었던 것은 매한옥이 화천작보를 따라오지 못할 것이라는 사실. 그러나 매한옥은 생각 이상으로 잘 따라붙고 있었다.

물론 작보의 속도를 최대로 올리지는 못했다. 하지만 그렇다고 지쳐서 멈추는 일은 없었다. 매화검수, 육합구소신공의 정심함일까. 적어도 발목을 잡고 있다는 느낌은 들지 않았다.

"대천진이다. 조용하군……. 이쪽이 동릉일 텐데."

일 년 만에 다시 온 대천진은 예전과 별반 다를 바가 없었지만 십 년 만에 온 것같이 생소하기만 했다.

거대한 전선에서 내려와 물 위를 걸어오던 육극신의 기억이 생생했다.

그럴수록 인적이 드문 대천진은 낯선 곳으로 다가올 수밖에 없다. 청풍을 노리던 무인들이 들끓던 곳, 그가 기억하는 대천진은 지금처럼 평화로운 곳이 아니었던 것이다.

"싸움이 돌아가는 상황부터 알아봐야겠어요."

청풍과 매한옥은 지체하지 않았다.

이미 벌어진 싸움이다. 조심스럽게 물어볼 것도 없다. 전황에 대한 풍문들은 닥치는 대로 모았다.

"처음에는 수로맹이 비검맹을 압도하는 것 같았죠. 비검맹 전선들과 무인들이 몇 명이나 죽었는지 몰라요."

"수로맹의 진격은 정말 대단했답니다. 오검존 중 하나인 금검존(金劍尊)이 이끄는 황금전선(黃金戰船) 금합(金蛤)이 대파되고, 사검존(死劍尊)의 기함인 시왕(屍王)이 침몰 직전까지 몰렸다고 했지요."

"개전(開戰) 삼 일째 아침까지만 해도 수로맹의 우위가 확실했다고 합니다. 한데, 이틀 전부터 상황이 바뀌었다 하더군요. 수로맹의 영웅인 붉은 상어가 실종된 것을 필두로, 붉은 상어의 전함인 홍아(紅牙)가 박살나고, 이어 흰 고래와 푸른 돔도 비검맹의 반격에 밀려 도망쳤다 했습니다."

며칠 전까지만 해도 입을 다물고 있었던 어민들이었는데, 지금은 완전히 달랐다. 이야기를 못해서 안달난 느낌이었다.

싸움 직전, 일촉즉발의 긴장감 속에서는 말을 아꼈지만, 싸움이 시작되고 나니 중구난방으로 떠들어댄다.

이미 진행되고 있는 싸움, 누가 이기든 될 대로 되라는 심정일지도 모른다. 아침이 다르고 저녁이 다른 마음들이다. 조변석개하는 민초들이 거기에 있었다.

"푸른 돔처럼 강인한 사내가 죽을 지경에 빠졌다니, 미치겠다 미치겠어."

"정말 돌아버리겠군요. 수로맹의 백언마저 배신을 때렸다 그럽디다."

"나는 말이여, 누가 뭐래도 수로맹 편이여. 그 배신자 놈, 그 개새끼는 씹어 죽여도 시원찮을 놈이여."

하루하루 다른 마음을 먹는 민초들이 있다면, 제 하고 싶은 말을 다 하는 민초들도 있었다. 수로맹의 편을 드는 사람들이 많다. 수로맹이 밀리고 있다는 소문에 화를 내는 사람들이 좋아하는 사람들보다 압도적으로 많았다.

'민심(民心)은 수로맹에 있어.'

그러나.

민심이라 함은 싸움에 있어 굉장히 중요한 요소이지만, 싸움의 승패를 가르는 핵심이 되지는 못한다. 민심을 끌어들이는 데까지는 성공했을지라도, 무력에서 밀린다면 아무것도 얻지 못할 공산이 크다. 이미 얻었던 민심까지 깎아먹을 가능성이 있었다.

"밀리고 있다는 것이로군. 거기에 배신자라… 타격이 엄청날 거야."

매한옥의 말에 청풍이 고개를 끄덕였다.

백언이라는 이름.

적상에게서 들었던 이름이다.

수뇌부라는 인상이 강했는데 배반을 했다니.

이런 대규모 싸움에 대해서는 잘 모를지라도 그런 배반이 가져올 치명적인 결과에 대해서는 얼마든지 추측해 볼 수 있다. 수뇌부가 무너진다는 인상, 아래까지 내려올 파급 효과는 매한옥의 말처럼 엄청나리라. 그리고 그 조짐은 이미 소문에서부터 나타나고 있었다.

"비어구(飛魚灸) 맹원들이 대폭 빠져나가고 있다고 하죠. 이미 진 싸움이라던데요?"

"흑어(黑魚)와 비목어(比目魚)도 개판이라대요. 완전히 난리입니다."

"이를 어쩐다요. 도어(魛魚)에 껴 있던 우리 조카 놈도 집에 돌아오자마자 산속으로 숨어들어 갔다던데."

비어구, 흑어, 비목어.

모두 다 수로맹의 분대(分隊)들을 이르는 명칭이었다.

어느 하나 좋은 소식은 들리지 않았다. 크게 밀리고 있는 모양이었다.

청풍과 매한옥은 그런 소문들을 들으며 대천진을 벗어나 서쪽으로 향했다.

싸움의 진행 방향을 따라서였다.

안휘성 동쪽 끝, 마안에서 시작된 싸움은 이제 안휘성의 서쪽 끝을

향해서 달려가고 있었다. 서쪽으로 서쪽으로 움직이는 수로맹의 세(勢)
는 날이 갈수록 줄어들고 있었고, 하루하루 들려오는 것은 패퇴와 후퇴
의 소식밖에 없다. 수로맹의 패배는 이제 기정사실이 된 것일까. 싸움
이 남긴 풍문들을 모으면서 다급한 행보를 밟았다.

"저기다! 이제야 따라잡은 것인가?"

이틀을 더 달려서 도착한 곳은 안경(安慶) 근처의 연사진(緣絲津)이
었다.

가장 먼저 보인 것은 수많은 배들이다.

군함에 가까운 거대한 전함들이 두 척이나 보였다.

중대형 전선도 세 척이나 된다. 전투에 쓰이는 조그만 쾌속정의 숫
자는 셀 수 없을 정도로 많았다.

이 근처에 이만한 배.

수로맹이나 비검맹을 생각할 수밖에 없었다.

"한데 어느 쪽이지? 수로맹 같기는 한데 말이다."

이상한 것은 돛대 끝에 맹의 깃발이 올려져 있지 않다는 사실이었
다. 전선의 선체에 그려진 문양이나 글자들은 수로맹의 그것이었지만,
수로맹의 깃발은 도통 보이지를 않는다. 배의 소속을 나타내는 절대적
인 기준이 선기(船旗)임을 생각한다면 수로맹의 배가 아닐 가능성을 배
제할 수가 없었다. 적들에게 나포된 배일 가능성도 있는 것이었다.

"일단은 가서 보는 것이 좋겠습니다."

해답은 하나였다.

직접 부딪치는 것. 청풍과 매한옥은 곧바로 연사진을 향해 몸을 날
렸다. 정처없이 쫓는 것은 그만이다. 여기서 어떻게든 이어가야 했다.
확실한 목표를 가지고 움직여야 할 때였다.

"이쪽이다! 의원! 이쪽으로 와!"

"배를 그렇게 대놓으면 어떻게 하나! 어서 치워!"

"비검맹의 시선이 안 닿는 지금이 기회다!"

"어서 이곳을 떠야 해! 움직여! 빨리!"

연사진은 밖에서 본 풍경과 무척이나 달랐다.

밖에서는 수많은 전선이 정박해 있는 평범한 포구로 보였지만, 내부는 그것이 아니다. 아수라장에 가까운 모습이었다.

청풍과 매한옥이 연사진의 대로로 접어들었을 때다.

두 사람을 본 사내들의 얼굴이 크게 굳었다.

청풍의 검, 매한옥의 검에 시선이 고정되어 있다. 이유있는 반응, 청풍과 매한옥은 금세 그 반응의 원인을 알 수가 있었다.

"검(劍)이다! 비검맹인가!"

"못 보던 놈들이 왔다! 류(柳) 형님께 알려! 고수들이다!"

병기를 보고 비검맹의 무인들이라 착각한 그들이었다. 청풍과 매한옥이 풍기는 강력한 기도도 그 착각에 한몫했으리라. 뒤쪽으로 달려가는 자들, 물러나며 싸움의 대형을 짜는 자들, 그리고 용기있게 앞으로 나서는 자들까지.

수로맹의 남자들이 여기에 있다. 부활한 장강의 사내들이 눈앞에 있었다.

"어디에서 온 놈들이냐!"

강단이 있어 보이는 사내 하나가 앞으로 나서며 소리쳤다. 가슴에는 피가 배어 나오는 붕대가 감겨 있었다.

"비검맹은 아니오."

청풍의 목소리는 언제나처럼 낭랑했다.

미심쩍은 눈으로 쳐다보는 사람들, 이제 보니 모두가 격전을 치른 모습들이었다. 피곤함이 내려앉은 눈빛에 이곳저곳 상처를 입은 자들이 많다. 사로(死路)를 뚫고 온 이들이었다.

"이쪽에서 묻겠소. 그쪽은 수로맹이 맞소?"

청풍의 질문은 그야말로 형식적인 것이었다.

그런데, 수로맹의 군웅들은 순간적으로 당황한 기색을 떠올리고 있었다. 맹의 문양이 새겨져 있음에도.

일순 대답하지 못하는 그들, 매한옥의 표정이 미미하게 굳어졌다. 매한옥이 청풍의 어깨너머로 낮게 속삭였다.

"이놈들. 그놈들이다. 수로맹에서 등을 돌린 무리들."

그렇다.

이들은 수로맹이되 수로맹이 아니다.

수로맹은 지금도 어딘가에서 격전을 벌이고 있을 텐데도 출전 준비가 아니라 후퇴 준비에 여념이 없었다. 수뇌부에도 배신자가 있다더니, 이들 모두도 그 배신자처럼 수로맹에서 발을 빼려는 것이다.

단시간에 부활한 수로맹, 그 얕은 인력의 결과가 그렇게 드러나고 있었다.

"수로맹의 깃발을 내렸다는 것. 수로맹이 아닌 것이로군."

청풍의 말에 장강 사내들의 얼굴이 붉게 변했다.

형세가 불리하다고 하여 한번 몸담은 곳에서 도망쳐 나온다는 것은 싸우는 자에 있어 크나큰 수치라 할 수 있었다.

말하자면 전장의 탈주자들인 것이다. 제 목숨 챙기자는 것을 뭐라 할 수는 없는 것이겠지만, 이런 식이라면 누구라도 못마땅하게 생각할 수밖에 없었다.

"당신들의 우두머리가 누구요?"

불편한 심정이 그대로 드러나는 목소리였다.

땅을 밟는 청풍의 발걸음에 질책의 기운이 감돌았다. 발을 내딛는 청풍의 앞으로 그 질책을 직접 받기라도 하는 듯 장강의 사내들이 주춤거리며 물러나기 시작했다.

터벅, 터벅.

어느새 갈라져 드러나는 길이었다. 치솟아 일어나는 대협(大俠)의 기도에 호탕한 장강 사내들이 몸을 움츠리고 있었다.

'이 녀석은 확실히……!'

청풍은 사내들이 터놓은 길을 거침없이 걸어가고 있었다.

매한옥은 생각했다. 여러 가지 모습을 보여주는 남자라고.

성급함에서 비롯된 실수를 저지르기도 하지만, 무공은 그 실수를 만회하고도 남을 정도로 강했다.

소소한 인간관계에서 익숙하지 못한 얼굴을 보이다가도 거칠기 짝이 없는 군웅들을 상대로는 이와 같이 엄청난 기세를 일으킨다. 볼 때마다 새로운 모습을 보여주는데, 어느 것 하나 감탄스럽지 않은 것이 없었다.

쏴아아아아.

거대한 전함이 지척으로 보이는 곳. 강바람에 물러나는 물결 소리가 시원했다.

"형님, 저놈입니다!"

사람으로 만들어진 길 한가운데를 가로질러 움직였다.

사내들에게 둘러싸여 보고를 받고 있는 젊은이가 있었다. 진즉부터 청풍을 바라보고 있던 자였다.

청풍의 기파는 강력하기 짝이 없었다. 접근을 모르고 있었다면 말이 안 된다. 지용(智勇)을 겸비하여 수로맹주 백무한의 군사(軍師) 직책을 맡고 있었던 류백언임에야 말할 것도 없다.

젊은이, 류백언.

청풍을 바라보는 두 눈에 복잡한 빛이 차 오르고 있었다.

"어디서 오신 뉘신지요."

사람들을 물리고 앞으로 나서는 류백언에게는 청풍의 기도에도 압도되는 기색이 전혀 없었다. 청풍 정도의 연배나 되었을까. 윤곽이 뚜렷한 미남이었지만 날카로운 두 눈에서는 위험한 기운이 풍겨 나오고 있었다.

"내 이름은 청풍이오. 당신이 이들을 이끄는 사람이오?"

"그렇소. 내 이름은 류백언, 이들을 지휘하는 이요."

태연하게 답하는 류백언이었다.

서로의 이름을 듣는 두 사람의 눈에 똑같은 기광이 번뜩였다.

들어본 이름이었기 때문이다. 두 사람 모두.

"이 무리는 어떤 이들이오? 수로맹과 비검맹은 싸움 중이 아니었소?"

"싸움 중인 것이 맞소. 우리로 말하자면 그 싸움에서 빠져나온 이들이오. 이미 진 싸움, 붙어 있을 이유가 없었소."

너무나 당연한 듯이 말하니, 도리어 말문이 막힐 지경이었다.

배신(背信).

배반을 자기 입으로 이야기하면서 조금도 수치스러워하는 기색이 없었다. 그 거침없는 언사에 같은 편들마저 놀란 듯, 장강 사내들 사이에서도 웅성거림이 번져 갔다.

"원래 그런 것이오? 장강의 싸움은?"

"당신에게 그런 투의 질문을 들어야 할 까닭이 없소. 그 싸움에 더 끼어봤자 개죽음일 뿐이오."

뻔뻔한 남자였다.

장강을 품고, 대강을 가로질러, 장강의 바람을 되찾겠다는 꿈.

그 꿈을 꾸고 있던 사내들에게 있어 이보다 실망스러운 말이 있을까.

하지만, 어쩔 수 없다.

개죽음을 당할 바에는 모두가 도망치는 것이 낫다. 어차피 질 싸움이라면 한시라도 빨리 벗어나는 게 목숨을 부지하는 길이리라.

"한 가지만 묻겠소."

"대답할 수 있는 것이라면 좋소. 얼마든지 물으시오."

차라리 비협조적이었다면 도리어 마음이 편했을지도 모른다. 낯빛 하나 변하지 않고 꼬박꼬박 답하는 류백언의 모습은 청풍에게 분노를 불러일으킬 정도였다.

"수로맹. 수로맹주는 지금 어디에 있소?"

"그것은 알아서 무얼 하시게?"

화아아아아악!

참았던 힘.

기어코 드러나고 만다.

청풍의 진신진력이다.

사람들 사이로 길을 만들며 걸어오던 것보다 열 배는 강한 기파였다.

이글이글 끓어오르는 격노(激怒)가 청풍의 전신에 기의 열풍(熱風)을 만들었다. 한 발 물러나는 류백언의 이마에 식은땀이 돋고, 뒤에서 지켜보는 매한옥의 몸에 전율이 일었다.

"말하라. 수로맹주는 어디에 있나."

류백언의 입가에 비틀린 미소가 그려졌다.

그가 고개를 저으며 말했다.

"말할 수 없다. 직접 찾아봐."

류백언과 청풍의 시선이 격하게 충돌했다.

무서운 공방이었다.

몸을 먼저 돌린 것은 청풍.

그가 한마디를 남겼다.

"실망스럽군. 이곳에서 얻을 것은 없겠어."

청풍의 말에 류백언의 비틀린 미소가 더욱더 짙어졌다.

가면 같은 웃음, 어떤 마음을 감추려는 것인지는 모른다.

그것이 무엇이든지 간에 청풍은 류백언에게 실망스러움을 느꼈고, 그와 같은 자와는 더 이상 말을 섞고 싶지가 않았다.

물론, 이자에게서는 쓸 만한 정보를 얻을 수 있을 것 같기는 하다.

그렇지만 얻는다 해도, 배반자 무리들에게 얻은 정보일 수밖에 없다. 류백언 같은 자와 왈가왈부하면서 구차하게 정보를 얻어내고 싶지는 않았을 따름이었다.

터벅. 터벅.

이미 열려진 사람들 사이의 길을 그대로 돌아 나왔다.

"때로는 곧장 가지 않는 것도 나쁘지는 않아."

뒤따라온 매한옥이 미간을 좁히며 말했다.

옳기는 옳은 충고다.

정보가 있는데도 이렇게 돌아 나온 것은 바보짓이다. 이곳에서 확실히 엮어가기로 하지 않았던가. 그런데… 못 참고 나왔다.

한때의 혈기(血氣)다?

혈기가 아니라 협기(俠氣)다.

협이라는 말로 이야기할 수 있는 자존심.

그러나, 그렇다 해도 지혜로운 처사는 되지 못한다. 조금 더 약았다면, 조금 더 머리를 굴렸다면 다른 결과를 얻을 수 있었으리라.

하지만, 또한 그렇기에 청풍은 오로지 청풍일 수 있는 것이다.

"하기사, 그런 놈과 계속 이야기를 하기는 어려웠겠지."

류백언.

실망스럽다고 말했다.

그랬다.

청풍은 진심으로 실망했다.

첫인상이 위험해 보이기는 했지만 악한 사람은 아니라 생각했다.

그뿐인가.

청풍의 압도적인 기파를 온몸으로 받으면서도 물러나지 않던 그 기백은 누구에게서나 찾을 수 있는 것이 아니다.

류백언의 두 눈에 있던 것은 될 대로 되라는 객기가 아니었다.

오히려 들끓는 의기(義氣)가 보이고 있었다.

한데, 어찌하여 배신자의 길을 걷게 되었는지 이해할 수가 없었다.

그렇기 때문에 더 큰 실망을 느낀 것인지도 모른다.

의기를 감추고 스스로를 외면하는 자. 비겁한 자로 보일 뿐이다. 능력이 있음에도 비겁하게 도망치는 자를 앞에 두고, 어떤 것을 구하기에는 청풍이 지닌 협의가 너무나도 정대했을 뿐이었다.

연사진에 밤이 내렸다.

선착장의 배들은 피워놓은 횃불로 인하여 대낮과도 같은 밝음을 자랑하고 있었지만, 밤공기에 휩싸인 물길은 오직 지독한 어둠으로만 가득 차 있었다.

"준비는 끝났나?"

"끝났습니다. 전함은 숨겨두겠지만, 오래가지는 않을 겁니다."

"그렇겠지. 비검맹에 넘길 것이면 차라리 관군에 넘기는 것이 좋을 텐데 말이다. 큭큭큭."

류백언의 눈에는 광기에 가까운 광망이 이글거리고 있었다.

풀어헤친 머리카락이 강바람에 휘날린다. 횃불에 비친 그림자가 무섭도록 일렁거렸다.

"뒤도 돌아보지 말고 도망쳐라. 가장 먼저는 비검맹의 눈에 띄지 말아야 하고, 다음으로는 관군들의 추격을 조심해야 한다. 괜한 위험을 자초하지 마라. 여기까지 온 이상, 이제 너희들은 수로맹이 아니야!"

아무도 대답하는 이는 없었다.

수로맹이 아니라는 말.

꿈의 깃발이 내려진 그들에게 우렁찬 목소리는 더 이상 남아 있지 않았던 것이다.

"개죽음당하지 말고, 어서 도망쳐라. 죽어버리면 아무것도 남지 않는 법이다. 백무한은 이제 글렀어! 덤비지 말아야 할 곳에 덤볐을 뿐이다! 네놈들도 어서 정신 차리고 고향으로 돌아가. 산속에 들어가든 농사를 짓든 장풍(長風)이 불지 않는 곳에 가서 살아라!"

류백언의 목소리도 마찬가지다.

수로맹을 호령하던 군사의 모습은 온데간데없다.

이젠 정말로 끝난 것이다.

실망이 절망이 되어 장강의 사내들을 휘몰아쳤다. 그들의 마음은 밤 공기 물길처럼 지독한 어둠으로 채워져 가고 있었다.

"해산(解散)이다! 수로맹의 맹 자도 꺼내지 마! 어서 꺼져!"

류백언이 손을 휘두르며 소리쳤다.

갈라지는 외침에 휘적휘적 옆으로 걸어가 술병을 잡아 쥔다.

목구멍에 콸콸 들이붓는 그의 모습, 장강 사내들이 한 번도 보지 못 한 흐트러진 모습에 결국 뒤에서부터 하나씩 몸을 돌린다.

영웅의 몰락이었다.

짧은 시간, 수로맹 십이대 지파를 규합하고, 수로십팔채의 명성을 되살려가던 역전의 군사(軍師)는 그렇게 망가져 버리고 만 것이다.

젊은 사내들, 장강에 부는 바람, 장풍에 몸을 맡긴 사내들은 그 무너 지는 영웅의 모습을 더 이상 두고 볼 수가 없었다.

류백언의 말처럼 떠날 수밖에 없다.

백무한은 이미 빠져나올 수 없는 사지(死地)에 들어섰고, 이틀 후 동 이 틀 무렵에는 죽는다.

배신자 류백언.

배반의 굴레를 뒤집어쓰기는 했지만, 그는 앉아서 장강 만 리를 굽 어보던 천재다. 그런 그의 예상이니 백무한의 죽음도 틀림이 없을 게 다.

백무한이 없으면 수로맹도 없다.

수로맹이 없으면 장강의 사내들도 없다.

백무한은 말했다.

어떤 싸움에서도 목숨을 먼저 생각하라고.

장강 만리수(萬里水)는 생명수(生命水)니, 그곳에 살아가는 사람이 없으면 안 된다고.

그곳에 살아가는 사람이 목숨을 중히 여기지 않으면 거기에는 수로도 없고 십팔채도 없는 것이라고.

백무한은 장강의 물을 튼 용왕(龍王)이다.

두 주먹으로 장강의 물을 새로 흐르게 만든 권신(拳神)이다.

사내들은 용왕의 말을 믿었고, 신(神)의 말을 숭상했다. 류백언의 말, 아니, 백무한의 말처럼 그들은 살아야 했다.

살아서 꿈을 이야기하고, 한때 꾼 꿈을 꾸며 늙어가리라.

그것이 백무한의 부탁이었다.

류백언의 말 때문이 아니라 백무한의 부탁이기에 떠난다. 류백언의 병법에 반한 자들도, 백무한의 힘에 반한 자들도 각자의 배를 챙겨 떠나가기 시작했다.

쏴아아아아.

하나씩 잦아드는 불빛이다. 술을 마시는 류백언의 주위에는 어느새 누구도 남질 않았고, 단 하나 꺼져 가는 횃불만이 그의 곁을 지키고 있었다.

"크크크……."

비틀린 웃음이 다시 한 번 암천을 향하여 울려 나왔다.

별 하나 떠 있지 않은 밤이었다. 구름 사이로 어스름한 달빛이 새어 나와 류백언의 머리 위를 비춘다.

쨍그랑!

술병을 땅에 던져 깨버린 그가 일어났다.

천천히 고개를 돌려 서쪽 하늘을 바라보는 류백언이다. 한순간 그의 전신에서 강렬한 기운이 솟아 나왔다. 짙게 흩어지는 술 냄새, 술기운인 주정(酒精)을 날려 버리고 있었다.

'지금쯤… 일원포(一元浦)를 지나고 있겠군.'

전륜회 제사호법, 독각투왕(獨脚鬪王) 엽영보(葉英步)의 내공심법인 강량신기(鋼亮神氣)는 신기(神氣)라는 이름대로 굉장한 신공이었다.

순식간에 취기가 사라지고, 맑은 정신이 된다. 류백언의 신산(神算)이 별빛 없는 천기(天璣)를 짚고 두 사람의 행보를 쫓았다.

'세 시진이면 따라잡을 수 있다. 아슬아슬하겠어.'

류백언이 강가로 움직였다.

독각투왕의 강량신법이다. 바위와 바위를 날듯이 뛰어넘어 겹겹이 가려진 어둠으로 나아간다. 숨겨진 곳, 그가 어스름한 월광(月光)에 묵직한 묵광을 뿜는 날렵한 흑선(黑船)에 이르렀다.

'무풍(無風)아, 무풍아. 여기서 그들이 온 것은 또한 운명의 엮임이렷다. 그들이 있기에 활로가 보인다. 이제 네 주인을 구하러 달려보자꾸나.'

쇠사슬에 덮인 쾌속정, 검게 빛나는 그 이름이 바로 무풍이다.

장강에 둘도 없는 기선(奇船)으로 장강수로에서 세 손가락 안에 드는 속도를 자랑하고 있었다.

촤아악!

류백언이 묵철의 노를 움직이기 시작했다. 류백언, 수로맹주 백무한의 최측근이니 배를 다루는 기술에 있어서도 장강수로 정점을 논한다. 순식간에 바위 사이를 빠져나와 장강 강심으로 달려나갔다.

쏴아아아아아아!

바람이 없어도 그 속도가 줄어들지 않는다.

그래서 무풍이다.

줄기줄기 스쳐 오는 어둠을 뚫고, 장강의 거센 물살을 가른다.

적재 인원 열 명의 소선이나, 물을 헤치는 속도는 그 어떤 쾌속정보다 빨랐다.

지치지도 않고 노를 움직이는 류백언의 몸놀림은 그것 자체만으로도 신기에 가까웠다. 물길을 찾으며 서쪽 강변을 바라보는 그의 눈에는 청풍이 보았던 그 들끓는 의기가 거세게 불타오르고 있었다.

세 시진.

류백언은 짧다면 짧고 길다면 긴 그 시간을 오로지 배의 속도를 빠르게 하는 데에만 집중했다.

'만날 때가 지났는데.'

한참을 더 와도, 그들은 보이지 않는다. 계산이 틀렸는가. 아니다. 류백언은 그들의 능력을 완전히 꿰뚫지 못했다. 자신보다 높은 곳에 있는 자들의 그릇을 가늠하는 것은 제아무리 신산의 지혜를 갖추었다 해도 쉬운 일이 아니다.

'아니야. 더 간다. 더 빠르면 빨랐지, 나보다 느릴 리는 없다.'

류백언의 생각은 정확했다.

청풍의 경공은 빠르다. 거기에 자극받은 매한옥의 경공 역시 범인의 상상을 초월해 있다.

일반적인 절정고수들의 속도라 보았다면 오산이랄 수밖에 없다. 류백언은 자신의 실수를 금세 인정했고, 최고조에 이른 무풍의 속도를 그대로 유지했다.

그리고 한 시진이 더 지났을 때.

류백언은 발견했다.

그의 예상을 훨씬 더 벗어난 속도, 강변을 따라 움직이고 있는 청풍과 매한옥의 모습이 그의 시야에 들어온 것이다.

'이 속도! 살 수 있는 확률이 이 할은 더 높아졌다. 맹주! 내가 갈 때까지 절대로 죽으면 아니 됩니다!'

그렇다.

류백언은 배신자가 아니다.

배신자의 오명을 뒤집어썼을 뿐, 그는 처음부터 백무한에게 돌아가려고 했던 자다.

어차피 진 싸움.

진 싸움이라는 결과는 어떻게 해도 변하지 않는다.

문제는 백무한이 죽느냐 사느냐.

만일 이 싸움에서 백무한이 살아난다면?

그 다음 문제는 그가 권토중래를 노릴 때, 그때 수로맹의 사내들이 얼마나 살아 있느냐가 된다.

류백언은 싸움의 결과를 일찍부터 직감했고, 그것은 결코 뒤엎을 수 있는 것이 아님을 알았다.

그리하여 수로맹의 패배가 확실시 된 순간, 류백언은 배신을 선언했다.

수로맹의 수뇌, 그것도 군사쯤이나 되는 자가 배반을 감행한다는 것은 그만큼 그 싸움에 가망이 없다는 말이 된다. 흩어지고 탈주하는 것이 당연했다.

하지만 그 안에 숨어 있는 것은 한 사람이라도 더 살리려는 신념이다.

백무한이 죽을 것이라면 조금이라도 더 빨리 내보내서 미련을 갖지 않게 하기 위해서다.

그 꿈을 나누었던 이들이 후환을 생각지 않고, 편안한 삶을 누릴 수 있도록 하기 위해서였다.

물론 백무한이 죽지 않는다면 이야기는 완전히 달라진다.

그의 배신은 곧, 훗날을 기약하기 위해서다.

한 사람이라도 더 살려서.

목숨을 보존하기 위해 도망쳤던 이들이 마음의 짐을 짊어지고 언젠가 다시 한 번 같은 꿈을 꾸기 위해, 그러기 위해 류백언은 오욕을 뒤집어쓴 것이다.

그런 류백언이다.

그런 그가 이제 백무한을 구하러 간다.

도망자의 무리를 연사진에 모았을 때는 모두를 흩어놓고 홀로 가서 백무한과 함께 죽을 마음을 품었었다.

하지만 이제는 다르다.

죽지 않을지도 모른다.

청풍이 있다면, 그가 심심찮게 들리던 중원 풍문의 주인공이라면.

비검맹주 화하 세 명의 검존, 그리고 네 명의 검마가 포진한 그 절대 사지에서도 빠져나오는 것이 가능할지 모르는 것이다.

'빠져나오지 못한다면 어떠랴. 내 목숨은 이미 오래전 맹주에게 바쳤던 것을.'

류백언이 빠르게 선수를 틀어 강변으로 향했다.

물살을 가르는 거센 소리를 듣고, 청풍과 매한옥이 경공을 멈춘다.

손을 흔드는 류백언이다.

그의 얼굴에 떠오른 것은 더 이상 비틀린 웃음이 아니라, 의리와 협이 살아 있는 미소였다. 그가 다가온 청풍과 매한옥의 앞에서 가슴을 두드리고 고개를 숙였다.

"다시 만났소. 아까의 무례는 진심으로 사죄드리오."

털썩.

류백언은 무릎까지 꿇었다.

무례를 사죄하고 생명의 부탁을 청하기 위해서다.

그가 청풍을 올려보며 말했다.

맹주를 도와달라고.

뱃속에서 울려 나오는 진심이 담겨 있으니, 그것은 종전의 그와 정반대의 모습이다.

배신자.

헛소리다.

주군을 위해 제 모든 것을 바친다. 영광스런 이름도, 빛나는 명예도 모두 소용없다.

지저분한 흙 밭이라도 무릎을 꿇고 걸어간다.

육손(陸遜) 백언(伯言).

백언은 곧, 삼국 시대 손오(孫吳)의 명장, 육손의 자(字).

그 시대를 초월한 이름의 일치 끝에, 수로육손의 명성을 얻은 남자가 여기 있었다. 청풍이란 또 한 영웅의 얼굴을 마주하는 수로육손 류백언은 이곳 장강에 있었던 것이다.

              *   *   *

장강의 한복판.

장강을 산에 비유하자면, 그곳은 그야말로 숲이 우거진 중턱이라 할
수 있었다.

곤륜에서 시작된 줄기가 천하를 질러 질러 중원으로 넘어든다.

만혼군도(滿魂群島)는 바로 그 길목에 위치하고 있었다.

쏴아아아아.

섬 하나하나가 장강 어민들의 혼(魂)이 깃들어 있는 곳 같다. 어스름
한 안개 빛이 명멸을 반복하는 곳이었다.

콰과광!

만혼군도의 모도(母島)인 만혼도의 지척이었다.

수로맹 제일전함 아라한(阿羅漢)으로부터 발사된 해천창(海天槍)이
혈검존의 기함(旗艦) 혈해(血海)의 선체를 꿰뚫으며 무지막지한 폭음을
울렸다.

"침몰하지 않는군. 안 되겠어."

장강의 미꾸라지, 이제는 자칭이 아니라 장강 전체가 인정한 장강주유.

강청천의 입에서 침음성이 흘러나왔다.

"해천창은?"

"세 발 남았습니다!"

해천창뿐인가. 용포의 포탄은 아예 동이 났다.

눈앞의 상대인 비검맹 전함 혈해. 혈해의 붉은 선체는 그동안의 교
전으로 엉망진창인 상태였지만 도무지 가라앉을 줄을 몰랐다. 빠져나
갈 길을 완전히 막고 있는 붉은 거함……. 돌파할 길이 막막했다.

"뒤쪽에서 올라옵니다. 포위당했어요!"

"알고 있다! 다시 백병전이야! 백경무투대(白鯨武鬪隊)는 교전을 피
하고 물러나라!"

장강주유 강청천의 외침이 사위를 울리고 뻗어나갔다.

후퇴 명령.

벌써 몇 번째 후퇴 명령인가.

수로맹 최강을 자부하던 백경무투대도 이미 지칠 대로 지친 상황이었다. 도무지 방도가 보이질 않는다. 물러나고 또 물러나 물러날 곳이 없을 때까지 퇴각하고 있었다. 사선을 넘어선 지 오래였다.

"수비는 선창으로 내려가는 계단에 집중시킨다. 아래로 내려가게 만들지 마!"

남아 있는 백경무투대 투인(鬪人)들은 이제 겨우 오십여 명에 불과했다.

전함의 선미를 장악하면서 몰려오는 비검맹 무인들의 숫자는 그들의 두 배를 너끈히 넘어서고 있었다.

"방어를 굳혀라! 선수(船首)는 주지 않는다. 버텨!"

버틴다.

공격은 생각도 할 수 없었다.

가장 강하다는 백경무투대가 이럴진대, 다른 이들은 말할 것도 없을 것이다.

비목어, 비목단도대(飛目短刀隊)는 박살나서 와해된 지 삼 일이나 지났다.

전투력에 있어 백경대에 필적하던 적사환도대(赤沙環刀隊)마저도 붉은 상어의 실종과 함께 무너져 버린 상태였다.

"제기랄……!"

상황을 살피는 강청천의 시선이 선미를 타고 올라온 육중한 남자에게 머물렀다.

육중한 남자.

강청천은 그 남자를 잘 알고 있다.

푸르게 번들거리는 피부, 독공(毒功)의 증거다. 살집 있는 몸 전체에서 진득한 기운이 스멀스멀 흘러나오고 있었다.

"독사검마(毒死劍魔)다! 물러나!"

강청천의 다급한 외침이 다시 한 번 사위를 울렸다.

독사검마.

비검맹 핵심 전력 칠검마 중 하나다.

"가까이 다가가지 마라! 길을 내주는 일이 있더라도 병기를 마주치지 마!"

강청천의 얼굴에 절망이 깃들었다.

이제는 끝이다.

고수의 부족, 독사검마를 상대할 자가 없는 까닭이었다.

처음부터 수로맹에는 칠검마 수준의 무공을 지닌 자가 드물었다.

그 몇 명 안 되는 고수들도 지금은 각자가 다른 비검맹 고수들을 맞이하여 생사결의 싸움을 하고 있는 중이다. 이곳에서 고수라고 한다면 강청천밖에 없었지만, 머리부터 발끝까지 모사(謀士)인 그로서는 칠검마 중 하나인 독사검마의 무공을 감당할 능력이 없었다.

저벅. 저벅.

독사검마의 발걸음은 거침이 없었다.

모두가 물러나고 있었다.

같은 비검맹의 무인들도 그의 곁에 다가가지 않으려는 기색이 역력했다.

'강청천아, 강청천아. 미꾸라지라고 그렇게 잘도 피해 다녔건만 결

국 여기서 죽는구나.'

어쩔 수 없다.

죽기 싫은 것은 싫은 것이고, 나서야 하는 것은 나서야 하는 것이다.

수로맹 부활이라는 깃발 아래 여기까지 왔고, 여기까지 온 이상 자신의 천명에 책임을 져야 한다.

강청천이 선수에서 내려와 백경무투대의 선봉에 섰다.

"고래 놈의 기분이 바로 이런 것이었군."

그렇게 앞으로 나서고 보니 언제나 선봉 중에 선봉이었던 흰 고래 장백경이 떠오른다.

백경무투대의 대장 장백경은 지금 수로맹주인 백무한 곁을 지키면서 비검맹의 절정고수들과 손속을 나누고 있다. 사지의 끝에서 가장 죽음과 가까이 있는 느낌. 그것이 바로 선봉의 자리가 지니는 의미였다.

"네놈이 그 미꾸라지였나."

독사검마의 목소리는 맑았다. 주변에 퍼뜨리고 있는 독기와는 도무지 어울리지 않는 목소리였다.

"이 몸을 기억해 주신다니 영광이군. 이왕이면 장강주유라 불러주시지 그러시나? 사해의 동도들은 미꾸라지의 이름을 잊어버린 지 오래라고."

강청천은 조금도 변하지 않았다.

청풍이 집법원의 추격을 피하다가 백무한과 함께 만났던 그때 그대로다. 화산파 집법원 고수들의 검 앞에서도 제 할 말을 다하던 성정이 어디로 갈 것인가.

여유까지 보이는 강청천의 태도에 독사검마의 입이 살기 어린 미소를 그려냈다.

"그 세 치 혀를 한 줌 핏물로 녹여주마. 언제까지 붙어 있을지 시간을 재보는 것도 좋을 게다."

비검맹 무인들 중 가장 살기가 강한 자라 한다면 역시나 사검존(死劍尊) 회의사신(灰衣死神)이겠지만 이 독사검마의 살기도 회의사신의 그것과 큰 차이는 나지 않았다.

강청천의 눈이 미미하게 떨렸다.

'도저히 안 되겠어. 칠검마가 이렇게 강할 줄이야.'

어떻게든 상대해 보려 했으나, 가까이 서고 보니 몇 합이나 버틸지 자신이 없다.

그렇다면 마지막 수를 생각해야 한다.

끝에서 끝까지 보류해 두었던 계책. 오로지 한 명의 생명을 살리기 위한 계책이었다.

'이 배가 여기까지 몰리다니, 천운이 다한 게다.'

아라한에 붙은 제일전함의 칭호.

제일전함이라는 것은 곧 수로맹 최대 전력을 의미한다.

장강 최고의 조선 기술과 중원 정점의 병기술이 함께한다는 뜻이었다.

그중 이 배에 최강의 수병기(水兵器)를 더해준 자.

'이렇게 된 이상 그분만이라도 피신시켜야 돼.'

그가 여기에 타고 있는 것이다.

가장 안전한 전함이라 생각했기에 이곳으로 모셨으나, 이렇게 되어버리고 말았으니 어떻게든 그분만이라도 살려내야 했다.

이 수로의 싸움과는 조금도 상관이 없었던 사람.

의기천추(義氣千秋).

오로지 협기만을 내세워 수로맹을 도와준 사람이었다.

"당 노사! 들리시오?"

내력을 실은 강청천의 목소리가 갑판을 타고 계단 아래쪽을 향하여 내려갔다.

대답은 들려오지 않았다.

하지만 강청천을 알고 있었다. 그분이 듣고 있음을.

"차선책은 없소. 삼책(三策)이오. 세 번째! 지금 당장 실행해 주십시오!"

강청천의 말이 끝났다.

검을 내치면 닿을 거리까지 다가온 독사검마다. 그의 검집에서 성명 병기인 기형독검(奇形毒劍), 진사(疹死)가 풀려 나왔다.

"당 노사라……. 밑에 있는 놈이 그놈인가 보군. 엉뚱한 무기들을 제공한 놈. 어떤 놈인지 얼굴이나 보고 싶은데 어떻게 안 될까?"

"물론 안 되지."

독사검마는 다시 한 번 웃었다. 진심으로 재미있어하는 것 같았다. 독사검마가 강청천의 뒤쪽, 아래의 선창으로 내려가는 계단에 시선을 주었다.

"안 될 게 있나. 내려가서 보면 되겠지."

"그게 쉬울까? 공근 주유는 문무겸전이었어."

강청천은 질 것을 뻔히 알면서도 한 발짝 물러나지 않은 채, 그 자리를 버텨 섰다.

길이 뚫리는 것은 기정사실이라도 시간만큼은 확실히 끈다.

당철민. 그가 세 번째 계책으로 이곳을 빠져나갈 시간은 반드시 벌어줘야 하는 것이다.

'호흡을!'

독사검마가 갑판을 박차고 거리를 좁혀왔다. 검보다 먼저 흉악한 기운이 콧속을 파고들고 있다.

독이었다. 강청천이 흡기를 멈추고, 다급히 몸을 기울였다.

쐐애액!

일검일격이 무서운 기세를 품고 있었다.

악랄한 사공(邪功)임이 분명했다. 위험하기 짝이 없는 검법. 반보 뒤로 물러나며 일검을 더 피했다.

'역시 그렇다. 이기지 못해.'

피하는 것으로도 버거웠다. 한 발 박차고 달려드는 독사검마의 움직임엔 군더더기가 없었다. 공격을 해보려 했지만, 온몸에서 뿜어 나오는 독기가 어느 정도 이상의 접근을 근본부터 차단하고 있었다. 이기는 것은 고사하고, 단 한 번 반격의 실마리조차 찾을 수가 없었다.

촤아악! 콰쾅!

일 합에서 이 합으로. 이 합에서 삼 합으로.

몇 합 지나지 않아 강청천은 깨달았다. 독사검마가 전력을 다하지 않고 있다는 사실을.

독기도, 검법도 적당히 펼치고 있다. 강청천을 노리개처럼 가볍게 보고 있다는 이야기였다.

'위험하다. 이래서는 두목도 죽겠어.'

강청천보다 몇 단계 위에 있는 무공이다.

칠검마의 무위, 생각했던 것을 훨씬 넘어선다. 칠검마가 셋 이상 모이면 백무한으로도 버거울 터, 칠검마의 무위에 대한 추측이 경험으로 입증되는 순간이었다.

'흡!'

뛰어올라 일검을 피한 강청천이다. 쉴 새 없이 내쳐오는 검격에 점차 호흡이 가빠지고 있었다.

'안 돼. 끝이다……!'

도저히 버틸 수가 없었다.

백경무투대의 투인들도 마찬가지다. 독사검마가 이끌고 온 비검맹 무인들에 맞서 고전을 면치 못하고 있다. 있는 힘을 다해 계단을 사수하고 있는 몇몇 백경무투대 대원들을 제외하고는 대부분의 대원들이 힘을 잃고 있었다.

후퇴 명령도 소용없었다. 후퇴라 해봤자, 그들 뒤에는 출렁이는 강물밖에 없다. 강물로 뛰어든다 해도, 비검맹의 함선이 둘러쳐져 있을 뿐이다. 강물 백 리를 잠수하여 건넌다는 흰 고래라면 모를까, 백경무투대 대원들이 모두 흰 고래인 것은 아닌 까닭이었다.

쐐애애액! 촤아악!

절망적인 싸움의 종지부를 찍기라도 하듯.

피하고 또 피하던 강청천의 어깨에서 결국 한 줌의 핏물이 솟구치고 말았다.

치명상이었다.

상처는 깊지 않아도 독사검마의 검에는 생명을 앗아가는 독(毒)이 깃들어 있다. 즉사에 이를 극독은 아닐지라도 내력으로 보호하지 않으면 순식간에 죽음에 이를 만한 맹독이었다.

피하는 것만으로도 벅찰진대, 독을 제어할 여유가 어디에 있을까.

순식간에 정신이 흐려지고 다리가 풀린다. 갑판에 넘어진 그의 머리 위에서 독사검마의 비웃음이 들려왔다.

"문무겸전이 이 정돈가? 웃기는 놈이로군. 이제 그 헛바닥이나 받아 보자."

기울어진 강청천의 시야에 독사검마의 그림자가 드리워졌다.

'그래. 그 정도지. 허무하다. 허무하구나.'

허탈감에 이어, 분노가 치민다.

수로맹의 군사로서 비검맹에 죽게 된다면, 적어도 그 상대는 비검맹 주나 육극신이길 바랐었다. 칠검마 정도면 충분하다? 아니었다. 장강 신추라면 모르되 장강주유의 자존심이라면 결코 충분하지 못했다.

"아쉽군."

흔들리는 강청천의 입에서 마음 그대로의 한마디가 흘러나왔다.

독사검마가 강청천의 얼굴에 기형검, 진사를 들이대며 물었다.

"무엇이 아쉽다는 말이지?"

"네놈 따위에게 죽는 것이 아쉽다는 말이다."

"헛소리를 하는군. 미꾸라지에게 도철의 진사검 정도면 사치야."

진사는 신공 도철이 만든 또 하나의 기병이다. 잘 떠지지도 않는 눈 으로 독사검마를 올려다보는 강청천이 기울어진 미소를 흘렸다.

"도철의 칠대기병에도 들지 못하는 주제에 거들먹거리지 말아 라…… 게다가 그 검에 독이나 처바르다니, 만든 자의 이름을 더럽힐 뿐이다."

스걱.

강청천의 얼굴에서 피가 튀었다. 입에서 뺨으로 길게 이어지는 검상 이다.

독사검마가 살기 어린 목소리로 말했다.

"이런. 이런. 겨냥이 빗나갔군. 이번엔 실수가 없을 거다. 확실히 그 혀를 잘라주지."

강청천의 얼굴에서 진한 핏물이 쏟아져 내렸다.

깊게 베인 상처였다. 그가 입은 백의가 온통 선홍색으로 물들어갔다. 독사검마의 검이 서서히 움직여 그의 입을 겨누었다.

그 순간.

"거기까지 해라."

늙은 목소리였다. 얼굴의 반이 베어졌음에도 표정 하나 변하지 않았던 강청천이 당황한 눈빛으로 고개를 돌렸다.

"그놈 말은 조금도 틀린 것이 없어."

끼이익.

사수하고 있던 계단 밑으로 닫혀졌던 문이 열리고 있었다.

걸어나오는 자.

건장한 상체를 지닌 노인이다. 심귀도의 마장(魔匠) 당철민, 중원제일을 논하는 장인(匠人)의 정점이 거기에 있었다.

"진사는 독검 따위로 쓸 검이 아니다. 병기라 함은 그래. 만든 사람의 마음을 헤아리지 못하는 자, 주인 자격이 없는 법이지."

백경무투대 대원들 사이로 천천히 걸음을 옮기는데, 비검맹 무인들까지도 일순 달려들지를 못한다.

무공과는 관계없는 위엄이다. 인생 일로를 투철하게 걸어온 사람의 기도였다.

"뚫린 입이라고 함부로 하는군. 노인장의 혓바닥도 잘라줘야겠어."

"그럴 수 있을까. 어디 한번 해보시지."

자신있게 말하는 당철민이다. 그러나 그것을 보는 강청천의 얼굴에는 절망이 깃들고 있었다.

당철민은 고수다.

그러나, 당철민으로서도 독사검마를 이기지는 못한다. 당철민의 무위는 기껏해야 강청천 정도의 수준이기 때문이었다.

신기의 암기술과 특별한 기병들이 있다고 해도, 지난바 무공 차이는 아무리 해도 극복하기가 힘들다.

그뿐인가. 이곳에는 독사검마만 있는 것이 아니다. 이미 갑판 전체를 장악한 비검맹 무인들을 생각하면 당철민이 이곳에 나선 것은 치명적인 실수라고밖에 할 수 없었다.

'대체 왜……!'

당철민은 세 번째 계책에 따라 도망갔어야만 했다. 강청천 자신이 죽는 것이야 관계없어도, 당철민까지 죽어서는 안 되는 것이다.

그래서는 저승에서 백무한을 볼 면목이 없다. 한줄기 의기(義氣)를 지키기 위하여 죽어간 다른 수많은 장강 사나이들의 얼굴을 볼 면목이 없는 까닭이었다.

당철민이 섰다.

그리고 독사검마의 몸이 움직였다.

강청천은 그 싸움을 차마 보지 못하고 고개를 돌렸다.

그때였다.

"그만 나와라. 손을 쓰기로 했으면."

당철민의 목소리.

그의 말에 대답이라도 하듯, 갑판의 한가운데가 들썩 흔들리고 이어, 강렬한 폭음이 터져 나왔다.

콰콰콰쾅!

갑판이 갈라지고 나뭇조각들이 치솟아올라 온다.

독사검마와 당철민의 사이에서, 바닥을 뚫고 하늘로 솟구친 하나의 그림자가 있었다.

터텅.

떨어지는 나무 파편들이 장식이라도 되는 양, 그 그림자의 강림 앞에 흩날리고 있다. 갑판을 뚫고 올라온 그가 호방한 목소리로 말했다.

"새 검이 손에 붙기 전까지는 결코 손을 쓰지 않으려 했건만……. 이 책임은 당 노인이 지시오."

강인한 등.

온 세상을 떠받칠 것 같은 기세다.

선이 굵은 얼굴에, 강철이라도 뚫어버릴 눈빛을 지녔다.

그 남자를 본 독사검마의 얼굴이 크게 굳었다.

"당신은… 설마……!"

"호오……. 알아볼 수 있나? 내 얼굴을?"

웃음 짓는 남자다.

그가 천천히 오른손을 움직여 허리춤에 걸린 검자루를 잡았다.

"비검맹 칠검마 정도면 새 검의 첫 상대로 나쁘지 않지. 어떻소, 당 노인. 성왕(聖王)을 뽑아도 될까?"

"마음대로 해. 상대가 도 신공의 진사검이면 그만한 자격은 충분하겠지."

"저것이 진사였소? 그렇다면 더 더욱 좋군."

스르르릉.

그의 허리에서 황백의 광채가 풀려 나왔다.

화려한 장식만큼이나 시린 백광(白光)이다.

흠검(欽劍)이란 곧, 검을 흠모하는 자. 마침내 진정 흠모할 만한 검을 얻었다.

마장 당철민이 심혈을 기울여 만든 일생일대의 역작이다.

성왕검(聖王劍)이 그 검의 이름이었다.

"팔황의 맹약을 깰 마음은 없다. 다만, 이곳에 내가 있었음이 안타까울 따름이다."

숭무련과는 관계없이 독단적으로 움직이고 있음을 밝힌다.

흠검단주, 아니, 이제 성왕검주가 된 갈염이다.

사위를 압도하는 그의 기파에 독사검마가 이를 악물며 물었다.

"방해하겠다는 것인가."

"딱히 방해라고 하기엔 뭐하지만, 그냥 두지는 못하겠군."

"숭무련의 흠검! 비검맹에서는 이 일을 그냥 넘어가지 않을 것이다."

"그거야 나와는 상관없는 이야기고……."

갈염이 성왕검을 들어 독사검마를 겨누었다.

어떤 싸움에도 끼어들지 않은 채, 진신진력을 그대로 보존하고 있던 자.

그의 입에서 선언과 같은 목소리가 흘러나왔다.

"일단 마음을 정한 이상 더 이상 왈가왈부는 필요없겠지. 덤비거라."

개전(開戰)을 알리는 말이었다.

그 말에 발끈하는 독사검마. 이내, 흥분한 눈빛을 가라앉히며 진사검을 고쳐 잡는다.

상대는 숭무련 최강 검객을 논하던 고수다. 가볍게 운기하던 독공을 최대로 끌어올리니 독사검마의 전신에서 불길한 독기가 뭉클뭉클 새어 나왔다.

"끝까지 방해하겠다면 죽일 수밖에 없어. 비검맹에 검을 겨눈 것. 후회하게 될 것이다!"

파아아!

독사검마의 급격한 쇄도에 부스러져 있던 나뭇조각들이 공중으로 튀어 올랐다. 이어 성왕검의 화려한 검신이 진사검의 살벌한 검격과 맞부딪쳤다.

횡으로 치고 들어오는 진사검에 수직으로 맞붙는 성왕검.

진사검은 삼 합도 버텨내지 못했다.

순식간에 투로가 망가지고 호흡이 흐트러진다. 갈염이 보여주는 무위는 그처럼 막강했다. 숭무련 무공의 정수가 그의 검공 속에 녹아 있었다.

쿵! 쿠쿵!

연신 뒤로 물러나는 독사검마다.

그의 얼굴이 크게 일그러졌다. 이 정도로 차이가 날 줄은 몰랐다는 표정이었다. 진사검을 휘두르는 그의 손이 점차 다급하게 변해갔다.

'이렇게 강하다니……!'

비검맹 칠검마라고 한다면 오검존 이외에는 어지간해서 비할 데가 없는 고수들이라 알려져 있다. 알려지기를 그렇게 알려졌을 뿐 아니라 실제로도 그렇다. 비검맹을 장강의 패주로 끌어올린 역전의 무인들이란 말이었다.

흠검단주 역시 숭무련 무력의 핵이라 했지만 그 명성으로 따지자면 칠검마와 비슷하거나 오히려 떨어지는 수준일 게다. 독사검마도 그럴 것이라 생각하면서 검을 전개한 것이다. 비검맹 혈사 때부터 쌓아온 무공과 경험이라면 심산유곡에 숨어 잘 나오지도 않는 숭무련 일개 지파의 수장 따위는 얼마든지 상대할 수 있을 것이라 보았던 것이다.

그러나 그 결과는 그의 예상과 전혀 달랐다.

흠검단주는 강했다.

독공은 애초부터 전혀 통하질 않았고, 검공에 있어서도 한 단계 위에 있었다. 검존(劍尊)의 무공이라 해도 과언이 아니다. 독사검마 정도의 고수가 두 명은 있어야지 상대할 수 있다. 칠검마 한 명으로는 필패요, 두 명으로도 승부를 장담하기 힘들다는 이야기였다.

쩌어엉!

위에서 내려치는 성왕검의 검격은 산이라도 무너뜨릴 것 같은 기세를 품고 있었다.

정신이 아찔해질 일격이었다. 그래도 백전의 검귀(劍鬼)인지라 진사검을 놓칠 뻔한 충격에도 반격을 시도하고 있었다. 사납게 치고 오는 독사검마의 진사검에 갈염의 눈이 번쩍 하고 빛을 발했다.

쩡! 스가각!

그것으로 끝이었다.

진사검을 걷어낸 성왕검이 사선으로 흘러내렸다. 쇄골을 부수며 내려간 검이 가슴을 길게 베어낸다. 승부를 가르는 일격이었다.

"크윽……!"

억눌린 신음성을 내뱉은 독사검마의 입에서 검은 피가 흘러내렸다.

내상을 입으면서 몸속의 독기가 역류하는 현상이었다. 외상뿐이라면 어떻게든 살 수 있겠지만 이렇게 되면 회생이 불가능하다. 독공을 연성한 자가 지니는 최악의 부작용이었다.

"쿨럭!! 커억!"

결국은 검게 죽은 핏덩이를 토해내고 말았다.

한쪽 무릎을 꿇고 진사검으로 몸을 지탱하지만 당장이라도 쓰러질 듯 위태위태하다. 그가 이해할 수 없다는 얼굴로 갈염을 올려보았다.

"어찌하여… 그렇게……!"

서서히 흐려지는 독사검마의 눈에는 강한 의구심이 깃들어 있었다. 알고 있던 것과 다르기 때문이다. 비검맹이 흠검단주에 대해 지니고 있었던 정보보다 월등히 위에 있는 무공, 갈염이 그를 내려다보며 씁쓸한 미소를 지었다.

"죽일 마음은 없었다. 죽이지 않고 제압하기엔 네놈이 너무 강했어."

고개를 꺾는 독사검마.

그의 얼굴에 비틀린 웃음이 자리잡았다. 공격다운 공격 한번 해보지 못하고 당했는데, 강했다고 말한다. 저승길 선물치고는 초라한 한마디였다.

휘익.

숨이 끊어지는 독사검마를 뒤로한 채, 성왕검을 비껴들고 몸을 돌렸다.

천하를 논할 만한 위엄이 우러나오고 있다. 모든 것이 어지러운 장강 위에서 그 홀로 자유로운 느낌이다. 그런 갈염을 보는 당철민이 고개를 설레설레 내저었다.

"엄청난 성취로군. 밤낮으로 검에만 매달려 있더니."

"뒷물결이 앞물결을 치고 나오는 것을 두고 볼 수 없었을 뿐입니다."

"뒷물결이라면 그놈을 말함인가?"

장강의 뒷물결이 앞물결을 제치고 나간다.

무림의 후기지수가 선배 고수들을 뛰어넘어 앞서 나갈 때 쓰는 말이다. 당철민이 말하는 뒷물결, 갈염은 작년 가을을 함께했던 한 젊은이를 떠올렸다. 부단주로 키워냈던 조신량보다 이상하게도 더 끌렸던 젊은이, 한 식구가 아님에도 한 식구처럼 느껴졌던 젊은이였다.

"그렇다고 해두죠."

"재미있군. 어찌 보면 자네 역시 뒷물결인데 말이다."

"뒷물결이라?"

"그 검력. 숭무련주라도 따라잡겠다는 기세로 보여. 내 눈에는."

당철민의 눈이 예리하게 빛났다.

장강 물결의 앞과 뒤.

그것이 어디 청풍만의 이야기일까.

갈염이 앞에 있다지만 그 역시도 가장 빠른 자가 아니다. 그 역시 다른 앞을 쫓아가는 자에 불과하다는 말이었다.

"련주님을 따라잡든 어쩌든 그것은 일단 이곳을 벗어난 다음의 일입니다. 검존들의 무위도 무위지만, 비외사마존(比外四魔尊)도 만만치 않으니까요."

그렇다.

여유롭게 한담을 나눌 때가 아니다.

갈염의 시선이 비검맹과 백경무투대들의 싸움을 향하여 움직였다.

이제는 혈로를 열어야 할 때.

그가 마지막으로 고개를 돌려 한 사람을 바라보았다.

"일어나라. 검마(劍魔)의 독 정도는 이겨내야지. 그래 가지고 중대가리 놈의 군사 노릇을 하겠나? 네놈이 지휘를 해야 모두가 살아나갈 수 있어."

그의 말을 듣고 힘겹게 일어나는 남자.

다름 아닌 강청천이다. 독과 싸우느라 지칠 대로 지친 얼굴이었지만, 두 눈에는 새롭게 일렁이는 투지가 자리하고 있었다.

"백경무투대는 방어 대형을 풀어라! 이제는 공격이다! 선봉을 열고, 측면으로 들어가! 선미(船尾)를 탈환하고 아라한을 움직이자!"

다 죽어가던 그 몸에서 어찌 이리도 우렁찬 목소리가 터져 나올까.

성왕검을 들고 나아가는 갈염의 뒤로 장강 주유의 병법이 움직인다. 오직 죽음뿐이던 이곳에 마침내 살아나갈 활로가 새겨지고 있었다.

*   *   *

제일전함 아라한이 요동치는 동안, 만혼군도의 모도(母島)인 만혼도에서 벌어지던 최후의 결전은 결국 종국을 향하여 치닫고 있었다.

겹겹이 에워싼 비검맹의 포위망 속에서 분투를 거듭하고 있는 수로맹이다.

끝까지 버티고 있는 수로맹 무인들은 불과 십여 명인 것에 반해, 비검맹 무인들의 숫자는 백 명을 훌쩍 넘어가고 있는 상황이었으니, 도무지 살아날 길이 없다. 그뿐이 아니다. 무인들의 숫자도 숫자지만 고수의 숫자에 있어서도 상대가 되지 않는다. 현재 수로맹에서 제대로 싸우고 있는 고수들은 단 세 명, 하지만 비검맹에서는 검존을 둘이나 투입했을 뿐 아니라 비외사마존이라 불리는 새로운 고수들을 세 명이나 동원했다. 거기에 더해 칠검마 중 두 명이 여기에 있었으며 다른 검존들과 나머지 칠검마들도 이 만혼도를 향해 접근하고 있는 중이었다.

"크억!"

"맹주! 부디 살아나가 주시오!"

하나둘씩 죽어가는 수로맹 무인들이다.

쓰러지고 쓰러져 남은 것은 결국 세 사람뿐이었다. 그 세 사람. 비검맹이 그처럼 엄청난 병력을 만혼도에 집중한 것은 그 세 사람을 잡기 위해서라고 해도 과언이 아니었다.

그 셋이 죽으면 수로맹도 끝난다.

맹주를 비롯한 수로맹의 최고 전력들, 수로맹 무력의 핵(核)이 이 만혼도에 있었던 것이다.

콰아앙!

"크읍!"

흰 고래 장백경은 절로 터져 나오는 신음성을 입 안으로 삼켜냈다. 물러나는 한 발 한 발이 천 근의 압력으로 느껴진다. 발목이 부서져 버릴 듯 흔들렸고, 발뒤꿈치는 터져 나가 버릴 듯 아프다. 일격을 감당하기가 어려울 정도였다.

쩌어엉!

늘 함께해 온 병기, 강철로 만든 작살을 휘둘러 막아보았지만, 온몸이 찌릿찌릿 울려와 견디기 힘들었다.

봉두난발을 한 괴인.

괴인이 휘두르는 철장은 믿을 수 없이 강했다.

철장마존이라 불리는 비외사마존의 하나.

그가 바로 장백경의 상대였다. 오랫동안 비검맹과 싸움을 계속해 왔으면서도 바로 며칠 전까지 그 존재조차 몰랐던 자였다.

'이런 괴물이……!'

전혀 예상하지 못한 고수였다.

비외사마존.

비외(比外)란 곧, 비검맹의 바깥.

비검맹의 밖에서 움직이며 드러나지 않았던 마두들이다. 이길 수 있을 것이라 생각했던 장강의 대회전(大會戰)을 일시에 뒤틀어 버린 자들이 그들이었다.

쩌엉! 꽈앙!

장백경의 장대한 체구가 단숨에 몰아쳐 오는 힘을 버티지 못하고 팅겨 나왔다. 땅을 짚고 어렵사리 균형을 잡는다. 근근이 버티는 것만으로도 한계였다. 도무지 싸울 수 있는 상대가 아니었다.

'칠검마와는 달라! 이놈은 검존의 무공을 지녔다. 붉은 상어 놈이 당한 것도 이해가 돼.'

실종되어 버린 붉은 상어, 적상이 떠올랐다.

붉은 상어가 이끌던 적사환도대가 무너진 것도 이 철장마존의 출현 직후에 벌어진 일이다. 살아남은 적사환도대 대원들의 말에 의하면 적상이 당한 것도 이 철장마존에 의한 것이라 했다. 실제로 붙어보니 과연 엄청난 고수, 검존 수준의 무인이 나타났다면 적사환도대로서도 속수무책일 수밖에 없었을 것이었다.

위이이잉! 퍼어억!

무력으로도 안 되는데 패배의 예감까지 들었으니, 싸움의 결과는 불보듯 뻔했다.

순식간에 치고 들어온 철장이 장백경의 옆구리를 파고들며 둔탁한 타격음을 터뜨렸다. 정신을 아득하게 만드는 충격이 온몸을 타고 흘러 내력을 진탕시켰다.

쩌어엉! 뻐어억!

작살과 부딪쳐 슬쩍 틀어진 철장이 장백경의 오른쪽 어깨를 내려쳤다. 흐려지는 정신에도 본능적으로 올려낸 작살이 아니었다면 머리가 통째로 터져 나갔으리라. 땅으로 쓰러지는 와중에도 작살을 휘둘러 보았지만 이미 그의 의식은 그의 몸을 통제할 수 있는 상태가 아니었다. 허우적거림에 불과한 몸놀림에 이어 흰 고래는 만혼도의 백사장 모래 위에 그 큰 체구를 누이고 말았다.

쿠우웅!

"고래 녀석아!"

그 바로 옆에서 싸우고 있던 자.

수로맹 수석호법 황천어옹(黃天漁翁)의 외침이 강바람을 타고 흩어졌다. 구하러 가고 싶어도 갈 수가 없다. 그 역시도 다급한 상황이었기 때문이다. 상대의 무공이 측량키 어려울 정도로 대단하여 자칫 잘못하면 순식간에 생사가 갈릴 지경이었다.

따아앙! 따앙! 쩌저정!

황색으로 빛나는 낚싯대가 다가오는 희뿌연 방천화극을 막아내며 요란한 금속성을 울렸다.

황룡조간(黃龍釣竿), 조간(釣竿)이라 함은 곧 낚싯대.

황색의 비룡이 멋지게 새겨진 조간이 이리저리 움직이며 현란한 빛을 뿜고 있었다. 장강에 은거한 숱한 기인들 중에서도 최고의 무인이라던 황천어옹의 상징, 황천어옹의 성명병기였다.

따당! 쐐애액!

황룡의 꿈틀거림을 희롱하기라도 하듯, 세차게 치고 들어오는 방천화극이 있다. 황룡조간도 인세에 보기 드문 기병이었지만, 희뿌옇게 움직이는 방천화극 역시 그에 못지않은 위용을 뽐내고 있었다. 운무화 극(雲霧畵戟)이 그 이름이다. 천하 장인들 중 도철에 유일하게 근접해 있었다고 전해지는 병왕(兵王) 염 노사가 만든 신병이었다.

"대단하군. 그 정도 무공을 쌓았으면 한적한 호수에서 낚시질이나 하고 살았어야지, 왜 기어나왔나? 그것도 수로맹 같은 곳에."

운무화극을 휘돌리며 말한다.

젊은 목소리, 청년에 가까운 얼굴이다. 비외사마존의 하나, 백극마 존(白戟魔尊)은 그 장중한 무공과 어울리지 않게도 무척이나 젊어 보였 다.

"어린 놈이 뚫린 입이라고 함부로 지껄이는구나! 그 얼굴에 마존(魔 尊)이라는 칭호라니, 헤엄치던 잉어가 배를 까뒤집을 일이로다."

여유롭게 말을 받았지만 황천어옹의 심기는 극도로 불편한 상태였 다. 아니, 불편한 정도가 아니라 절망적인 상황이다. 철장마존에게 쓰 러진 장백경은 죽었는지 살았는지 일어날 줄을 몰랐고, 지금 자신의 앞 에 있는 백극마존 역시 승부를 장담하기 힘들 정도로 강했다.

칠검마 중 망산검마(亡山劍魔)를 쓰러뜨리고 맞이한 상대다.

황천어옹의 무력이 수로맹 최고를 논한다고는 하지만, 칠검마와 비 외사마존의 차륜전이라면 부담스러울 수밖에 없었다.

어떻게든.

어떻게든 백극마존을 이긴다 해도 문제였다. 위쪽 언덕에서 분투하 고 있는 백무한은 사검존(死劍尊) 회의사신(灰衣死神)과 혈검존(血劍尊) 귀왕혈존(鬼王血尊), 두 명의 검존(劍尊)을 맞아 경천동지의 격전을 벌 이고 있었으며, 그 주변에는 비검맹 무인들이 당장이라도 검을 들이댈 기세로 늘어서 있는 중이었다.

그뿐이 아니다.

비외사마존 중 풍도마존(風刀魔尊)은 처음부터 싸움에 끼어들지 않은 채 벌어지고 있는 격전들을 구경하고 있었고, 가장 나중에 이곳에 당도한 칠검마 암연검마는 백사장의 퇴로를 지키고 있는 상태였다.

'뚫고 나가기는 글렀음이다. 젊은 맹주여, 잠 못 이루고 뛰쳐나온 장강임에……. 그저 좋은 꿈을 꾸었으니 고마울 따름이구나.'

"하이압!"

황천어옹의 황룡조간이 강렬한 용틀임을 보였다.

이십이수 황룡조법의 초식들이 연환을 거듭하며 백극마존의 운무화극을 휩쓸었다. 굳건하게 버텨선 백극마존이 운무화극의 장봉(長棒)을 자유자재로 휘두르며 황천어옹의 탄력 넘치는 공격들을 하나하나 차단했다.

휘류류! 따다다다당!

백사장의 모래가 사방으로 흩날리는 가운데 번쩍이는 불꽃이 튕겨 나온다. 근접을 불허하는 사투, 상승 경지의 싸움이었다.

꽈광! 투웅!

황천어옹과 백극마존의 싸움이 상승 경지의 극치를 달리고 있다면 백무한과 두 검존의 싸움은 상승의 경지를 넘어 초절정의 영역으로 들어선 상태였다.

언덕 위에 가득 찬 힘의 역장(力場)에는 모래 입자가 흩날릴 틈조차 없었다. 일타 일타에 막대한 공력이 깃들고, 부딪치는 충돌에 팔방의 공기가 요동친다. 십 장 안팎으로 누구 하나 다가들지를 못한다.

천하를 논하는 무공들의 겨룸, 만혼도 격전들의 백미였다.

터엉! 파라라라락!

삿갓을 눌러쓴 백무한이다.

그의 진각이 땅을 울리고 그의 손목이 이끄는 반선수가 온 하늘을 덮는다. 혈검존 귀왕혈존의 병기, 요검(妖劍) 천인혈(千人血)이 반선수 소맷자락에 부딪치며 공력의 폭발을 일으켰다.

물러나지 않는 백무한의 신법은 소림신기 금강부동(金剛不動)이었다.

회의사신의 사령검(死靈劍)이 뒤따랐다.

회색 장포를 휘날리면서 날아드는 사신(死神)의 검은 무섭도록 빨랐다. 백무한이 두 손을 활짝 펴고 대력금강장을 내뿜었다.

쩌어엉!

사령검 검날과 손바닥이 마주치는데 강렬한 금속성이 터져 나왔다. 두 눈으로 보고도 믿기 어려운 신기였다.

백무한이 나한십팔수를 준비했다. 두 검존의 막강한 무공을 상대하면서 반격까지 시도한다. 귀왕혈존의 요악스런 두 눈에 살기가 깃들고 회의사신의 무표정한 두 눈에 기광이 감돌았다.

위이잉! 파라락!

호쾌하게 땅을 밟으며 나한십팔수 좌조천답지(左朝天踏池) 일초식을 펼쳐 냈다. 소림사 입산 제자부터 배우는 나한십팔수지만 백무한이 펼치니 그것도 중원 정점의 신공이 되고 있었다. 사납게 날뛰던 귀왕혈존의 천인혈이 좌측으로 크게 비껴나며 그의 중단에 커다란 허점이 드러났다.

'지금!'

백무한은 기회를 놓치지 않았다. 일위도강, 엄청난 기세로 거리를 좁히고는 나한십팔장 전배산운(前排山雲) 일 초를 올려쳤다.

우웅! 쐐애애액!

아무리 크게 드러났던 허점이라도 귀왕혈존과 같은 고수에겐 그리 대단한 것이 못 된다. 검의 수급이 자유로울 뿐 아니라 전광석화와 같이 빠른 까닭이었다.

쐐애애액!

벗어났던 천인혈이 되돌아오는 데에는 찰나간의 시간이면 충분했다. 그러나 백무한은 소림의 실전무공을 권신의 아성으로 일궈낸 인물이었다. 방어로 돌아오는 찰나간의 시간보다 손을 뒤집어 관음청강수를 쳐내는 것이 더 빨랐다.

퍼어엉! 쿵, 쿵, 쿵!

혈검존의 몸이 세 걸음이나 밀려 나가며 깊디깊은 족적을 남겼다.

일 초식에 천 근의 힘이 실려 있는 격전이니, 그 정도 단타에도 내상이 남을 수밖에 없다. 상대가 혈검존 하나였으면 승부의 추가 백무한 쪽으로 크게 기울어졌을 상황이었지만, 불행히도 백무한의 상대는 하나가 아니었다. 옆으로 짓쳐든 회의사신의 사령검이 완전한 사각을 노리고 찔러왔다. 방어가 불가능한 시점, 백무한은 옆구리를 내주고 무상대능력을 끌어올리며 그 스스로 창안한 비전절기인 십보무적을 전개했다.

촤아악! 꽈아앙!

영웅들의 승부에는 천운(天運)이 따라야만 한다고 했던가.

백무한의 옆구리가 길게 베어지며 진한 핏물이 쏟아졌지만 백무한의 십보무적은 간발의 차이로 빗나가 애꿎은 강바람만을 찢어발기고 있었다. 반 치, 아니, 반의 반 치만 오른쪽으로 내쳤더라도 승부를 낼 수가 있었으리라.

'이것은 도리어 손해다. 위험해.'

일검을 전개하고 뒤로 물러났다가 다시 쇄도하는 회의사신이다.

회의사신, 역시나 검존들은 엄청나게 강하다.

검이 흐르는 궤도가 법식을 확고하게 갖추고 있으면서도 위급한 순간에는 본능이 살아 숨 쉰다. 백무한이 십보무적을 잘못 겨눴다기보다는 회의사신의 회피 속도가 눈부셨다고 볼 수밖에 없었다.

파라라락! 파파파파!

소맷자락이 넓게 펴지며 사령검을 막아낼 방어막을 만들었다.

소림절기 반선수다. 회의사신의 사령검이 반선수에 얽히며 공력과 공력이 부딪치는 충격파를 내뿜었다. 연대구품 신법을 펼쳐 충격의 여파를 흩어내고 반격을 위해 주먹을 말아 쥐었다. 아라한신권을 뻗어낼 의도였다.

'내력이 흐트러진다. 기문혈이 손상됐군.'

옆구리를 베이면서 얻은 내상이다.

백무한은 아라한신권의 구결을 짚어가면서 십보무적이 빗나간 또 하나의 이유를 알 수 있었다. 기문혈 주변, 내력의 흐름에 느껴지는 미세한 장애가 그것이다. 회의사신의 반응 속도도 속도지만 이 기문혈의 상세가 권력의 발출점을 흐려놓았던 것이었다.

'그것이 천운, 이 싸움의 천명이 내게는 없다는 것인가.'

한순간에 찾아온 망설임이다.

그 때문에 백무한은 아라한신권을 뻗어낼 기회를 놓쳤고 그것은 곧 돌이킬 수 없는 결과를 낳았다. 순간의 차이가 있을지언정 반선수가 있으니 사령검까지는 막아낼 수 있다. 그러나 그사이 관음청강수의 공력을 흩어내고 짓쳐든 혈검존의 공격에는 완벽한 대응을 할 수가 없었던 것이다.

채쟁!! 촤아아아악!

아라한신권으로 사령검을 튕겨낼 수 있었더라면 혈검존의 천인혈역시도 여유롭게 막을 수 있었으리라. 그것이 안 되니 연대구품의 신묘함을 믿을 수밖에 없었다. 하지만 혈검존의 검술은 분산된 내력으로 피할 수 있는 수준이 아니었다. 연대구품으로 삼 보 물러나는 백무한에게 이 보 더 치고 들어와 왼쪽 허벅지를 베어냈다. 위로 올라갔던 반선수 소맷자락이 방어를 위해 내려오는 찰나간의 틈새로 얻은 상처다. 혈검존에게 관음청강수를 격중시켰을 때와 똑같은 방식으로 돌려받은 것이다.

'부상만큼은 피했어야 했다. 이렇게 된 이상 속전속결로 나가야 한다.'

상승의 격전에서 부상이란 것은 가벼운 것이 되지 못한다.

사검존이나 혈검존 같은 고수들의 일격은 다르기 때문이다. 그들의 공격은 단순히 피륙을 다치게 하는 정도로 끝나는 것이 아니다. 강력한 내력이 검날을 타고 들어오니, 상처 주변의 경혈을 파괴하여 진기의 흐름을 혼탁하게 만든다. 종이 한 장 차이로도 승부가 갈리는 싸움일진대 그 정도면 절대적인 요소라 해도 과언이 아니었다. 지금 입은 것과 같이 출혈을 일으키는 상처라면 더 더욱 말할 필요가 없었다.

터어엉! 콰콰콰!

힘을 다해 대력금강장 일격을 내쳤다. 싸움을 길게 끌면 불리하다. 문제는 검존들도 그것을 안다는 사실이었다.

대력금강장 경력을 정면으로 받아내지 않고 옆으로 빠지면서 세밀한 검격들을 뻗어온다. 사자는 토끼 한 마리를 잡을 때에도 전력을 다

한다고 했을진대 하물며 장강의 한 마리 신룡임에야 어쩔 수가 없는 법이었다.

쐐애액! 파각!

승부를 서두르던 백무한이다. 다급함이 허점을 부르는 것은 당연한 일, 옆을 치고 들어온 회의사신의 사령검이 백무한의 머리를 스쳐 지나가며 눌러쓴 삿갓을 반으로 갈라냈다.

머리가 쪼개질 뻔한 일격, 조각나 떨어지는 삿갓 사이로 짧게 자란 머리카락이 드러난다. 이마에는 육 계인(六契印), 가려졌던 얼굴에는 가로세로로 길게 새겨진 흉터가 세 개나 있었다.

'죽는다, 이러다가는!'

머리 부근에 검공을 허용했다.

집중력의 저하다. 죽음의 문턱에 한발 들여놓은 것이나 다름없다. 이대로는 정말로 죽는다. 무상대능력을 있는 대로 끌어올리고 상단전과 중단전을 최대로 열었다.

우우우우웅!

상단과 중단을 거친 진기가 하단전의 막대한 공력을 이끌고 두 손에 모여들었다.

전륜법광(轉輪法光)이다. 미완성인 십보무적이 언젠가 제 모습을 찾게 된다면 모를까, 지금까지 그가 지닌 무공 중에서는 가장 강력한 위력을 자랑하는 절기였다.

쒜에엑! 스각! 촤아악!

상승의 절기를 준비하면서 공력을 모으는데 그것을 가만히 둔다면 바보다. 금강부동신법을 펼치면서 시간을 벌려고 했지만 사검존과 혈검존의 검공은 집요하기 짝이 없었다. 회의사신의 사령검이 결국 금강부동의 진결을 파고들어 와 보법의 투로를 차단해 버렸고, 기회를 잡은 귀왕혈존의 천인혈이 두 줄기 검상을 입혀놓았다.

타는 듯한 고통이 느껴졌다. 그래도 펼친다. 합장하는 두 손, 이어 왼손으로 상반원, 오른손으로 하반원을 그려냈다.

위이이잉!

세상을 태우고 밝힐 전륜법왕의 광륜이었다.

유형화되어 몰아치는 내력의 톱니바퀴, 그러나 그 전개가 완벽하지 못했던 전륜법광은 제 위력을 완전하게 발휘하지 못했다. 위험을 직감한 회의사신과 귀왕혈존이 각각의 무상절기인 사령만천세(邪靈滿天勢)와 천인마혈(千人魔血)을 먼저 발동했던 까닭이었다.

버언쩍! 쩌저저정! 콰아아앙!

가라앉아 있던 모래밭이 일순간에 터져 나갔다.

구름 같은 모래먼지를 일으킨다. 일 장은 족히 솟아나는 먼지구름이었다. 이내 서서히 드러나고 있는 세 사람의 그림자.

놀랍게도 한곳에 멈추어 있는 상태가 아니다. 벌써부터 다시금 격렬한 경풍을 일으키는 중이었다.

퐈앙! 촤아악!

모험이었다.

그리고 그 모험은 실수였다.

어차피 돌파구가 없어서 한 모험이었지만 그 결과가 너무 나빴다. 백무한은 그동안 계속되었던 고수들과의 싸움으로 인하여 그 절대적이었던 내공이 대폭 깎여 있었던 상태, 그런 와중에 전륜법광까지 전개했으니 무리수도 그런 무리수가 없다.

처음에는 그나마 비슷하게 유지했었던 싸움의 균형이 완전하게 깨어져 버렸고, 여섯 군데나 검상을 입은 백무한에게는 더 이상 반격을 시도할 여력이 남아 있질 않았다. 연대구품의 보법으로 활로를 찾으며 반격을 시도해 보지만 역전의 기회는 찾을래야 찾을 수가 없었다.

"맹주! 포기하지 마시오!"

아득한 정신으로 몸에 밴 무공만을 어렵사리 펼치고 있었다.

황천어옹의 걱정 어린 외침이 바람을 타고서 들려오는 중이었지만 거기에 화답할 능력이 그에게는 없었다. 황천어옹 본인도 백극마존과 싸우고 있느라 손속이 어지러울 터, 그럼에도 백무한을 독려하기 위해 소리를 치고 있다. 그 마음에 분하여 이들을 물리치지 못하는 것이 안타까울 따름이다. 소림을 떠나온 후 오랜만에 느껴보는 힘의 열세(劣勢)가 아프도록 백무한의 가슴을 찔러대고 있었다.

'이제 끝인가 보오. 황천어옹.'

질 싸움을 시작한 것 자체가 잘못이다. 후회하는 마음은 없어도 잘못한 것은 잘못한 게다.

백무한의 얼굴에 엷은 미소가 지어졌다.

황천어옹을 만났던 때, 고집 센 노인을 무력으로 제압하여 억지로 수로맹 호법에 세웠던 기억이 백무한의 뇌리를 스치고 있었다.

'그동안 고마웠소.'

격전 중, 그 먼 곳에서 백무한의 웃음을 본 것인가.

아니다.

웃음을 보지 않았더라도 백무한의 마음을 읽을 수 있었을 것이다.

백무한의 죽음을 느낀 황천어옹이다.

황천어옹의 전신에서 무시무시한 기세가 피어오르기 시작했다. 내쳐 가는 황룡조간, 황룡조간이 그 어느 때보다도 강력한 파공성을 발했다.

쐐애애액! 따아아앙!

백극마존의 운무화극이 크게 튕겨 나갔다.

꿈을 지키려는 자.

가슴을 채우는 격동에 괴력을 발휘하는 것은 노인이나 젊은이나 다를 바가 없는 법이다. 일순간 타오르는 천명에 모든 것을 건다. 황천어옹의 몸이 불가사의한 속도로 움직이며 백극마존의 전면으로 쇄도했다. 다급하게 운무화극을 되돌리는 백극마존이지만, 황천어옹의 공력은 이미 하늘의 뜻 그 자체를 품고 있었다. 회수하며 찔러오는 운무화극이 황천어옹의 어깻죽지를 길게 갈라놓고 있었지만, 황천어옹의 정신은 그 고통을 전혀 받아들이고 있지를 않았다.

빠악! 우직! 빠아아악!

황룡조간의 단타가 백극마존의 쇄골을 박살 냈다. 그대로 내려오며 늑골을 부수고, 허벅지 뼈까지 부러뜨린다.

지금까지 비등한 싸움이었다?

천의(天意)가 함께하는 싸움에서는 누구든 일순간에 모든 것을 얻을 수도, 모든 것을 잃을 수도 있는 것이다.

휘청 꺾여 앞으로 꼬꾸라지는 백극마존이다. 그의 몸을 타 넘은 황천어옹이 백무한을 향해 땅을 박찼다.

파아아아! 쐐애액!

황천어옹. 그 신법의 날렵함은 물 위를 달릴 정도라 전해진다. 순간의 도약으로 백무한과 두 검존의 전권에 진입했다.

따당! 카라라랑!

빛살처럼 파고든 황룡조간이 백무한의 가슴을 찔러가던 천인혈을 가로막았다. 혈검존이 두 눈에 새로운 살기를 떠올렸다. 천인혈과 얽혀드는 황룡조간이 무서운 경력을 흩뿌렸다.

'괴물들……!'

혈검존이라면 백무한과 싸우면서 적지 않은 내상을 입었을 텐데, 그런 느낌이 조금도 없었다. 전해오는 공력이 아직까지도 엄청나다. 건재하다고 해도 과언이 아닐 정도였다. 비검맹의 정점, 오검존의 공력은 마르지 않는 샘이라도 되는지, 그 밑바닥을 측량할 수가 없다. 혈검존 뿐이 아니다. 사검존도 마찬가지다. 오히려 사검존 회의사신은 혈검존보다도 더 강한 면모를 보이고 있다. 게다가 급변하는 전황에, 잠자코 있던 자들도 움직임을 시작한다. 팔짱을 끼고 있던 풍도마존이 허리춤의 도갑을 끌러내고 있었고, 장백경을 땅에 눕힌 봉두난발, 철장마존도 성큼성큼 황천어옹 쪽을 향하여 다가오기 시작했다.

'도망가는 것은 애초부터 글렀구나. 이렇게 된 이상, 한바탕하고 기분 좋게 끝내도록 하자.'

"맹주, 기운 좀 내는 것이 좋겠소이다."

"기운이라……. 내 옆엔 대체 왜 왔소? 그놈을 쓰러뜨렸으면 도망이나 칠 것이지."

"같이 죽으러 왔지 별수있나. 늙은 자라가 꿈을 꾸게 해준 것만으로도 고마워해야 할 마당이오. 이렇게 맹주 옆에서 죽으려고 그토록 힘이 났었나 보외다."

초인적인 힘으로 백극마존을 쓰러뜨렸으면서, 그것을 오직 그의 곁에서 죽기 위함이라 말한다. 그것이 장강의 황천어옹이다. 모두가 한 물결 위에서 그치지 않는 꿈을 꾸고 있으니, 대해로 나가는 용왕의 자식들이다. 거기에는 무공의 고하도 연배의 차이도 부질없다. 몰려드는 고수들 가운데, 죽음을 맞이하려는 열혈의 남자들이 거기에 있었다.

그리고.

죽음을 생각하는 것은 장강 위의 남자들이되, 붉은 노을 가득했던 하늘은 결코 그들을 버릴 생각이 없었다.

만혼도를 향하여 길을 여는 한 척의 쾌속선이 있었으니.

그 위에 탄 것은 청홍의 바람이라. 백사장으로 도약하는 그의 발길 밑으로 마침내 질풍의 신화가 열린다. 백무한을 죽음의 문턱에서 구하는 자, 청홍무적검 청풍이 이곳에 당도한 것이었다.

치리리링!

하늘에서 떨어지며 뽑은 주작검이 백사장을 막고 있던 암연검마에게로 쏟아졌다.

상상을 초월하는 염화인의 위력이다. 암연검마, 비검맹 칠검마의 신분으로서도 일찍이 경험한 적이 없었던 기세다. 경황 중에 검을 휘둘러보았지만, 그렇게 휘두른 검으로는 마음먹고 내친 염화인을 막아낼 수 있을 리가 없다.

암연검마의 검이 튕겨 나간 것은 순간이었다.

황급히 검을 수습하여 반격을 해보려 했지만 청풍은 벌써 그를 지나쳐 버린 상태였다.

질주하는 화천작보다.

흘러가는 바람을 온몸으로 찢어발기고 나아가니, 순식간에 비검맹의 포위벽이 가까워왔다. 달려가는 기세 그래도 몸을 비틀며 왼손으로 청룡검 검자루를 쥐었다.

터어어엉! 치리리링!

백 명이 넘는 무인들 한가운데로 뛰어든다.

금강호보 진각 소리가 천하를 위진하고 하늘을 향해 도약한 청풍의 양손에서 청과 홍 두 개의 광채가 휘황한 빛을 뿌렸다.

쿼유유웅! 퍼어어억!

무시무시한 기운을 품고 나아가는 금강탄 일격에 늘어서 있던 비검 맹 무인 세 명의 가슴이 터져 나갔다.

뭉치며 달려드는 무인들이 몸통째로 튕겨 나간다.

전에 없이 과감한 손속, 살계(殺戒)를 연 청풍은 이미 두 신검의 화 신 그 자체로 변해 있었다. 뚫고 나아가는 검격에는 망설임이라고는 찾아볼 수가 없었으며, 내치는 검결의 위력이 도달할 수 있는 최대 극 점을 향해 달려가고 있었다.

퍼어억! 촤촤촤악!

금강탄과 백야참, 염화인이 연쇄적으로 뻗어나가며 엄청난 혈풍을 일으켰다. 굳은 얼굴에 두 눈빛만이 침중할 뿐이다. 스스로 뿜어내는 살기가 못마땅해도 어쩔 수가 없었다. 벽이 뚫리고 길이 열렸다. 백사 장 모래가 그의 발길을 따라서 비산했다.

터텅! 파파파파파!

장쾌한 광경이었다.

일어나는 모래 바람과 갈라지는 비검맹 무인들을 보고 있자면 십만 대군을 홀로 돌파했다던 삼국 시대 상산 조자룡이 떠오를 정도였다.

"막아! 막아라!"

"크억! 피해라!"

청풍 한 명의 질주로 인하여 백 명이 넘는 무인들 전 대형이 흐트러 지고 있었다. 그를 막으려는 자들, 그를 피하려는 자들, 포위 대형을 수습하려는 자들, 모두가 얽히면서 아수라장을 만들었다.

퍼버벅! 채채채챙!

수십 명을 베고, 수십 명을 쓰러뜨렸다. 순식간에 포위망을 돌파하여 백무한의 지척에 이른다. 목숨이 경각에 이른 백무한과 황천어웅, 그리고 그들을 공격하는 비검맹의 초절정고수들이 시야에 들어왔다. 청풍은 거기서도 망설이지 않았다. 힘들이 부딪치는 한가운데를 향해 몸을 날렸다.

위이이이잉! 파아아아!

가장 먼저 부딪친 상대는 싸움의 외측에 있었던 풍도마존이었다. 풍도마존의 장대한 파풍도가 청풍의 중단을 휩쓸어 오고 있었다.

청풍은 달려가던 속도를 조금도 줄이지 않은 채 풍도마존의 일격을 맞이했다. 청룡검으로 용뢰섬을 뻗어내고 주작검으로는 금강탄을 내쏘았다. 격한 파공성이 주변을 가득 채우며 퍼져 나갔다.

치리리리링! 쩌어어엉!

노도와 같은 진기를 담고서 다가오던 대형 파풍도가 청룡검의 용뢰섬에 막히며 미세한 흔들림을 보였다. 그 첨예한 힘의 흐름에 주작검의 금강탄이 작렬하니 풍도마존의 파풍도가 갈 곳을 잃은 채 그의 어깨너머로 튕겨 나갔다.

그것이 금강탄의 폭발력이었다. 지속적인 파괴력에 있어서는 염화인이 가장 강하겠지만 첫발 일격의 발출력에 있어서는 역시나 금강탄을 따라올 무공이 없었다.

"악!"

풍도마존의 파풍도를 단숨에 쳐내는 무력이다. 그의 눈이 놀라움으로 물들었다. 몸을 휘돌리며 파풍도를 수습하고 다음 일격을 대비했지

만 이미 청풍은 거기에 없었다. 암연검마를 지나쳤을 때와 같다. 청풍
의 목적은 오지 백무한의 구출일 뿐, 다른 고수와의 싸움이 아니었던
까닭이다.

풍도마존까지 제쳐 놓고 백무한과 황천어옹의 곁에 이르렀다. 주작
검으로 한쪽을 가리키며 큰 소리로 외쳤다.

"저 사람을 구해오시오! 아직 살아 있소!"

흰 고래 장백경을 말함이었다.

청풍의 쇄도, 그 압도적인 출현에 압도당한 황천어옹이 마력에 이끌
리듯 청풍의 말에 따라 몸을 날렸다.

장백경을 향하여 땅을 박찬 황천어옹의 등으로 혈검존의 천인혈이
뒤따랐다.

'안 되지. 그렇게는!'

천인혈을 막은 것은 청풍이었다.

횡으로 휘둘러진 청룡검이다. 백아참이 천인혈을 튕겨내고, 주작검
염화인이 혈검존의 전면을 휩쓸었다.

쩌저저저정!

한 번의 충돌이 있을 때마다 귀왕혈존의 몸이 한 발씩 뒤로 밀려나
고 있었다.

놀라운 일이었다.

사람을 죽이면서 혈기로 불타는 염화인이다. 그 누구도 감당키 힘든
위력을 내뿜고 있는 중, 귀왕혈존의 천인혈이 속수무책으로 튕겨 나가
며 어지러운 광망을 흩뿌렸다.

귀왕혈존을 몰아붙이며 나아가는 청풍, 그의 발이 결국 백무한이 서
있는 땅 위에 이르렀다.

"자네는……!"

암천을 가르는 한줄기 유성처럼 나타났다.

기적을 일구어내는 그 이름.

위이잉. 치리리링.

청룡검이 용음을 토하고 주작검이 공명했다.

귀왕혈존과 회의사신을 눈앞에 둔 청풍이 단호한 목소리를 발했다.

"은(恩)을 갚을 때요. 내가 길을 열겠소."

집법원에게 쫓기던 시절, 장강 지류에서 만났던 백무한이다.

재회의 순간, 그러나 이야기를 나눌 여유는 없었다.

말을 시작하며 청룡검을 내뻗고, 길을 열겠다며 주작검을 휘둘렀다. 말을 하면서도 흔들림없이 펼쳐지는 무공이다. 무신이 강림했다고 한다면 바로 지금의 청풍을 말하는 것이리라. 그의 기파는 말대로 무적의 경지에 올라 있었다.

쐐액! 쐐애애액!

귀왕혈존의 천인혈과 회의사신의 사령검이 동시에 쏟아졌다.

무서운 검력을 피부로 느끼는 청풍.

그의 눈이 번쩍이는 빛을 내뿜었다. 십자로 교차되는 청룡검과 주작검이다. 빛살처럼 뻗어나가는 힘, 한꺼번에 두 줄기의 금강탄을 뻗어내고 있었다.

퀴융! 퀴유우웅!

경이로운 검격이었다.

금강탄 두 발을 한 번에 내쏜다. 놀라운 발상이었다.

금강탄은 본디 발검술의 연장, 발검술이라 함은 일격에 온 정신을 쏟아 앞으로 내치는 무도(武道)일진대, 두 개의 검을 한꺼번에 발출한다는 것은 쉽게 생각할 수 없는 시도다. 자칫하면 힘의 충돌로 인해 파탄이 드러날 수도 있었다.

그러나 두 줄기의 금강탄은 서로를 전혀 방해하지 않았다. 오히려 원래 그렇게 두 개의 검을 내치기로 만들어진 것처럼 하나하나의 기세가 굉장할 따름이었다.

쩌엉! 쩌저엉!

천인혈과 사령검이 대번에 튕겨 나갔다. 힘의 공백이 생겨난다. 청풍이 재빠르게 몸을 돌리며 백무한을 이끌었다.

"이쪽으로!"

숨 돌릴 틈이 없었다.

귀왕혈존과 회의사신이 순식간에 자세를 가다듬고 청풍을 향해 달려들고 있었다. 바로 조금 전에 돌파했던 풍도마존도 청풍의 측면을 따라붙는 중이었으며 그전에 지나쳤던 암연검마도 지척에 이르러 있었다. 장백경을 쓰러뜨린 후 백무한을 노리던 철장마존 역시도 철장을 비껴든 채 땅을 박차고 있었다.

쩡! 쩌정! 쩌저정!

신기(神技)였다.

신들린 무공으로 앞서 가는 백무한의 등을 보호한다. 병장기가 부딪치는 힘을 이용하여 뒤쪽으로 몸을 날리는데 목신운형과 풍운룡보의 신비한 진결이 엿보이고 있었다. 몸을 날리는 두 사람의 옆으로 장백경을 들쳐 업은 황천어옹이 빠르게 따라붙었다. 분노한 비검맹 고수들이 앞서거니 뒤서거니 하면서 그들을 노려왔지만 청풍의 두 자루 신검은 난공불락의 방어막을 전개하고 있었다. 기적과도 같은 광경이었다.

"이쪽으로는 갈 수 없어!"

황천어옹의 외침이 들려왔다. 그의 말대로 그들이 달려가는 앞쪽에는 배를 댈 만한 곳이 없었다. 높지 않은 절벽만 있을 뿐이다. 그 바깥은 오직 출렁이는 강물로 가득했다.

"그대로 가시오! 길이 생길 것이오!"

쩌어엉! 쩌정!

설명을 할 겨를이 없었다.

귀왕혈검의 천인혈과 회의사신의 사령검은 무섭도록 강했다. 풍도마존의 파풍도는 형언할 수 없는 거력을 품고 있었으며 철장마존의 철장도 천 근의 무게를 담고 있었다. 가장 약한 암연검마의 검격도 무시할 수 있는 수준이 아니었다. 매번 부딪칠 때마다 엄청난 충격을 입고 있었다. 겉으로 보기에는 철벽의 무공을 뽐내고 있는 것 같았지만 안쪽으로는 기혈이 들끓고 있는 상황이었다.

파파파팍!

황천어옹의 신형이 만혼도 서쪽의 절벽 끝에 이르렀다.

길이 생길 것이라고 했던가.

하지만 길은 없었다. 날개를 단 새들이 아니고서야 어디로도 가지 못한다.

그때였다.

촤아아아악!

서쪽 바위를 돌아 시야에 들어오는 검은 선체(船體)가 있었다.

강물을 질주하는 무풍이다. 물살을 가르는 흑색의 철선(鐵船), 무풍의 뒤로는 몇 줄기씩 날아오는 화살과 작살들이 따라오고 있었다. 비검맹 쾌속선단의 추격이었다. 무풍이 나타난 것처럼 서쪽 바위를 돌아 나와 하나둘씩 쫓아오는데, 화살뿐 아니라 작살과 석궁까지 수상용 사병기들을 있는 대로 퍼붓는 중이었다.

그러나.

무풍의 위에는 배를 몰고 있는 류백언만 있는 것이 아니었다.

매한옥이 거기에 있는 것이다. 이십사수 매화검법을 완벽하게 펼쳐보이며, 날아드는 사병기들을 모조리 쳐내고 있었다.

"맹주! 내가 왔소!!"

가슴을 한번 두드리며 외치는 목소리가 절벽의 바위들을 타고 높이높이 울려 퍼졌다.

수로맹의 상징, 심장에 깃든 영혼이다.

절벽 끝에서 류백언을 내려다보는 백무한. 얼굴에 새겨진 검상들이 꿈틀대며 한 가지 표정을 그려냈다.

'백언, 네놈이 배신 따위를 할 놈이 아니었지!'

그럴 줄 알았다는 얼굴이었다.

류백언이 아니고서야 이런 기적을 이루어낼 사람이 없다. 아니, 이런 기적 같은 일을 벌이지 못했을지라도 어떻게든 왔을 놈이다. 신뢰로 엮어진 사람들, 백무한의 강철 같은 주먹이 자신의 가슴을 쳤다. 다른 말이 필요없다. 같은 심장, 같은 꿈이면 그것으로 족했다.

"뛰어내리시오! 금방 쫓아가겠소!"

청풍의 외침이 백무한의 경각심을 일깨웠다.

황천어옹이 먼저 장백경을 들쳐 메고 절벽 끝을 박찬다. 뛰어내리며 뒤를 돌아보는 백무한, 그의 눈에 청색과 홍색의 두 날개를 휘두르며 비검맹의 절대강자들을 막고 있는 질풍 같은 젊은이가 비쳐들었다.

쩌정! 꽈광!

귀왕혈존의 천인혈이 튕겨 나가고, 철장마존의 철장이 땅을 친다.

신룡을 생각나게 하는 몸놀림이었다. 빠르기 그지없는 회의사신의 사령검을 단숨에 피해내고 있다. 이어서 나아가는 일보에는 호왕(虎王)의 기세가 깃든다.

말도 안 되는 싸움이었다.

검존 두 명과 직접 맞서보아서 알지만 이 싸움은 버틸 수가 없는 싸움이다. 그만한 괴물들을 한꺼번에 막는다는 것은 인간의 무공으로 불가능했다. 겉으로는 강력한 무공을 발휘하고 있어도 안으로는 큰 내상들을 입고 있을 터. 그럼에도 청풍은 길을 막고 있다. 얼마 되지도 않는 은(恩)을 갚기 위해서다. 백무한은 그 순간 하늘이 이어 놓은 놀라운 인연을 피부로 느낄 수가 있었다.

파바바바박! 터엉!

떨어지던 황천어옹이 절벽 중턱을 박차고 속도를 줄였다. 백무한도 내려오던 기세 그대로 벽을 차며 무풍을 향해 몸을 날렸다.

촤아아악!

황천어옹의 신법도 대단했지만 백무한의 신법은 그야말로 기가 막힐 정도였다. 내력이 거의 고갈된 상태, 지친 육신으로도 날렵하게 배 위까지 오른다. 그것이 중원 무공의 총본산이라는 소림무공의 진수였다.

"잘 왔다. 덕분에 살았어."

백무한의 목소리는 언제나처럼 강한 무게를 담고 있었다.

백척간두, 위급하기 짝이 없는 상황에서도 진한 웃음을 떠올릴 수밖에 없다. 류백언이 웃음 띤 얼굴로 노를 저어 절벽 쪽을 향해 배를 더 붙여갔다.

쩡! 쩌어엉!

위쪽, 절벽 끝에 몰린 청풍이 보였다.

굉장했다.

그곳에 그대로 서서.

끝까지 비검맹 고수들의 쇄도를 차단하는 중이다.

류백언이 감동을 일으킨 시발점이었다면, 이 청풍은 그 감동을 격동으로 치달아 올린 장본인이라 할 수 있을까.

검존이나 마존이나 일 대 일로 싸워도 생사를 걸어야 할 상대일 텐데 그런 자들을 넷이나 상대하면서 두려워하는 기색이 없다. 용기백배, 사나이라면 피가 끓을 수밖에 없는 광경이었다.

쩌정! 쩌어어어엉!

한순간.

절벽 전체를 뒤흔드는 충돌음이 터져 나왔다.

회의사신의 절기를 막아내는 소리였다. 회의사신의 장포 자락이 언뜻 보이고 있는데, 그 기세가 심상치 않았다. 백무한의 두 눈에 긴장감이 차 올랐다.

'강하다. 하지만 이제는 한계다. 위험해!'

백무한은 직감할 수 있었다.

청홍의 신검을 휘두르는 청풍은 무적에 가까운 무위를 보여주고 있었지만 그 무위는 언제까지나 지속될 수 있는 성질의 것이 아니었다. 전력을 다 쏟아 부은 정도가 아니다. 지닌 바 무공의 벽을 한참 뛰어넘은 상태로 싸우고 있을 것이다. 그것을 끝까지 유지하는 것은 그 누구라도 불가능한 일이었다.

채애앵! 콰아아앙!

절벽 끝 바위가 부서지며 돌가루가 튀었다. 철장마존 아니면 풍도마존의 무공일 것이다. 그 위를 바라보는 류백언의 두 눈에 다급함이 감돌았다.

당장 내려와야만 했다.

뒤로 따라붙는 비검맹의 쾌속정들이 까마득했다. 아직까지는 중소형 전선들뿐이지만 대형 함선이라도 덮쳐 온다면 무풍으로서도 빠져나갈 방도가 없다. 그렇다고 청풍을 버리고 갈 것인가. 그것만큼은 절대로 안 된다. 청풍을 데리고 가지 않으면 아무런 의미가 없다. 여기서 포위당하는 일이 있더라도 그를 기다려야만 했다. 그때였다.

"먼저 가야 하오! 저 녀석은 따라올 수 있을 것이오. 이 이상 시간을 끌 수는 없소."

매한옥의 목소리였다.

단호한 말투, 그의 이야기는 전적으로 옳다. 그들이 무사히 빠져나가려면 지금 속도를 줄여서는 안 된다. 절벽으로 너무 가까이 다가가서도 안 되었다. 벽에 붙으면 그만큼 움직일 수 있는 폭이 좁아지기 때문이다. 그러다가 둘러싸이기라도 하면 그때부턴 지옥 같은 혈로를 뚫어야 할 것이었다.

"하지만……!"

"저 녀석을 믿으시오!"

매한옥은 흔들림이 없었다. 신뢰와 믿음으로 맺어진 것은 수로맹 사내들만이 아닌 것이다.

매한옥도 청풍을 믿었다. 거기서 빠져나올 것이라고.

청풍, 무적이다. 그 정도는 해줄 것이었다.

"어서! 속도를 내시오!!"

매한옥이 한 번 더 외쳤다.

뱃머리를 돌리는 류백언이 이를 악물었다. 절벽에서 떨어져 나오는 방향이다. 어쩔 수 없는 일이다. 여기까지 왔는데 잡혀 죽는다면 그것만한 개죽음도 없었다.

"어쩔 수 없군! 가는 수밖에!"

카랑카랑한 목소리는 황천어옹의 것이었다.

장백경을 안전하게 내려놓은 황천어옹이다. 그가 무풍의 한 켠에 장비된 다른 쪽 철노를 비껴들었다.

배를 저어가는 속도가 더 빨라졌다.

순식간에 절벽과 떨어지며 상당한 거리가 생겨났다. 백무한이 절벽 위를 바라보며 외쳤다.

"그가 절벽을 따라 움직인다! 만혼도에서 벗어나지 마!"

류백언이 다시 한 번 방향을 틀었다.

절벽과 거리를 유지한 채로 물을 가른다.

청풍은 언제라도 뛰어내릴 수 있도록 그 끝에서 아슬아슬하게 몸을 날리는 중이다.

가장 적절할 때, 가장 제대로 거리를 벌렸을 때 날아오를 생각인 것 같았다.

쩡! 쩌정! 쐐애애액! 파라라라락!

부딪치는 탄력을 받아 뒤로 물러나는 청풍이다. 후퇴는 역시나 풍운룡보였다. 후퇴 뒤의 반격은 금강호보와 화천작보다. 뒤를 향한다 싶으면 어느새 두 검을 교차시키며 염화인을 불사르고 있었다. 공격으로 방어를 대신한다. 먼저 치고 나아가 다음 공격을 할 여지를 주지 않고 있다. 싸움 방식에 있어서는 이미 백전을 치른 노장이나 다름이 없었다.

쏴아아아아!

얼마나 더 갔을까. 갑자기 측면으로부터 들려오는 물소리가 있었다.

비검맹의 대형 함선이 다가오는 소리였다. 백무한과 류백언의 얼굴이 크게 굳었다.

"제길!"

이제는 정말 안 된다. 만혼도에서 벗어나야만 했다.

류백언이 매한옥을 돌아보았다. 굳은 표정의 매한옥도 이번에는 말이 없다. 일시에 결단을 내릴 수 있을 리가 만무하다. 아슬아슬한 시점, 매한옥이 외쳤다.

"계속 가시오! 일단 함선의 추격을 벗어나고 봅시다!"

다시 돌아오는 한이 있더라도 여기서 멈추는 것은 안 된다. 무풍의 크기 때문이다.

무풍은 작았다.

중형 전선들과는 백병전을 유도하여 얼마든지 싸울 수 있다지만, 대형 함선의 중병 공격에는 버틸 수가 없었다. 따돌리고 앞서 나아가는 것만으로는 부족하다. 함선의 공격 사정거리에서 완전히 비켜 나와야만 했다.

류백언이 방향을 바꾸고 얼마 안 있을 때다.

절벽에서 시선을 떼지 못하던 백무한이 두 눈을 빛내며 소리쳤다.

"멈춰라! 그가 뛰어내린다!"

청풍이었다.

귀왕혈존의 천인혈을 맞받으며 뒤로 물러나고, 곧바로 절벽 끝을 박차며 강물을 향해 몸을 날리고 있었다. 멀고도 먼 거리, 헤엄쳐 오기엔 시간과 거리가 안 맞는다. 순간적인 판단, 백무한이 무풍의 선미로 몸을 날려 선체에 박혀 있는 화살들을 빼 들었다. 그야말로 찰나에 찰나를 쪼갠 시간이다. 내력을 모으는 백무한의 소맷자락이 부풀어 오르며 흔들렸다.

우우우우웅! 쐐애애애액!

던져 내는 화살에 무상대능력의 진기가 깃든다. 날아가는 화살의 속도가 빛살과도 같았다.

"하압!"

화살이 청풍의 지척까지 이르렀을 때다. 화살 하나를 더 던져 낸 백무한이 기합성을 내지르며 손을 쫙 폈다.

엄청난 속도로 날아가던 화살이 청풍의 발밑에서 멈추고 있었다. 상단전의 힘, 여기에도 또 있다. 멈추는 화살에 청풍의 발이 닿고, 화천작보의 구결이 펼쳐졌다.

터엉!

화살을 발로 차는데 땅을 밟는 것과 같은 진각음이 울려 퍼졌다.

청풍의 몸이 앞으로 쏘아져 나왔다. 한 쌍의 신검은 영웅이 가진 두 날개다. 허공을 나는 주작의 모습이 거기에 있었다.

쐐애애애액!

백무한이 던진 두 번째 화살이 날아왔다.

바닥까지 끌어올린 무상대능력, 무리해서 움직이는 상단전의 힘에 백무한의 코에서 선혈이 쏟아졌다. 느려졌던 두 번째 화살을 밟은 청풍이다. 또 한 번의 도약 끝에 마침내 무풍의 위로 착지했다.

"쿨럭!"

하늘을 날아왔지만, 청풍의 상태는 가히 좋지 못했다.

백무한이 쏟아낸 선혈 위에 새로운 핏물이 겹쳐졌다.

피를 토하는 청풍이다. 비검맹의 괴물들과 싸우며 얻은 심각한 내상이었다.

촤아아아악!

청풍이 배에 올랐으니 이제 거칠 것이 없었다. 류백언과 황천어옹이 저어내는 철노의 속도가 더 빨라졌다. 장강 물살이 갈라지고 쭉쭉 뻗어나가는 무풍이다. 털썩 주저앉는 백무한, 그가 절벽 쪽을 바라보며 힘없는 목소리로 말했다.

"쫓아오는군. 조금이라도 회복해 놔야 하겠어."

당연한 일이었다.

절벽 밑으로 몇 척의 쾌속선이 대어지고 있었다.

회색 장포, 회의사신이 절벽에서 뛰어내리는 것이 보였다. 그 하나뿐이 아니라 위에 있던 고수들이 모두 다 내려오고 있었다. 빠른 속도, 벌써부터 작게 보일 정도였지만 그 거리를 무색하게 만드는 살기와 분노가 전해져 오고 있었다.

"괜찮나?"

뱃전에 몸을 기대며 넓은 소매로 코피를 닦아내는 백무한이다.

청풍이 창백한 얼굴로 고개를 끄덕였다. 심한 내상, 괜찮을 리가 없었다. 그 정도 괴물들을 상대했는데 죽지 않은 것만으로도 놀라운 일이라 할 수 있었다.

속도를 내 만혼도 근역을 거의 다 벗어났을 때였다. 지치지 않는 힘으로 철노를 저어가던 류백언이 사색이 된 얼굴로 외쳤다.

"큰일입니다! 저것을 보십시오!"

"마령선(魔靈船)! 영검존까지!"

물길 저편으로 검푸른 전함 하나가 다가들고 있었다. 영검존 추혼마객(追魂魔客)이 이끄는 추혼선단의 기함, 마령선이다. 기동력과 화력에 있어 오검존의 기함들 중 첫손가락에 꼽는다는 막강한 전함이었다.

"방향을 바꿉니다! 오른쪽으로 틀겠습니다."

"알겠다!"

파아앙! 촤아아아악!

류백언이 배를 움직이는 것은 철노만으로 하는 것이 아니었다. 황천어옹과 함께 물살 위로 장력을 내치며 급선회를 시도했다. 혼신의 내력을 다하여 움직이는 쾌속선이다. 그러나 마령선의 시야는 넓고도 넓었으며 그들이 지닌 화포는 수군의 그것에 버금가는 사정거리를 자랑하고 있었다.

쾨앙! 쾨아아앙!

포격들이 날아오기 시작했다. 다짜고짜 발사하는 화포다. 뒤따르는 비검맹 쾌속선들이 뒤집히고 터져 나가는 데에도 개의치 않는 모습이었다. 관군의 엄격한 통제를 받는 화포를 이렇게나 멋대로 쏘아댄다는 것, 누구도 제어할 수 없다. 마선(魔船), 마령선이라는 이름이 그렇게 어울릴 수가 없었다.

"옵니다! 충격에 대비하십시오!"

출렁! 쾨앙! 푸화하하학!

발사된 포탄이 가까운 곳에 떨어져 폭발했다. 물기둥이 솟구쳐 그들의 머리 위로 쏟아지고, 강렬한 충격이 배 전체를 뒤흔들었다.

쾨앙! 쾨아아앙!

포격들은 끊임없이 이어졌다.

위험했다. 당장 부서져도 이상하지 않다.

제어가 되지 않음은 물론이요, 직격당하지 않고 있음을 다행으로 생각해야 할 판이었다. 배의 속도는 이쪽이 빠를지 몰라도, 압도적인 화력 차가 그 속도의 이점을 앗아가고 있는 것이다.

"당하겠어!"

"아닙니다! 좌측에 장력을! 중심을 맞추어주십시오!"

속수무책의 상황이다.

그럼에도 류백언은 침착함을 잃지 않고 있었다.

소용돌이치는 물살을 뚫고 앞으로 나아간다.

절묘한 항행이었다. 지척에서 폭발이 일어나도 뒤집히질 않았다.

"제기랄! 또 하나 보인다! 비검맹의 전함이야!"

황천어옹이 이를 갈며 외쳤다.

냉정하게 배를 몰던 류백언도 싸늘하게 얼굴을 굳힐 수밖에 없다.

마령선만큼은 아니라도 충분히 위협적인 규모였다. 깃발에 올려진 것은 회(灰)라는 한 글자다. 사검존 회의사신 산하의 전함이었다.

콰아아앙!

문제는 새로 나타난 전함뿐이 아니었다.

설상가상이었다. 화탄의 폭발을 고스란히 받은 무풍 한 켠에서 감겨 있던 쇠사슬이 산산조각나 흩어지고 있었다. 아까부터 받은 충격에 선체 전체가 삐걱거린다. 위험천만의 순간이었다.

"안 되겠다! 한계야!"

빠져나갈 길이 보이질 않았다.

조금만 더 가면 이번에는 저쪽 전함의 사정거리 안으로 들어선다. 아니나 다를까, 전함의 측면으로 검게 빛나는 포구들이 드러나고 있었다. 당장이라도 발포할 기세였다.

"측면으로 댑니다. 부딪칠 수밖에 없어요! 백병전을 준비해 주십시오!"

마지막 선택이었다.

포신이 향하는 측면을 비껴가다 보면 직접적인 충돌을 피할 수가 없다. 그것이 선상 전투다. 배들의 움직임에 절대적인 제약을 받는 것이다.

촤악! 촤아악!

사선으로 움직이는 무풍이다. 사검존의 전함에서 포신을 틀고 있었지만, 포각(砲角)이 나오질 않았다.

화포는 피했지만, 들어온 거리가 너무 깊다.

적함의 갑판 위에서 도약하면 닿을 만한 거리까지 와버렸다. 비검맹 무인들의 얼굴 생김이 분간될 정도였다. 그 뒤로는 궁사들이 화살을 재고 있었다.

'제기랄! 이젠 끝이다. 백병전은 사실 의미가 없어!'

류백언은 떠오른 생각을 말할 수가 없었다.

전함, 화포, 화살. 다 좋다.

그것들은 어떻게든 막을 수 있다.

문제는 뒤에서 따라오고 있는 비검맹의 고수들이었다.

그들에게 따라잡히면 그야말로 끝이다.

여기서 전함과 부딪쳐 싸우다 보면 필연적으로 뒤쪽의 고수들과도 한바탕을 해야 했다.

무적의 무위를 보여준 청풍이 있다지만, 이번에는 아까와 같을 수가 없다. 피하면서 싸울 수가 없는 상황이다. 강 위에는 도망칠 곳이 없는 것이다.

류백언과 황천어옹의 얼굴에 비장한 빛이 감돌았다.

전함으로 질주하며 철노를 젓는 것이 마치 죽음을 향해 돌진하는 것 같았다. 그때였다.

촤아아아아아악!

격하게 물살을 가르는 소리가 들려왔다.

큰 규모의 선박이 다가오는 소리였다.

사검존의 전함이 시야를 가린 뒤쪽이었다.

'한 척 더라니……! 완전하게 막히는구나!'

또 하나의 전함, 활로가 더 틀어막히고 있었다.

끝이라고만 생각했다.

그러나 그들은 틀렸다.

빠르게 접근해 오는 전함에서, 조금도 예상하지 못했던 일이 일어났던 것이다.

꽈아아아아아아아앙!

엄청난 충돌음이었다.

공격을 준비하던 전함이 무지막지하게 흔들리며 한쪽으로 기울었다.

전함과 전함의 충돌이었다.

항행의 실수는 당연히 아니다. 눈을 가늘게 좁힌 류백언이 적함 반대편에 솟아 있는 돛대를 보고 큰 소리로 외쳤다.

"저 깃발은 아라한! 아라한입니다!"

다가오고 있었던 것은 적선이 아니었다. 수로맹 제일전함. 아라한이다.

무풍의 위험을 발견하고 선수째 전격적인 충돌을 감행한 것이다.

류백언이 철노를 휘어잡으며 왼쪽으로 물살을 제쳤다. 곧바로 방향을 바꾼다. 벗어날 수 있는 길이 열리고 있었다.

"열세였을 텐데……. 강청천, 용케도 빠져나왔구나!!"

황천어옹의 목소리에는 놀라움이 담겨 있었다.

열세라고 했지만 아라한이 맞닥뜨렸던 상황은 그저 세가 불리한 정도가 아니었다.

절망적인 상태였다. 얼마 남지 않은 백경무투대, 강청천을 아라한에 남기고 내려오면서 황천어옹은 그의 죽음을 생각했었다. 하지만 이렇게 살아 나왔고 살아 나와서 활로까지 열어주고 있다. 만혼군도, 절대 사지에서 만난 두 번째 기적이었다.

촤아아악!

무풍이 적 전함의 앞을 스치고 앞서 나갔다.

아라한의 선체가 시야를 가득 채웠다.

적함의 측면에 선수를 박아놓은 모습은 그야말로 장관이었다. 곳곳이 파손된 선체는 마귀들과의 싸움에서 상처를 입은 신화 속 아라한의 육신을 그대로 보여주는 것 같았다.

"두목님! 두목님이다!!"

"형님이!! 형님이 저기 계시다!"

"맹주님이 살아 계시다! 와아아아아!"

아라한에 타고 있던 백경무투대 대원들이 백무한을 발견하고 함성을 내질렀다. 두목, 형님, 맹주. 온갖 호칭이 난무했다.

가슴이 들끓는 광경이었다. 앞쪽에서 백경무투대를 지휘하던 강청천, 그가 아라한의 난간으로 달려왔다.

"맹주! 우리가 왔소이다! 여기는 우리가 맡을 테니 어서 자리를 피하십시오!"

주먹으로 가슴을 치는 강청천이다.

독사검마에게 입은 상처로 온 얼굴에 붕대를 감아놓았다. 얼굴은 그래도 형형하게 빛나는 두 눈, 무풍 위의 남자들을 훑어 류백언까지 이르렀다.

장강주유, 수로육손.

두 모략가의 눈이 부딪쳤다.

뜨거운 마음의 교차가 그 속에 있었다. 강청천이 웃음을 지었다.

"맹주를 잘 모셔라! 여기는 걱정 말고!"

여기서 적들을 막는다는 것.

얼마 남지도 않은 백경무투대 대원들로는 이 적함의 무인들을 상대하기만도 벅찰 것이다. 목숨을 걸고 맹주를 사수한다. 누구나 같은 마음, 그런 만큼 가슴이 저려온다.

지금 이 적함까지는 막아도, 뒤따라오는 검존들 중 하나라도 그 위에 오르게 되면 강청천 일행은 전멸이다. 류백언이 소리쳤다.

"소선들을 먼저 준비하십시오. 언제라도 탈출할 수 있도록 말입니다! 검존들이 오고 있어요!"

"소선? 탈출? 그런 것은 안 해!"

자신있는 목소리였다.

류백언의 얼굴이 의아함으로 물들었다.

"서둘러! 이쪽은 어떻게든 될 것이다!"

평소의 강청천이 아니었다.

뭔가 확실한 것이 없고서는 그런 식으로 말할 리가 없었다.

'죽을 생각인가……!'

아니었다.

그렇게 보기엔 강청천의 얼굴이 너무도 밝았다. 백경무투대 대원들도 마찬가지다. 목숨 걸고 싸우는 것은 맞지만 죽음을 각오했다기엔 생기가 넘치고 있었다.

'제기랄! 어찌 되었든 벗어날 수밖에!'

이곳은 강청천에게 맡길 수밖에 없다.

다시 저어가는 철노다. 무풍이 줄였던 속도를 되돌렸다. 아라한을 스치고 적함의 선미를 돌아 나올 때.

꽈아아앙!

그 순간 들려오는 굉음이 있었다. 적함의 선미에서 들린 소리였다. 집중되는 시선, 적함의 한가운데에서 무엇인가 움직이는 것이 보였다.

엄청난 속도, 무서운 기파가 전해져 왔다. 선미의 난간 한쪽이 박살나 터져 나오며 나뭇조각들을 비산시켰다.

강청천이 믿는 바가 바로 그것이다.

빛나는 검이 거기 있었다.

그 검의 정체, 그것에 가장 먼저 반응한 것은 다름 아닌 청풍이었다.

청풍이 몸을 날려 무풍의 뒤쪽 끝에 섰다. 당장이라도 몸을 날릴 듯한 모습이었다. 그의 두 눈에 놀라움이 차 오르고 있었다.

'설마……!!'

터져 나온 난간 사이로.

청풍 쪽을 바라보는 한 명의 장대한 남자가 있었다.

실제 체구보다 두 배는 커 보이는 남자다.

번쩍이는 검, 더 강해진 기세. 시원한 웃음만큼은 예전 그대로였다.

흠검단주. 갈염이었다.

"누가 있어 거기를 뚫고 나왔나 했더니 너였구나! 역시나 대단하다! 곧 쫓아갈 테니, 걱정하지 말아라!"

언젠가처럼.

엄청나게 커다란 목소리를 터뜨려 왔다.

장강 바람을 몰아쳐 전해오는 반가움이었다.

갈염으로서도 청풍의 출현은 전혀 예상하지 못했던 일일 것이다.

반가움 속에 깃들어 있는 것은 천운의 경이로움이었다. 청풍을 향해 외친 그가 잠시 동안 그를 내려보았다. 이내 몸을 돌리며 비검맹 무인들을 향하여 뛰어드니, 그것은 세차게 타오르는 웅심(雄心)이라. 갈염의 뒷모습은 그야말로 완벽한 무인의 그것이었을 따름이었다.

■제18장■
현무(玄武)

현무검(玄武劍).

현무신검(玄武神劍)은 북천(北天)을 나타내는 북방검(北方劍)으로 달리 진무신검(振武神劍)이라 불린다.

진무대제의 힘을 품은 강력한 군력의 상징으로서 고대 동방 제국 전쟁의 핵심이자, 왕을 지키는 최후의 방패라 알려져 있다.

검신의 길이는 네 검 중 가장 짧은 일 척 칠 촌이지만 검폭이 십 촌에 이르도록 넓어 특이한 형태를 취한다. 검병은 진한 묵색이며 검날까지도 회흑색의 기이한 광채를 띤다. 귀갑(龜甲)처럼 주조된 검 받침이 검날을 타고 올라 있으며 검병 끝으로 늘어뜨리는 수실 대신 두 개의 금속 송곳이 이빨을 드러내고 있다. 전체적인 재질은 다른 사방신검들과 마찬가지로 불명이며, 제작자 또한 알려진 바가 없다.

검을 얻는 자, 그 무엇도 범접하지 못할 전신(戰神)의 힘을 지니게 될 것이라 전해지며, 술가(術家)에서는 팔만 사천 귀병(鬼兵)들을 거느리는 진무의 마력을 가지게 될 것이라는 전설이 이야기되고 있다…중략…….

한백무림서 병기편(兵器篇).
제일장 검(劍) 中에서.

현무(玄武)

비검맹의 추격은 집요했다.

만혼군도를 완전히 벗어나 강심을 지나치고 반대편 강가까지 질주하는데, 엄청난 숫자의 선박들이 쫓아오고 있었다. 그만한 속도로 도망치고 있으면 떨어져 나가는 배들도 있을 만한데 전혀 그 수가 줄지 않고 있다. 오히려 늘어나고 있는 중, 그 규모는 가히 대선단이라 할 만했다.

"굉장하군! 목숨을 걸고 쫓아오는데!"

대단한 광경이었다.

단 한 척 흑선이 장강 강줄기를 거슬러 올라가면 그 뒤로 엄청난 숫자의 배들이 따라온다. 도저히 뿌리칠 만한 상황이 아니었다.

"배가 흔들린다. 이 이상의 속도는 안 돼!"

"알고 있습니다. 손상 정도가 너무 심합니다."

"근처에 군도(群島)가 없었던가?"

"없지요! 이대로 상륙해야 합니다!"

군도.

섬들이 모여 있는 곳으로 접어들면 그곳을 누비면서 추격의 상당 부분을 따돌릴 수 있을 것이다. 하지만 이 지역엔 만혼군도를 제외하고는 그러한 섬들이 전혀 없었다. 다시 만혼군도로 돌아가든지, 류백언의 말처럼 상륙을 시도해야만 했다.

"상륙하여 도주하기 좋은 곳은?"

"생각해 둔 곳이 있습니다!"

그럴 것이다.

류백언은 대책없이 어떤 방도를 말하는 자가 아니었다. 상륙을 이야기했다면 반드시 거기에 맞는 계획이 있을 남자다. 급박한 상황에서도 그나마 한줄기 위안이 될 만한 일이었다.

"여기서 우측으로 갑니다! 저기 저 지류로 들어가겠습니다!"

한참을 더 왔을 때다.

류백언이 철노를 크게 튕기며 외쳤다.

들어가기 힘든 각도였다. 황천어옹이 눈을 빛내며 수면에 장력을 가했다. 철노는 류백언처럼 크게 휘둘러 물살을 쳐냈다.

"급선회합니다! 잡으십시오!"

크게 기울어져 꺾인다.

청풍이나 백무한이나 매한옥이나 그 정도로 중심을 잃을 사람들이 아니다. 경호성을 발한 것은 정신을 잃은 장백경 때문이었다. 백무한과 청풍이 장백경을 잡고 휘어지는 각도를 버텨냈다.

쏴아아아악!

순식간에 좁은 지류로 흘러드는 무풍이다.

배 몇 척이 겨우 들락거릴 물길이었다. 강심을 건너 육지가 보이는 곳까지 온 것은 바로 이런 지류에 들어오기 위해서다. 류백언이 한시름 놓았다는 얼굴로 말했다.

"이것으로 화포의 위협에서는 벗어났습니다. 전함들은 더 이상 추격해 오지 못할 겁니다."

그랬다.

이 정도 폭이면 중형선으로도 들어오기가 버거웠다. 거대한 함선들이야 말할 것도 없었다. 추격의 반을 차단한 것이나 다름이 없었다.

"문제는 고수들의 경공이겠지. 육지로 접어들었지 않나."

황천어옹의 지적은 날카로운 데가 있었다. 하지만 류백언의 견해는 조금 달랐다. 무풍의 속도를 알고, 자신의 능력을 믿기 때문이었다.

"물론 문제는 문제지요. 그래도 어느 정도까지는 따돌릴 수 있습니다. 물길만 잘 타면 제아무리 경공이 빨라도 쫓아올 수 없어요."

물길의 속도.

청풍과 매한옥을 따라잡았던 것이 좋은 예다.

그들과 같은 거리, 같은 길로 달렸다면 결코 그들을 따라잡을 수 없었으리라. 무풍은 다만 최단거리를 일직선으로 질주했을 뿐이다. 꺾이고 휘어지거나 오르고 내려가는 일 없이.

청풍과 매한옥이 길을 찾으며 복잡한 지형을 통과해 오는 동안, 무풍은 가장 빠른 수로를 한 길로 관통했다. 땅과 물, 육로와 수로에는 그렇게 확실한 차이가 있었던 것이다.

"방심하지 마라, 백언. 검존들은 물길에도 밝다. 게다가 지금 무풍은 정상이 아니야."

백무한의 말.

류백언도 염두에 두고 있던 사실들이다.

일부러 말하지 않았다. 비관적인 일은 되도록 이야기하지 않는 것이 좋다. 그것이 모사요 군사였다. 사기를 위해서 거짓말이라도 해야 하는 것이 군사의 역할이었다.

버릇이 나왔을 뿐이었다. 류백언은 결코 방심하고 있지 않았다. 그렇지만 백무한에게 달리 말대답을 하지는 않았다. 검존들은 항상 예측할 수 있는 범위, 그 바깥에 있어왔기 때문이었다. 방심하지 말라는 것, 그것은 몇 번을 들어도 부족하지 않은 충고였다.

촤아아악! 촤아악!

휘어지는 물길을 따라 몇 번 방향을 바꾸었는지 모른다.

그렇게 움직이는 데에도 적들의 추격은 끊어지지 않았다. 도리어 정예화가 되는 듯, 더욱더 바짝 쫓아오고 있다. 무풍이 제 속도를 못 내고 있는 것도 한몫하고 있을 터, 계속되는 위험이다. 뒤를 돌아보며 적들을 확인하던 백무한이다. 그가 얼굴을 굳히며 침음성을 흘렸다.

"이놈들……. 백익선이 아직도 있었군."

쫓아오는 쾌속선들 가운데 백색 강목(剛木)으로 만들어진 날렵한 배가 눈에 띄었다.

오래전 장강수로 백경채의 주력 쾌속선이었던 백익선(白翼船)이었다. 백경채가 무너지고 비검맹에게 넘어간 조선(造船)의 비법들, 그들이 타고 있는 무풍과 같은 기술로 만들어진 배였다. 백무한은 본래부터 이곳, 장강 출신인 바, 백익선, 그에게 있어서는 어린 추억과 슬픈 기억들을 떠올리게 만드는 물건이었던 것이다.

"왼쪽, 왼쪽으로 붙으시오."

백무한의 상념을 깬 것은 청풍이 발한 경고였다. 청풍을 돌아보는 류백언과 황천어옹이다. 청풍이 두 신검의 검자루에 손을 올리며 담담한 목소리로 말했다.

"검존들이라 했소? 저쪽으로 그들 중 하나가 오고 있소."

청풍이 가리키는 것은 후방이 아니라 측방이었다.

백무한의 눈에 결연함이 감돌았다.

겨우겨우 바닥부터 끌어올리기 시작하고 있는 무상대능력, 고갈된 내력, 검존의 기척조차 알아채지 못할 정도다. 백무한에게는 싸울 힘이 없다는 이야기였다.

청풍, 그를 믿는 수밖에 없었다.

적의 접근에 불타오르는 기도, 두 손에 잡힌 신검이 무서운 기세를 흘려대고 있다. 심각한 내상을 입었다는 것이 믿어지지 않는 모습이었다.

촤아아악!

꺾여지는 물살. 오른쪽에 합류하는 지류로 새롭게 따라붙는 쾌속선이 있었다.

백익선이 아닌데도 굉장히 빨랐다. 순식간에 거리를 좁혀온다. 회색으로 칠해진 선체가 한 자루 살검(殺劍)을 떠올리게 했다.

"회의사신!!"

펄럭이는 회의 장포가 두 눈을 어지럽히고 있었다.

사신의 이름, 무정한 회색이다. 백무한의 얼굴이 굳어졌다.

'첫 상대가 이놈이라니!'

직접 상대해 본 만큼, 검존들의 무위를 잘 알고 있다. 회의사신은 그들 중에서도 발군이다. 귀왕혈존도 엄청나게 강했지만, 회의사신은 또 달랐다. 종전의 싸움에서도 백무한이 상처를 입었던 것은 대부분 귀왕 혈존이 아니라 이 회의사신 때문이었다. 비검맹주 휘하, 육극신을 제외하고 가장 강한 자라 일컬어지는 고수가 바로 그였다.

"끈질기군. 이만 죽어줘야겠어."

회의사신의 음성은 삭막하기 그지없었다. 물소리와 바람 소리 거센 가운데에서도 확연하게 들려온다. 유부(幽府)에서 흘러나오는 것처럼 불길한 기운이 넘치고 있었다.

"그렇게는 안 돼. 죽는 것은 네놈이다."

무풍의 선미에 버텨 선 청풍의 대답은 그러했다.

청풍의 입에서 나온 것이라고는 상상하기 힘든 말.

창대한 기세를 일으키며 무서운 살기를 일으킨다. 회의사신의 살기가 칙칙한 어둠이라면, 청풍의 살기는 타오르는 불일진저. 말을 끝맺음과 동시에 청풍의 발이 무풍의 난간을 박찼다.

터어어어엉!

무풍의 위에서 싸울 수는 없다. 회의사신이 넘어오기 전에 청풍이 먼저 공격한다.

백호의 기상과 청룡의 심지, 주작의 열기가 그 한 몸에 있었다.

뱃전을 박차는 밑으로 장강 급류의 물살이 붉게 부서졌다.

화천작보. 하늘을 가르는 주작이다. 그것을 맞받는 회의사신의 사령검이 음험한 이빨을 드러냈다.

쩌엉! 파라라라락!

강렬한 충돌음.

바람에 펄럭이는 장포가 길고 긴 그림자를 드리웠다.

밤이 되려면 아직 멀었지만 이미 그의 주위에는 한밤중의 어둠이 깃들어 있는 것 같았다.

그 어둠을 향해 뻗어나가는 주작검이다. 회의사신이 그 검격을 가볍게 피해내며 반격을 해왔다. 목을 갈라오는 일격이 보이지 않을 정도로 빨랐다.

쩌어어엉!

청룡검을 뽑을 새도 없었다. 용갑째로 치켜 올려 쳐들어오는 사령검을 차단해 냈다.

은밀하고 빠르기에 가벼운 검격으로 보이지만 그 충격은 말 못할 정도로 대단했다. 겉보기와는 전혀 다르다. 기쾌한 검공 속에 천 근의 경력이 실려 있었다.

선제공격을 가했지만, 도리어 이쪽이 불리하게 느껴질 정도였다.

무서운 자, 청풍이 느끼는 것은 백무한이 느낀 것과 똑같았다.

청풍이 맞닥뜨렸던 검존들과 마존들, 그리고 한 명의 검마.

이 회의사신은 그들 중에서 가장 강력한 무공을 지닌 것이다. 한 명이라고 쉽게 생각했다가는 반드시 죽는다. 조금이라도 허점을 보였다가는 곧바로 목숨까지 내주어야 할 자였다.

치리리링!

경각심과 투지를 한꺼번에 불태우는 청풍이다.

검을 부딪친 여력을 빌려 회색의 쾌속선 위에 내려섰다. 내려서기 무섭게 금강호보의 진각을 펼쳐 냈다.

터어엉! 치리링!

빛살처럼 내쳐 가는 금강탄이다.

당장이라도 회의사신의 가슴을 꿰뚫어 버릴 기세였다. 막강한 경력이 주변 공기를 찢어발기며 뻗어나갔다.

퀴유우우웅! 촤아악!

발검의 폭발력이 무적의 경지에 이르러 있었지만, 주작검이 뚫어놓은 것은 불행히도 회의사신의 장포 자락뿐이었다.

회의사신의 움직임은 그야말로 신기에 가까웠다.

검을 전개하면서 방위를 바꾸는데, 마치 하늘을 떠다니고 있는 것 같았다.

다섯 번의 검격을 쳐내는 동안 배 위에 발이 닿은 것은 단 한 번밖에 없었다. 그렇게 내려섰던 것도 워낙 짧은 시간에 이루어진 것이라 마치 공중을 날아다니는 듯한 착각을 일으킨다. 일 대 일로 싸울 때 비로소 진가를 드러내는 신법, 여럿이 뒤얽혀 덤빌 때보다 더 강한 상대였다.

'신법보다 무서운 것은 검이다. 검격을 허용해선 안 돼.'

우웅! 위이이이잉! 쩌정!

신법도 대단했지만, 사령검은 그보다 더 위협적이었다.

사령검, 그 검 주변에는 죽은 자의 망혼들이 맴돌고 있기라도 하는지, 불길한 기운이 물씬 전해오고 있었다. 일검이라도 맞는다면 그 불길한 기운이 온몸에 통째로 흘러들어 올 것만 같다. 벽사(辟邪)와 파마(破魔)의 공능이 깃든 두 신검이 아니었다면 받아내는 것 자체가 꺼려질 정도였다. 과연 사검존(死劍尊), 죽음의 검존이라는 칭호가 무색했다.

쩌엉! 쩌저저저정!

무풍을 쫓고 있는 그 속도 그대로.

좁은 배 위에서 두 고수의 검격이 미친 듯 얽혀들었다.

근접 거리의 싸움이었지만, 이미 상승으로 접어든 그들의 무공에 있어 그 정도는 문제될 것이 없었다. 누구의 무공이 더 깊은가, 누구의 무공이 더 강한가만이 있을 뿐이었다.

빠르게 교차되는 공방이 이십 합을 넘어가고 있었다.

주작검 염화인이 터져·나오고, 회의사신의 사령검이 요동을 쳤다.

종이 한 장 차이의 검격들이다. 내력의 부딪침이 일궈내는 충격파가 나아가는 물길 앞에 커다란 파문들을 그려내고 있었다.

'진기가 흔들린다. 내상이 심해지고 있어. 막기가 힘들다.'

모든 것을 포용하는 자하진기다.

하지만 그런 자하진기에도 한계는 있다. 이미 입은 내상에 끊이지 않고 침투해 오는 음험한 내력이 문제였다. 기혈이 들끓고 투로가 무너져 간다. 황급히 목신운형, 청룡목기를 끌어올리며 회복을 도모해 보았지만, 이미 그의 내상은 그 정도로 막을 수 있는 상태가 아니었다.

'방어가 모자란다. 그럴 바엔 공격을 더하는 수밖에 없다. 속전속결이다. 빨리 끝내야 해!'

방어력이 절실했다. 절실한데 보충할 수 없다면 다른 길을 찾는 것이 해답이다.

여태까지 방어에 쓰고 있었던 청룡검을 앞으로 비껴들었다.

청룡, 주작 모두 다 공격에 쓴다.

용뢰섬 대신 백야참을 휘두르고, 이어 주작검 금강탄을 내쳤다.

파아아아! 쩌엉! 쩌어어엉!

청풍의 무공이 공격 일변도로 급변했다.

마주하는 회의사신.

두 눈에 기광이 떠올랐다. 빨리 끝내려는 청풍의 의도를 알아챘는지, 사령검을 되돌리며 전면을 차단하고 방어를 굳혀낸다. 흐름을 빼앗으면서 손속을 어지럽히는 한 수였다.

'이쪽의 상태를 알아챘군. 그렇다면…….'

회의사신의 빠른 대응에도 청풍은 당황하지 않았다.

그 정도는 당연했다. 회의사신은 백전의 상승고수였으니까.

'그 방어, 그대로 뚫어주마.'

청풍의 선택은 명쾌했다.

금강탄과 염화인을 쳐낸 후, 진기를 열어 백호무를 발동했다.

붉은 날개와 푸른 뿔을 지닌 백호다.

백호출세, 백호탐천의 웅혼한 기세가 회의사신의 정면으로 쏟아졌다.

콰콰콰콰! 꽈아아앙!

이 정도의 거센 무공은 천하 어디에서도 만나보기 힘들다. 이어지는 백호금강, 무시무시한 경력이 쾌속정 전체를 몰아쳤다.

"으악!"

선미에서 쾌속정을 움직이던 비검맹 무인이 그 여파에 휩쓸려 물속으로 곤두박질치고 말았다. 선체 한쪽이 터져 나가고 단단한 나뭇조각이 산산조각나며 바람에 날아갔다.

요동치는 쾌속선이다.

뒷걸음치는 회의사신의 어깨와 허리 부근에서 붉은 피가 배어 나오고 있었다. 갈기갈기 찢어진 장포가 흉맹한 기운을 더했다.

방어를 굳힌다고 쉽게 이기기는 글렀다.

시간이 지날수록 내상이 심해진다고 한들, 방어만으로 버티기엔 청풍이 지나치게 강했다.

회의사신이 사령검을 치켜 올리며 기이한 진언을 외우기 시작했다.

무공의 전개를 위한 구결이다. 마치 주술을 위한 주문과도 같았다.

그만큼 사기를 불러일으키는 목소리, 공명하는 사령검이 기묘한 진동음을 울렸다.

위이잉! 우우우웅!

청풍이 진신진력을 다한 것처럼 회의사신도 전력을 다한다.

제멋대로 흔들리는 쾌속정, 부서지는 붉은색 물방울 속에서, 두 사람의 공력이 마지막 극점을 향하여 치솟고 있었다.

퍼서석! 콰아앙!

쾌속선 선미가 통째로 부서져 날아갔다. 물기둥이 솟구치고 바람이 찢겨졌다.

상승의 영역, 느려지는 시야다.

회의사신의 사령만천세.

막을 수 없는 경력을 품은 채, 청풍의 가슴으로 쏟아져 왔다.

'피할 수 없다!'

죽음의 무공, 사령만천세에는 회의사신 그 자신의 죽음까지 걸려 있는 듯했다. 반격 따위는 생각조차 안 한다. 느려지는 시야 속에서 사령검 하나만이 홀로 빠른 것 같았다.

"하압!"

기합성을 내지르며 청룡검을 아래에서 위로 뻗어 올렸다.

청룡결 청룡승천이었다.

짓쳐들어오는 사령검이 청룡승천에 얽혀들었다. 멈추지 않는다. 흔들려 궤도가 어긋나지만 결국 청룡검의 방어를 깨고 안쪽으로 파고들었다.

'내줘야 해!'

우지직, 푸우욱!

오른쪽 가슴이다. 뼈가 부서지는 소리, 섬뜩한 느낌이 등골을 타고 올라왔다.

늑골이 부서지고 폐가 꿰뚫렸다. 사령검이 가슴을 관통하여 등까지 뚫고 나왔다. 고통이 밀려왔다.

'버틴다!'

초인적인 정신력으로 버텨내는 청풍이다. 턱까지 막히는 숨, 한쪽 폐에서만 올라오는 공기로 장렬한 기합성을 터뜨렸다.

푸하하학!

주작검, 염화인이었다.

사선으로 베어 올려 내려치는 검격이다. 회의사신의 가슴에서 엄청 난 양의 핏줄기가 솟구쳤다. 비틀거리는 몸, 회의사신의 손이 사령검 에서 떨어져 나왔다. 가슴을 부여잡는데 손가락 사이로 쏟아지는 핏물 이 살벌할 정도였다.

"네놈! 어디의 누구인가."

선체가 망가지고 선미가 터져 나간 배 위다. 발목까지 차 오른 물, 거기로 떨어지는 핏방울이 붉은색 파문을 일으키고 있었다.

"청풍, 화산의 청풍이다."

청풍이 회의사신을 직시하며 말했다. 언제나 낭랑했던 목소리에 새 어 나오는 바람 소리가 섞여 있다. 사령검을 오른 가슴이 꽂아놓은 채 였다.

"화산에 이런 놈이 있었다니……!"

배가 가라앉는다. 무릎까지 올라오는 물, 회의사신이 피로 얼룩진 손을 머리 위까지 들어 올렸다.

"죽지 말고 살아나가라. 네놈의 목숨은 내가 거두어가겠다."

화아악! 퍼어엉!

아래로 내려친 손바닥이다.

회의사신의 장력이 수면을 때리고 쾌속선의 바닥을 박살 냈다. 부서지는 파편들 사이로 찢어진 장포를 휘날리며 날아간다.

물러나는 회의사신이었다. 쫓아가 죽일 수도 있겠지만 백무한을 따라잡으려면 그렇게 추격할 여유가 없었다. 이제 완전히 망가져 버린 쾌속선의 선수를 박차고 강변을 향해 몸을 날렸다.

터벅.

가슴을 관통하여 꽂혀 있는 사령검의 감촉이 끔찍했다. 땅에 내려서는 충격만으로도 무지막지한 고통이 솟아올랐다.

청룡검을 용갑에 밀어 넣고, 오른손을 올려 사령검의 검자루를 감싸쥐었다. 자하진기를 도인하여 백호금기를 유도했다. 폐장(肺腸)에 모이는 금기, 폐를 보호하려는 의도다. 이를 악물고 사령검을 쭉 뽑아냈다.

"커허……!"

가슴 안쪽에서 바람 빠진 폐가 오그라드는 것이 느껴졌다. 고약한 기분이었다. 모아두었던 금기를 밀어 넣고 가슴 가득 공기를 들이켰다.

'안 돼. 완전히 펴지지 않는다.'

그런 식으로 제대로 될 리가 없다. 무공은 무공이고 신체는 신체다. 어차피 지금 시점에서 치료를 바라는 것은 무리인 바, 손상받아 제대로 쓰지 못할 바엔 차라리 한쪽만을 쓰는 것이 옳은 선택이라 할 수 있었다.

금기를 운용하여 상처받은 폐장을 막았다. 한쪽 폐장만으로 호흡하는 것이다. 뽑아 든 사령검을 한 번 내려다보고 강물을 향해 내던졌다.

불길한 물건, 가지고 다닐 만한 검이 아니었다.

'시간을 너무 끌었어. 서둘러야 한다.'

물길 저편으로 고개를 돌렸다.

몸을 날리는 청풍, 그의 눈에 의아함이 떠오른 것은 얼마 지나지 않아서였다.

싸움으로 한참 지체된 길, 까마득히 멀리 있어야 할 무풍이다.

한데, 아직도 가깝게 보인다.

청풍을 기다리기 위해 속도를 늦춘 것이 틀림없었다.

쐐애애액!

청풍의 신형이 더 빨라졌다.

가까워지는 무풍이다. 언덕을 넘어 강둑을 질주하니 시야가 활짝 트인다.

속도를 줄인 무풍, 그 뒤로는 완전히 따라붙은 적선만도 열 척이 넘었다.

'매 사형!'

무풍의 선미.

배를 가깝게 접근시켜 날아드는 비검맹 무인들이 있었다.

그들을 막는 것은 한 자루 장검이었다.

매한옥이었다.

이십사수 매화검법이 선미의 첨봉에서 절묘한 검공을 펼쳐 내고 있었다.

"그가 온다! 속도를 올려!"

달려오는 청풍을 가장 먼저 발견한 것은 황천어옹이었다.

워낙에 날아드는 적들이 많은 상황, 매한옥이 놓친 자들은 황천어옹이 직접 철노를 휘둘러 막아내고 있었다.

온전히 배를 움직이고 있는 것은 류백언 혼자뿐이다. 황천어옹의 외침에 류백언이 팔을 휘두르며 저어가는 철노의 속도를 올려갔다.

쐐애애애액!

무풍이 나아가는 것에 맞춰 청풍도 화천작보의 전개를 한층 더 빨리했다.

무풍과 일직선으로 달리게 된 상황.

청풍의 눈이 강변과 무풍의 거리를 가늠했다.

'멀다. 한 번에는 안 되겠어.'

화천작보의 도약력이 아무리 좋아도 무풍과 거리는 한 번에 뛰어넘을 수 있는 정도를 벗어나 있었다. 한 번에 안 된다면, 여러 번에 나눠서 하면 된다. 징검다리를 이용하면 되는 것이다.

터어엉!

질주하던 속도 그대로 지면을 박찼다. 날아올라 떨어지는 곳, 비검맹의 쾌속선 위였다. 비검맹의 쾌속선들을 징검다리로 삼는다. 쾌속선에 내려서기 무섭게 주작검을 뽑아내며 염화인을 전개했다.

"크악!"

"뭐, 뭐냐!"

비검맹 무인 세 명이 한꺼번에 피를 뿜으며 튕겨 나갔다.

엄청난 기세였다. 쾌속선 난간을 박차고 측면의 적선으로 건너뛰는데, 온 세상을 덮을 듯한 기상이 우러나왔다. 그것에 압도당하는 비검맹 무인들, 추격해 오는 무리들 전체에서 커다란 술렁거림이 일어났다.

"저, 저놈!! 아까 그놈이다!"

"검존께서 나서셨는데 이것이 어찌 된 일이냐!"

콰아아앙! 터엉! 콰지직!

경악은 경악일 뿐이었다.

소리를 지르고 경호성을 터뜨리는 것으로는 아무런 도움이 되질 않는다.

선체가 부서지는 소리가 연이어 들리고 있었다.

무인들이 당황하며 우왕좌왕하는 사이 벌써 세 번째 쾌속선을 뛰어넘고 있었다.

내려선 배 위의 무인들을 물리칠 뿐 아니라 넘나드는 쾌속선의 선체까지 박살 내고 있었다. 밀집하여 추격해 오던 대형이 순식간에 엉망으로 망가졌다.

엄청난 위력이었다. 한 사람의 무인이 아니라 거대한 전함이 들이닥치기라도 한 것 같았다.

터어어엉!

다섯 척의 적선을 부숴 버리고 삼십 명에 달하는 무인들을 물속에 빠뜨렸다. 마지막 적선을 박차고 올라 무풍에 착지한다. 무너져 버린 추격 대형이다. 지척에서 무풍을 공격하던 적선들은 이미 한 척도 남아 있질 않았다.

"화려하게 해치우는군. 대단해."

매한옥의 음성엔 진심 어린 감탄이 깃들어 있었다.

하지만 청풍은 거기에 제대로 화답해 줄 수가 없었다.

"아닙니다. 회색 장포 놈, 죽이지 못했어요."

가슴속에 가득 찬 탁기, 숨을 뱉어내는 청풍의 입에서 일순간 피 거품이 쏟아져 나왔다.

내상의 중첩, 감당하기 힘든 상처까지 입었다. 압도적인 무위를 보여주면 보여줄수록 그의 내부는 엉망진창이 되어가고 있었다.

"쿨럭, 쿨럭, 카악!"

도대체 몇 번이나 피를 토하는지 모를 지경이었다. 숨을 돌리고 가슴을 펴는데 미칠 듯한 고통이 밀려왔다. 육신의 한계를 넘어선 지 오래였다. 백호기와 청룡기가 요동친다. 새로 얻은 주작기는 아예 통제하기 힘들 정도다. 어떻게든 이어지고 있는 자하진기가 아니었다면 청풍의 생명은 예전에 끝나 버렸으리라.

"그 토혈(吐血), 어디를 어떻게 다친 것이냐."

굳은 얼굴.

매한옥의 눈이 선상에 쏟아져 있는 핏물에 고정되어 있었다.

군데군데 거품이 섞여 있다. 예사로운 것이 아니었다.

"가슴을 관통당했습니다. 그놈. 무지막지하게 강하더군요."

주작검과 청룡검을 검집으로 되돌리고는 윗옷을 벗어냈다. 오른쪽 가슴 한가운데에 세 치가량의 기다란 구멍이 입을 벌리고 있었다. 등도 마찬가지였다. 격한 움직임으로 벌려진 상처에서 검붉은 핏물이 꾸역꾸역 흘러나오고 있었다.

"금창약이든 뭐든 처리를 좀 해주십시오. 급합니다. 또 오고 있어요."

말을 마치자마자 눈을 감았다. 운기를 시도하는 것이다.

벌써부터 다음 싸움을 준비하는 모습이다.

"이 녀석……!"

완전히 인간의 영역을 벗어났다.

신들렸다는 표현밖에 형언할 길이 없다.

황천어옹이 고개를 저으며 혀를 내둘렀고 강청천은 숫제 질린 표정까지 짓고 있었다. 무상대능력을 끌어올리며 운공을 준비하던 백무한마저도 감탄을 금치 못했다.

금창약을 뿌리고 붕대를 감은 지 얼마 지나지도 않았을 때다.

청풍은 다시금 검자루에 손을 올리며 두 눈을 떴다. 선미에 버텨 선청풍, 그가 침중한 목소리로 말했다.

"빠르군요. 경공으로 쫓아오는 모양입니다."

'그것도… 두 명이나.'

기운을 느끼는 감각이 그 어느 때보다도 날카롭게 곤두서 있었다. 육신이 망가지면 망가질수록 이상하게 정신이 맑아지고 있었다.

'정신……. 상단전, 공명결!'

모르는 새 움직이고 있었던 공명결이다. 신지가 열리고 혼의 힘이 발산되고 있다. 솟구치는 육감, 영혼이 육체를 지배하는 경지였다.

"온다. 철장마존이로군!"

황천어옹이 뒤를 보며 외쳤다.

갈대밭을 뚫고 달려오는 봉두난발의 괴인이 보인다. 한 손에는 굵디굵은 쇠지팡이를 들고 있었다. 만혼도에서 몇 번이나 부딪쳐 본 자였다. 이자 역시 엄청난 고수다. 회의사신보다는 못하지만 그 차이라고 해보았자 종이 한 장 차이였다.

"저자 하나가 아니오! 한 명이 더 있소!"

청풍의 외침에 모두의 안색이 어두워졌다.

아직 시야에는 들어오지 않았지만 철장마존의 뒤쪽으로 다른 고수의 접근이 느껴지고 있었다. 날카로운 기세, 뭐든지 휩쓸어 버릴 듯한 패기가 전해져 왔다.

'이 기운……! 파풍도… 그자다.'

파풍도를 내쳐 오던 중년 남자가 떠올랐다. 이름은 모르는 자다. 풍도마존이라고 얼핏 들은 것 같기는 한데, 확실하지가 않았다.

'두 명……. 힘들겠군.'

청풍의 눈에 불굴의 기세가 일어나고 있었다.

만신창이가 된 몸 상태, 이기리라는 보장은 없다. 하지만 이런 상황에 있어 승산이란 것이 무슨 의미가 있겠는가.

두렵지 않고, 꺾이지 않는다면 그것으로 그만이다.

선미의 난간에 발을 올리고 나아갈 준비를 끝마쳤다. 막 뛰쳐나갈 찰나다. 배를 몰던 류백언의 외침에 청풍의 고개가 앞쪽으로 돌아갔다.

"잠깐! 잠시만 기다리시오!"

타오르는 눈이 류백언을 직시했다.

적아를 가리지 않고 뻗어나가는 엄청난 기파다. 설명을 요구하는 눈빛, 류백언이 숨을 들이키며 침을 삼키고는 다급한 어조로 말을 이어갔다.

"조금만 더 가면 집결지요! 거기서 싸우는 것이 더 수월할 것이오!"

꺾어지는 물길 따라 또 한쪽의 지류로 나아간다.

흘러 흘러 세 줄기 물줄기가 합쳐지는 곳, 넓디넓은 장강 본류가 다시금 가까이 오고 있었다.

"집결지?!"

류백언의 말에 질문을 더한 것은 청풍이 아니라 황천어옹이었다. 황천어옹으로서도 처음 들어보는 기색, 세차게 노를 젓고 있는 류백언이 희미한 미소를 지어냈다.

"그들이 모여 있습니다. 누군지는… 보시면 아실 겁니다."

"뜸 들이지 말고 그냥 말해!!"

"뜸 들이고 말 것도 없습니다. 다 왔으니까요."

류백언이 손을 들어 앞쪽 먼 곳을 가리켰다.

강가에 솟아 있는 언덕을 돌아 나오니, 언덕 너머 커다란 선착장이 드러난다.

장강 본류, 낙도진(落道津)이었다.

황천어옹의 눈이 놀라움으로 물들었다.

"저것은!!"

수많은 배들이 낙도진 선착장에 모여들어 있었다. 얼핏 보기에도 이십 척이 넘었다. 무엇보다 놀라운 것은 하나같이 수로맹의 배라는 사실이었다.

"철갑교(鐵甲鮫)!! 살아 있었구나!! 대패하여 흩어졌다고 들었는데!"

황천어옹의 시선은 그 선단 한가운데에 있는 커다란 전함에 고정되어 있었다.

돛대에 펄럭이는 깃발, 거기에 그려져 있는 것은 청색의 철갑상어였다.

양강 물길의 철갑상어, 곽철교(郭鐵鮫)가 이끄는 철갑선단이었다.

"그 곽철교입니다. 죽었을 리가 없죠. 손실이 좀 컸을 뿐……. 그래도 방벽으로는 충분할 겁니다."

철갑상어의 철갑선단은 본래 세 척의 전함과 오십 척의 전선으로 구성되어 있었다. 그것이 반도 남지 않았다면 대패라는 말도 틀린 이야기는 아니었다.

하지만, 지금 상황에서는 그러한 패전선도 천군만마에 다름없었다.

더욱이 철갑선단 이십 척이라면 말할 것도 없었다. 결코 적은 병력이 아닌 까닭이다. 잘만 된다면 쫓아오는 적들을 완전히 끊어버릴 수 있을지 모른다. 그것까지는 바라지 않더라도 적의 추격을 상당 부분 묶어놓을 수가 있었다.

촤아악! 쏴아아아!

청풍 일행을 발견한 철갑선단이다. 그들의 전선들이 하나둘 움직이기 시작했다.

무풍의 뒤를 쫓아오는 쾌속선들을 막기 위해서, 그리고 장강 본류 큰 물길을 따라 추격해 오고 있을 다른 적선들을 차단하기 위해서였다.

"늦었소. 이쪽은 먼저 싸워야겠어."

청풍의 음성이었다. 지원 병력을 만났다지만 세상일이란 게 어디 뜻대로만 이루어지는 것이었던가.

두 명의 마존들이 무풍의 속도를 따라잡아 지척까지 이르고 있었다.

철장마존은 강변의 갈대밭을 무풍과 일직선으로 달리고 있었고, 파풍도 풍도마존 역시 얼굴을 알아볼 수 있을 만큼 가까이 와 있다. 당장이라도 강물을 건너 넘어올 판이었다. 류백언이 물살을 헤치며 무풍을 최대한 강가와 멀리 떨어뜨렸다.

"풍도마존까지 왔다면 혼자는 힘들어. 내가 나서지."

황천어옹이 철노를 놓고 청풍의 옆으로 다가왔다.

철장마존과 풍도마존의 살기가 피부로 전해지고 있었다.

황천어옹이 나섬으로 일 대 일 싸움이 가능해지는 것인가. 하지만 이것까지도 뜻대로 되지 않았다.

또 다른 고수들의 접근이 느껴지고 있었던 까닭이다. 그가 반대편을 돌아보며 말했다.

"아무래도… 그것은 어렵겠소. 노선배가 상대해야 할 자들은 따로 있어."

황천어옹의 두 눈이 청풍의 시선을 따라 움직였다.

철갑선단이 있는 장강 본류 쪽이다. 그쪽을 본 황천어옹이 침음성을 흘렸다.

"이런……! 벌써 따라잡혔나!!"

낙도진 방면, 빠르게 접근하는 비검맹의 전선들이 수십 척에 달했다.

돌아서 쳐들어오는데, 수십 척 중에서 눈에 띄는 두 척의 쾌속선이 있었다.

하얀색 백익선과 푸른색 판옥선이 그것들이었다. 그 위에서 전해오는 강력한 기운들. 고수들, 뛰어난 고수들이 거기에 있었다.

"역시 비검맹이군요. 경로를 읽혔어요. 어렵게 되었습니다!"

신산귀모.

류백언조차도 이 정도는 예상치 못했다는 기색이었다.

비검맹의 장강제패가 무력에 의한 것만이 아님을 보여주는 순간이었다. 강가 쪽으로 접근한 쾌속선들. 두 명의 인영이 뛰쳐나오고 있었다. 황천어옹이 굳은 표정으로 고개를 저었다.

"성가신 놈들이다. 도문검마(道門劍魔), 그리고 흑안검마(黑顔劍魔)야."

검존이 아니라서 다행일까.

아니다.

그렇지도 않다. 새롭게 나타난 두 명의 검마, 검마 두 명이면 검존 하나에 필적한다. 아니, 어쩌면 그 이상일지도 모른다. 설상가상, 위기였다.

"강폭이 좁아집니다. 이제는 진짜로 싸워야 해요!"

류백언의 경고가 울려 퍼졌다.

말 그대로 나아가는 강의 너비가 줄어들고 있었다.

최대한 바깥쪽으로 배를 몰고 있었지만 결국은 철장마존과 풍도마존이 따라오는 강변에 가까워지는 중이다. 어떻게든 직접 부딪쳐야 한다는 이야기였다.

앞쪽의 상황도 마찬가지다. 그들이 나아가는 쪽에서는 두 명의 검마들이 무서운 속도로 달려오고 있었다. 진퇴양난이 따로 없었다. 피할 곳은 더 이상 없는 것이다.

"어떻게 할 텐가."

중요한 것은 황천어옹의 말처럼 어떻게 싸우느냐였다.

누가 누구를 상대하는가. 청풍을 제외한 이쪽의 전력이라면 황천어옹과 매한옥, 그리고 류백언일진대, 그들 중 검마 수준의 고수와 맞상대하여 이길 수 있는 자는 황천어옹 하나밖에 없었다. 난감한 선택이다. 전술의 대가인 류백언으로서도 당장 내놓을 방도가 없었다.

망설인 시간은 극히 짧았지만 그사이 적들은 지척에 이르고 있었다.

해답을 내놓은 것은 청풍, 청풍이었다.

"마존 둘을 내가 상대하겠소. 나머지를 맡아주시오!"

결국은 그렇다.

처음부터 그렇게 싸우려 했고, 달리 묘수가 있는 것도 아니었다. 어차피 이렇게 될 바엔 아까 류백언의 만류를 듣지 말았어야 했는지도 모른다.

말을 마치기 무섭게 무풍을 박차고 날아올랐다.

이길 수 있다면 이기는 것.

이기지 못해도 버티기만 하면 된다. 황천어옹과 매한옥이 검마들을 물리치고 청풍을 도와줄 수 있다면 얼마든지 승산이 있었다.

쐐애애액!

공기를 가르고 상승 영역에 진입했다.

주작검을 뽑아내며 무공을 전개하니, 이기고 지고의 문제가 생각 저편으로 씻은 듯 날아가 버렸다.

무아지경, 몰입의 극점에서 염화인을 펼쳐 냈다. 이어지는 것은 청룡결 청룡도강이다. 얽혀드는 청홍의 빛살, 무적의 무위가 다시 한 번 드러나고 있었다.

두 극강고수를 맞이하여 조금의 망설임도 없다.

이 광경을 보고 피가 끓지 않는다면 그것은 남자가 아니다. 황천어옹이 황룡조간을 휘두르며 뱃전을 박찼다.

"이쪽도 간다!"

두 명의 검마가 눈앞으로 짓쳐 왔다.

먼저 일합을 교환한 것은 흑안검마였다.

흑안검마.

흑안검마의 얼굴은 그 이름처럼 검었다. 햇빛에 그을린 정도가 아니라 칠흙과도 같다. 낮은 코, 넓은 하관이다. 머리카락은 이리저리 꼬여 둥글게 딱 붙어 있다. 중원인이 아니다. 서역 저편 머나먼 곳에서 왔다는 곤륜노(崑崙奴)란 족속이었다.

쩌어엉!

얼굴 생김새는 이상하나 체격만큼은 그 어느 누구에도 못지않을 정도로 장대했다. 장대한 체구만큼 맞서오는 힘도 엄청났다. 계속된 싸움과 급격한 항행으로 지쳐가던 황천어옹이다. 검존 정도의 강자는 아니더라도 상대하기 부담스럽다는 것은 확실했다.

"이자는 내가 상대하겠소!"

표홀한 신법, 매한옥이 맞서게 된 자는 도문검마였다.

도사의 의관을 갖추고 도문의 척마검(斥魔劍)을 들었다. 정대한 기도, 일곱 검마 중 검마의 칭호가 가장 어울리지 않는 자였다. 하지만 이름이 안 어울린다고 무공도 강하지 않으리는 법은 그 어디에도 없다. 도리어 그 무위는 칠검마 중에서도 돋보이는 수준이었다. 칠검마 중 가장 강한 것이 광혼검마라면 이 도문검마는 그 광혼검마의 바로 아래라고 알려져 있었다. 비검맹에서도 열 손가락 안에 드는 고수라는 뜻, 매한옥이 상대하기에는 버거운 자였다.

"암향표! 화산 문하인가!"

대번에 매한옥의 경신술을 알아본다. 맑은 빛을 뿜는 두 눈, 교차하는 검끝에서는 정종심법의 심오함이 묻어나고 있었다. 이런 자가 어찌하여 비검맹에 있는지 모를 지경이었다.

위이이잉! 챙! 채쟁!

매한옥과 도문검마의 검날이 부딪치며 진중한 울림을 울렸다. 정명한 문파의 제자들끼리 비무를 하고 있는 느낌마저 든다. 하지만 그것은 겉모습일 뿐, 그 속에 있는 것은 강성한 내력의 대결이었다. 살벌하게 살초를 교환하는 것 이상으로 위험한 싸움이었다.

쏴아아악! 촤악!

각자가 제 상대를 맞이하여 격한 싸움을 시작하고 있었다.

그 가운데를 가로지른 류백언이 마침내 무풍을 호위해 오는 철갑선단의 사나이들과 마주하게 되었다.

"준비는 끝났나?"

"예, 물론입니다!"

"어디서부터 어디까지지?"

"석계에 이야기하셨던 것을 확보해 놓았습니다."

"좋아. 잘했다."

그제야 한시름 놓는 표정이다. 류백언이 장백경을 가리키며 말을 이었다.

"무풍으로는 더 이상 갈 수 없겠지. 일단 고래 형님부터 옮겨가라. 조심해."

"걱정 마십시오."

그토록 튼튼하던 무풍도 이제는 한계에 이르러 있었다.

부서지기 일보 직전까지 왔다. 여기까지 와준 것만으로도 대단하다. 철갑선단, 철갑장창대의 대원들이 무풍으로 건너와 장백경을 운반해 갔다.

이제 모두가 움직여야 할 때였다.

운기를 하던 와중에도 모든 의식을 열어두었던 백무한이 운공을 풀고 일어났다.

"무풍은 버리는 것인가?"

"예. 버릴 수밖에 없습니다. 지금으로서는요."

무풍. 백무한에게는 벗이 되고 전우가 되었던 배다.

선체 한편이 제대로 박살나 있다.

선체 전체에 굵게 묶여 있던 쇠사슬도 삼 분지 일 이상이 날아간 상태였다.

두 눈을 감고 생각했다. 미련을 두어서는 안 된다고.

백무한이 무풍을 박차고 철갑선단의 쾌속선을 향해 몸을 날렸다. 이

제는 무풍과도 작별이다. 뒤따르는 류백언의 가슴에도 진한 아쉬움이
남았다.

"이제부터 맹주와 나는 육로로 움직입니다. 석계에서 다시 물길로
가겠습니다. 거기까지만 가면 확실히 따돌릴 수 있습니다."

"그렇겠지. 거기까지만 갈 수 있다면."

고개를 끄덕이는 백무한이나, 맺는 말은 결코 밝지가 못했다.

밝지 못한 이유. 무상대능력의 감각이 돌아오며 느껴지는 바가 있었
기 때문이다.

천천히.

한쪽으로 시선을 돌리는 백무한이다. 그가 말했다.

"손님이 오고 있다. 최악의 손님이야."

백무한의 시선이 이른 곳, 그곳을 본 류백언이다. 그의 얼굴이 사색
이 되었다.

"비검맹 제일전선······! 검형!!"

비검맹 제일전선이란 이름.

거기에 누가 타고 있는지 모르는 사람은 적어도 이 장강 내에는 존
재치 않는다.

파검존 육극신.

검형의 주인이 바로 육극신이다.

무력이 그 어떤 것보다 우선시되는 비검맹, 그 무력의 정점에 있는
이다. 어쩌면 비검맹주보다도 강할지 모른다. 장강 전체가 그렇게 말
하고 있었다.

"저 거리! 구경하고 있을 때가 아닙니다. 당장 움직여야 해요!"

류백언이 백무한을 잡아끌었다.

최악이라 했던가.

상상할 수 있는 악운 중의 악운이 여기 있다. 검형을 돌아보며 달려가는 류백언이다. 그의 눈에 검형에서 내려오는 한 명의 검사가 비쳐들었다. 백색으로 빛나는 검을 든 자, 광혼검마다. 육극신이 있는 곳에 광혼검마도 있다. 작년부터 육극신의 곁을 지키던 자, 제일전선 검형의 선봉, 칠검마 중 최강자가 이쪽을 향해 달려오고 있었다.

'광혼검마까지……!'

속도를 내는 류백언이 다시금 뒤를 돌아보았다.

싸우고 있는 이들, 청풍과 매한옥, 황천어옹이 보였다.

미안한 마음이 먼저 들었다.

육극신까지 왔으면 전멸을 면키 힘들다.

이곳을 빠져나갈 수 있다면, 그것은 그야말로 천운이다. 하늘이 돕는 자 무슨 일을 못하겠냐만은 지금 같아선 하늘이 백번을 돕고 천 번을 보살펴도 빠져나가기가 힘들 것이다. 고마운 자들, 류백언 자신도 남고 싶었다. 그러나 백무한을 살리기 위해서는 어쩔 수 없이 그가 가야 했다. 사람을 이용하여 지략을 부리는 자, 목숨에 대한 짐을 영원히 지고 살아야 한다. 어차피 감당해야 할 것, 류백언은 이를 악물고 고개를 돌렸다.

자신의 생명 또는 다른 사람의 생명을 걸고서 운명의 사슬을 향해 얽혀드는 이들이다. 끝 갈 줄 모르고 치닫던 전장의 공기가 마침내 결말을 향하여 달려가고 있었다. 절정에 이른 무대다. 이제 마지막만이 남았을 따름이었다.

지이잉!

머리 속을 울리는 공진이다.

흐트러진 손속, 풍도마존의 파풍도가 어깨를 스치고 지나갔다.

하마터면 목숨까지 날아갈 뻔했다.

한순간의 실수가 생명과 직결되는 싸움이다. 기이한 느낌이 등 뒤를 잡아끄니, 집중력이 흐트러지고 있었다. 이러다간 죽는다. 청룡검을 밑으로, 주작검까지 같은 검결을 발했다. 용뢰섬의 연속이다. 강력한 방어막을 쌓아놓고 뒤쪽으로 몸을 빼냈다.

'대체……!'

빠르게 물러나며 거리를 두고, 뒤쪽을 돌아보았다.

어지러운 선착장, 엄청나게 밀려드는 비검맹 무인들과 장창을 휘두르는 수로맹 무인들이 시야에 들어왔다. 무엇이 그렇게 그의 신경을 앗아갔는가. 답은 금방 나왔다. 그것도 무척이나 충격적인 모습으로.

'저 검은!!'

청풍의 눈이 그 어느 때보다 크게 뜨여졌다.

장창을 든 수로맹 무인들 한가운데.

엄청난 기세로 그들을 돌파하는 한 명의 검사가 있었다. 희뿌연 광채가 난무한다. 검사가 휘두르는 검, 너무나도 익숙한 검이었다.

'백호검!'

놀랍고도 놀랍다.

그러나 청풍은 그 놀라움에 얼이 빠져 있을 겨를이 없었다. 철장마존과 풍도마존이 눈앞에 있다. 그것도 무시무시한 무공을 뽐내면서. 한눈을 팔 때가 아니었다.

쩌어어엉!

칼날처럼 집중을 더해도 모자랄 판에 다른 곳에 정신을 분산시켰으니 공격에 대한 응수가 제대로 될 리 없었다. 청풍의 몸이 뒤쪽으로 크게 밀려났다. 이어지는 철장마존의 철장, 청룡검에 전해지는 반탄력이 엄청났다.

"큭!"

쏟아지는 공격이다.

피하는 일보 일보가 힘들었다. 풍운룡보를 펼치고 있지만, 그의 풍운룡보는 더 이상 바람과 구름을 노니는 청룡의 조화가 되지 못했다. 거센 물줄기에 승천하지 못하는 곤룡의 몸부림이었다.

'그놈……!'

쩌어어엉!

청풍의 몸이 휘청 흔들렸다.

꽉 막힌 가슴에 등 뒤로는 묵직한 느낌이 전해지고 있었다. 상세가 심해지고 있는 것, 하지만 싸움을 멈추는 것은 불가능했다.

'그분이 아니었어!'

혼란을 느끼는 청풍이었다. 그의 머리 속에 바로 직전에 보았던 광혼검마의 모습이 스쳐 지나갔다.

을지백.

그가 아니다. 백색의 검은 백호검이 맞지만 그것을 휘두르는 자는 을지백과 다른 남자였다.

'그렇다면……!'

그렇다면 을지백은 과연 어디에 있는 것인가.

광혼검마가 을지백이 아니라면 뭔가 아귀가 맞지 않는다. 을지백. 그때 을지백은 어떻게 되었던 것일까.

이상하다. 이상하고도 기이했다.

'더욱이……!'

무엇보다 가장 기이한 느낌은 따로 있었다. 광혼검마가 을지백이 아니라는 것을 예전부터 이미 알고 있었던 것 같은 기분이다. 그냥 추측이 아니라 확신과도 같이 전해지는 느낌이었다.

쩌저정! 파아앙!

잡념을 가질 때가 아님을 잘 알고 있었지만, 도저히 어쩔 수가 없었다. 을지백, 을지백은 없지만 백호검은 저기에 있다. 당장이라도 광혼검마에게 달려가 묻고 싶었다. 어떻게 된 것이냐고. 어떻게 백호검을 지니게 되었느냐고.

빠악!

"크윽!"

조급함과 의아함. 손속을 어지럽힐 뿐 아니라 치명적인 허점까지 불러오고 있었다. 철장마존의 철장이 청풍의 어깨에 작렬하며 둔탁한 소리를 울렸다.

죽음의 위기였다. 흐름을 한번 빼앗기고 나니 도무지 무공을 펼칠 여유가 없었다. 다시 마음을 가다듬어 보려 했지만 너무 늦었다. 모든 것이 느려져 보이던 상승의 영역은 자신만이 홀로 느린 죽음의 영역으로 바뀌어 버렸고, 내상을 입은 와중에도 충만하게 뻗어나가던 내력은 더 이상 그의 부름에 응하고 있지 못했다. 위기의 연속, 죽음의 문턱으로 한발 들여놓았다. 이대로 죽는다. 죽을 것이란 생각이 서서히 그의 머리를 잠식해 들어가고 있었다.

"엄청나게 벌여놓는군! 굉장한 싸움이야."

낙도진이 훤하게 보이는 언덕이다.

새롭게 나타난 한 무리의 무인들이 그 밑을 바라보며 눈을 빛내고 있었다.

　모래, 갈대, 온갖 물풀들이 수놓아져 있는 강변의 대지 위에서 수많은 사람들이 엉켜서 쓰러지고 있었다.

　함성을 지르는 무인들과 비명을 지르는 검사들이 거기에 있었다. 장강의 연장선, 강호가 바로 이곳이다. 더운 피를 연료로 생명을 불사르는 싸움이 미친 듯 타오르고 있었다.

　"놀라워. 수로맹이 이 정도일 줄은 몰랐다."

　참도회주의 목소리에는 감탄이 어려 있었다.

　그 자신도 팔황에 속해 있는 자. 팔황의 저력을 잘 알고 있다. 맹주가 제아무리 소림무공을 대성했다 한들, 수로맹이라는 집단이 팔황을 이긴다는 것은 어불성설이었다. 이만큼이나 큰 싸움을 벌이게 만들었다는 것, 그리고 비검맹의 최고수들을 모두 다 동원시켰다는 것만으로도 수로맹은 칭찬받을 가치가 있었다.

　"저기, 그놈입니다."

　조신량이 한쪽을 가리키며 말했다.

　모두의 시선이 그쪽으로 집중된다. 굳이 이야기하지 않아도 저절로 이목을 끌어들일 싸움이다. 이곳 전체에서 가장 강하고 화려한 충돌이 빚어지는 곳, 그 중심에 청풍과 두 명의 마존이 있었다.

　"하나는 철장마군(鐵杖魔君)이로군요. 비검맹에 있었던가요."

　"비검맹에 있었지. 다른 하나는 풍도마신(風刀魔神)이다. 비검맹에서는 무슨 마존이라 불리는 것 같더군."

　엄청난 싸움이었다.

　부딪치고 튕겨 나오는 기세가 이 낙도진 전체를 압도하고 있었다.

　두 자루 청홍의 빛살을 흩뿌리며 신비한 무공들을 펼치고 있는데,

그 모습이 그야말로 강림한 무신(武神)의 그것이었다.

"밀립니다. 저놈, 정상이 아닌 것 같은데요."

"그래. 자칫하면 죽어버리겠어."

참도회주의 말처럼, 청풍의 움직임은 이미 한계까지 이르러 있었다. 처음에는 어느 정도 버티는 듯했지만 어느 순간부터 급격히 흐트러지고 말았다. 위태위태한 상황, 당장 죽어도 이상하지 않을 상태였다.

터벅.

참도회주와 조신량의 옆.

한 발 앞으로 나서는 호리호리한 인영이 있었다.

청풍을 따라 먼저 달려갔었지만 어쩐 일인지 그대로 돌아왔던 서영령이었다. 조신량 일행과 합류한 후 있는 듯 없는 듯 함께해 온 그녀였다. 그녀의 생기없던 두 눈이 복잡한 빛을 띠며 청풍의 모습을 담아내고 있었다.

"끝이군요. 승부는 이미 났습니다."

조신량의 목소리는 침중했다.

청풍과 매한옥을 추격하며 싸움의 전황을 파악하던 중, 이 철갑선단의 움직임을 포착한 것이 바로 이틀 전이다. 만혼군도의 싸움에서 벗어날 수 있다면 수로맹은 틀림없이 이곳으로 온다. 조신량의 예측은 정확했다. 즉흥적이면서도 정확한 예상, 검력은 아직 부족했지만 흠검의 후예임은 확실했다.

기울어져 가는 격전을 지켜보던 두 사람이다.

밀리고 밀리던 청풍이 결국 철장마존의 철장에 가격당하고 만다. 휘청이는 모습, 방어는 완전히 무너졌고 투로도 흐트러져 버렸다.

쩌엉! 꽈아아앙!

제대로 움직이지도 않는 청룡검을 휘두르며 어떻게든 후속 공격을 차단하고 있었다.

연이어 죽을 위기를 넘겨내는데, 그 광경 하나하나가 보는 사람으로 하여금 손에 땀을 쥐게 만드는 데가 있었다.

집념, 투지……. 어느 쪽인지는 알 수가 없었다. 피를 끓게 만드는 광경이라는 것만큼은 확실했다. 도와주고 싶게 만드는 모습, 그것이 청풍의 마력 아닌 마력일까. 달려가서 함께 손을 섞고 싶은 마음이 절로 들 정도였다.

하지만 참도회주나 조신량으로서는 그렇게 끼어들 수가 없었다. 팔황으로서의 맹약도 맹약이지만 어떤 명분으로도 개입하기는 곤란하다. 갈염의 생사를 다시 한 번 들먹이기엔 두 사람으로서도 체면이라는 것이 있다. 애석하지만 무시할 수밖에 없다. 참도회주가 어쩔 수 없는 심정으로 고개를 설레설레 저을 때다.

바로 그때였다.

파파팍!

한순간 들리는 파공성이 두 사람의 안색을 크게 변화시켰다. 두 사람의 곁에 서 있던 인영이 무서운 속도로 달리기 시작했던 것이다.

"이런! 그 아이를 잡아!"

"이 무슨!!"

서영령이었다.

너무나 갑작스럽게 달려나갔기에 모두의 반응이 늦었다. 청풍이 싸우는 모습을 보면서도 별반 뛰쳐나갈 기색이 없었으니 그럴 만도 했다.

참도회주, 그리고 조신량이 경공을 전개하며 따라붙었다. 다른 흠검단 검사들도 그들의 뒤를 쫓는다. 달리는 자들, 다급한 경호성들이 난

무했다.

선두에 있는 것은 오직 한 명.

사랑하는 남자의 위기, 그 이외에는 어떤 것도 보지 못한다. 청풍에게로 질주하는 그녀, 참도회주도, 조신량도 도저히 따라잡지를 못한다. 경공이 아니라 마음의 문제, 그녀의 마음이 이 땅 장강에 또 한 번의 기적을 일구어내고 있었다.

퍼어억! 스가가각!

철장이 틀어박힌 옆구리가 꺼지듯이 움푹 들어갔다. 튕겨 나오는 청풍의 등 뒤로는 풍도마존의 파풍도가 길고 긴 도흔을 입혀놓았다. 늑골이 다섯 대나 부러지고 등 근육이 두 차나 잘려 나간 결정적인 상처였다.

하지만 그 상처를 입혀놓는 두 사람도 무사하지는 못했다.

몸을 낮추면서 금강호보를 전개하는 청풍. 오른손에 백호무, 왼손에 청룡결, 백호탐천과 청룡도강의 일격이 두 사람의 전신으로 쏟아진 것이다.

풍도마존의 어깨에서 피가 튀고, 철장마존의 허벅지가 길게 베어졌다. 치명상까지는 아니었지만 꽤나 깊게 들어간 상처들이다.

이어지는 백호금강과 청룡운해가 막강한 경력을 내뿜었다. 마지막 공격임을 예감하기라도 하듯 혼신의 힘이 실려 있었다. 받아낼 수 있는 힘이 아니다. 풍도마존이 열 걸음이나 뒷걸음질치며 그 힘을 흩어냈고, 철장마존은 두 군데에 커다란 검상을 입었다.

"이놈……!"

풍도마존이 이를 악물었다.

흔들리는 청풍. 더 이상은 검을 들어 올릴 힘조차 없다. 분노에 휩싸인 풍도마존과 철장마존이 다가올 때다. 날렵한 인영 하나가 짓쳐들며 청풍의 앞을 가로막았다.

"풍랑! 괜찮아요?"

이 목소리.

청풍은 흐려지던 의식을 어렵사리 붙잡았다.

믿을 수 없었다.

이 목소리를 다시 들을 수 있다니.

"괜찮다. 걱정하지 마."

괜찮을 리가 없다.

쓰러져 죽지 않은 것이 신기할 정도다.

그럼에도 청풍은 앞으로 나섰다.

그의 왼팔이 떨구어졌던 청룡검을 들어 올렸고, 그의 오른손이 기울어진 주작검을 바로 했다. 그의 눈이 다시금 불타오르고 있었다. 이대로는 안 된다. 이렇게 서영령의 등 뒤에서 죽을 수는 없었다.

"오라!"

놀라운 기파였다.

내력이 고갈되었을지라도.

육신이 엉망일지라도.

그의 심혼은 결코 죽지 않았다.

풍도마존이 다가오며 한쪽 입술을 치켜 올렸다. 비웃음이 아니라 감탄의 웃음이었다. 그 역시 한 자루 도신(刀身)에 목숨을 건 자, 절정에 오른 무인이다. 그러한 투혼에는 그 누구라도 감탄할 수밖에 없다. 철장마존 역시 마찬가지, 철장을 고쳐 잡으며 청풍의 앞으로 진중한 발걸음을 옮겨왔다.

"계집은 비켜라. 비키지 않으면 함께 베겠다."

풍도마존의 거친 목소리가 그 앞을 휩쓸었다.

마존의 이름으로 보일 수 있는 최대한의 배려였다. 하지만 서영령이
비킬 리가 없었다. 그 눈빛에 담긴 확고한 의지, 풍도마존이 눈썹을 꿈
틀대며 파풍도를 치켜 올렸다.

"어쩔 수 없군. 죽어라. 이름 모를 젊은이여."

검을 들고 있는 것만으로도 힘겹다.

반격이 불가능하다는 것은 그도, 풍도마존도 잘 알고 있었다.

그가 할 수 있는 것은 오직 하나뿐.

한순간, 청풍의 팔이 서영령의 두 어깨를 감쌌다. 서영령을 옆으로
밀고 힘을 다해 돌려내는 몸이다. 그 자신의 몸이 베어질지라도 서영
령 하나는 살리고 만다. 육신의 방벽으로 그녀를 보호하는 의지, 청풍
의 몸이 내려치는 파풍도를 향해 들이밀어졌다.

쩌어어엉!

죽음과 삶이 교차하는 순간이다.

내려치는 파풍도와 새롭게 쳐 들어온 흑철도가 화려한 충돌음을 터
뜨렸다.

놀라움으로 물러나는 풍도마존, 한 자루 검은색 도신이 묵직한 광채
를 흩뿌리고 있었다. 카랑카랑한 목소리, 참도회주가 입을 열었다.

"네놈의 파풍도는 지나치게 날카롭다. 이 아이까지 다치겠어."

싸움에 끼어든 명분은 간단했다.

숭무련의 일원으로서 서영령을 구하기 위해 손을 썼다는 말이다. 참
도회주를 알아본 풍도마존의 얼굴이 크게 굳었다.

"참도회주!"

"그래. 내가 참도회주다. 풍도마신."

풍도마신.

비검맹에 들어가기 전 옛 이름을 부른다. 풍도마존이 나직한 목소리로 물었다.

"숭무련이 무슨 짓이냐."

"무슨 짓이냐? …건방진 놈."

참도회주의 기파가 사위를 휩쓴다. 싸움을 직감하는 두 마존, 그들의 몸에서도 강력한 기세가 무럭무럭 솟아 나왔다.

"해보자는 것인가?"

"물론이다. 풍도마신의 파풍도가 제법 쓸 만하다고 들었지. 한데 이제 보니 아주 막돼먹은 놈이로다. 그 솜씨를 한번 봐야겠어."

흑철도를 비껴들며 풍도마존을 직시한다.

엄청난 존재감이다.

누가 먼저랄 것도 없이 서로를 향해 짓쳐드는 도격이었다.

서영령이 청풍의 품에서 빠져나오며 그를 부축했다. 비틀거리는 청풍의 몸이다. 그녀가 청풍을 잡고 앞으로 발을 옮겼다. 봉두난발의 철장마존이 옆으로 따라붙었다.

"어이, 당신 상대는 나야."

철장마존의 앞을 가로막은 자.

조신량이었다.

조신량이 강의검을 겨누면서 한 자루 보검과 같은 기세를 일으켰다.

그가 철장마존의 전면을 차단하며 뒤를 향해 외쳤다.

"흠검단은 아가씨를 호위하라! 안전한 곳으로 모셔!"

그것을 보는 철장마존, 그는 다른 말을 하지 않았다.

그 흔한 기합성조차 지르지 않는 채, 들고 있는 흑철장을 내쳐 왔다.

쩌어엉!

조신량이 강의검을 휘둘러 철장마존의 공격을 절묘하게 막아냈다.

조신량의 뒤, 흠검단 무인들이 서영령을 중심에 두고 방어 대형을 갖추어 나간다. 달리기 시작한 흠검단 무인들, 포위망을 형성해 오는 비검맹 무인들을 돌파하면서 바깥쪽 언덕을 향해 나아갔다.

파파파파! 챙! 채채챙!

흠검단의 질주는 대단했다.

굉장한 위력, 빠른 속도다. 강렬한 기세가 물씬 우러나오고 있었다.

"아가씨! 이쪽으로 가야 합니다!"

고개를 끄덕이는 서영령의 얼굴에 굳은 의지가 떠올라 있었다. 정신을 잃어가는 청풍을 들쳐 업다시피 했다. 빠르게 달려가는 서영령, 흠검단 검사들과 교환하는 눈빛에 강한 유대감이 흘러나왔다.

서영령의 호위를 맡은 흠검단.

흠검단이 지금 움직이고 있는 이유가 서영령을 지키겠다는 명분뿐이었을까.

그들이 무공을 전개하며 마음을 모은 이유는 서영령을 안전하게 대피시키기 위한 것만이 아니었다. 서영령의 안위를 돌보겠다는 것은 그야말로 손을 쓰기 위한 구실에 불과하다. 그들을 움직이게 만든 것은 서영령도, 조신량의 명령도 아니었다. 진실한 이유는 따로 있다.

청풍.

그가 바로 그 이유다. 청풍이 보여준 투혼이 그들을 움직이고 있었다.

흠검단은 강한 무인을 숭상한다. 진정한 검사를 흠모한다.

청풍은 강했다. 또한 강한 것에 앞서 사람으로 하여금 그의 편이 되게 만드는 힘이 있었다. 그러한 힘, 그 힘은 무공이 고절한 것보다 훨씬 더 소중한 힘이다. 적들을 물리치는 능력보다 동료를 얻는 능력이 더 중요한 법이다. 무공이 강하다고 하여 친우와 동행이 많아지는 것은 결코 아니다. 오히려 강자일수록 고독하기 쉽다.

청풍은 그렇지 않다. 그 자신은 홀로 외롭게 싸워왔지만 다시 생각해 보면 그의 곁에는 항상 그를 진심으로 도와주는 사람들이 있었다. 강호를 살아가는 데 방해가 되었던 것 같았던 그의 천성이 이제는 무인의 투지와 기개에 더해져 사람을 끌어들이는 매력이 되고 있었다. 그것이야말로 청풍의 진실된 모습이다. 그가 지니게 될 대협의 모습이 거기에 있었다.

청풍과 서영령은 흠검단의 호위를 받으면서 장강의 물결을 등졌다.

멀어지는 전장이다.

흐려지는 의식 속에서 뒤를 돌아보는 청풍이다.

멀고도 먼 곳, 백무한을 쫓고 있는 백호검의 검사가 보였다.

죽음과도 같은 심정이었다. 백호검을 둔 채 도망가고 있다는 현실이 그에게 다시 한 번 커다란 내상을 입히고 있었다.

그리고 백호검보다 더 결정적인 것.

육극신이다.

일전에 보았던 육극신의 전선, 검형이 강가에 다다라 있었다. 고통으로 가득 찬 청풍의 눈이 검형의 선수에 이르렀다.

퍼얼럭!

꿈결과도 같은 광경이다.

그때와 같은 모습으로 장포를 휘날리고 있는 육극신이 있었다.

바닥난 내공, 그것이 보일 안력 따위는 없었다. 그런데도 마치 무엇에 홀리기라도 한 듯 뚜렷하게 비쳐든다. 육극신, 전혀 변하지 않았다. 전처럼 압도적인 기도, 하늘에 이른 무력의 화신이었다.

'아직 멀었어……!'

마음속에서 저절로 발해지는 목소리다. 청풍 스스로의 목소리였지만, 마치 그곳에 선 육극신이 말하는 것 같았다. 가슴을 태우는 투지가 다시금 일어나고 있었지만, 그에게는 이미 그 투지를 실현시켜 줄 육체가 없었다. 힘없이 늘어지는 팔, 들끓는 내력에 그 어떤 것도 할 수가 없었던 것이다.

"풍랑, 백호검과 육극신을 생각할 때가 아니에요. 운기에 집중하고 마음에 다른 것을 두지 말아요."

익숙한 목소리.

차분한 목소리가 마술처럼 그의 마음을 가라앉히고 있었다.

그녀는 알고 있다. 청풍이 무엇을 생각하고 있는지.

오랫동안 떨어져 있었던 그녀다. 오해와 오해가 중첩되어 있었지만, 그와 그녀의 마음을 연결하는 끈은 아직도 살아 있다.

그것이 인연이다. 인연의 선(線)이라는 것은 돌고 돌아 다시 만나는 원(圓)과 같다. 만나서 다시 헤어지고 싶지 않은 마음들, 그녀가 청풍을 들쳐 멘 손아귀에 힘을 더했다. 이렇게 잡고 놓지 않으리라. 더 이상 그를 떠나지 않고, 그를 떠나보내지 않는다. 이루어질 수 있을지 알 수 없는 다짐 속에서 그녀와 흠검단의 발이 땅을 가로질렀다.

장강에서 멀어지는 길.

어디론가 숨어드는 그들의 길이 그 앞에 있었다.

청풍의 상세는 치명적이었다.

깊게 입은 내상은 물론이거니와 외상도 심각하기 짝이 없었다.

열흘을 넘게 이어지던 고된 도주 끝에서야 비로소 안전한 곳에 이르렀지만, 의식을 잃은 청풍은 깨어날 줄을 몰랐다.

쌕······. 쌕······!

숨 쉬는 것 자체를 힘들어하고 있었다. 폐 한쪽이 완전히 망가져 버렸기 때문이다. 가슴속에 찬 피와 온 혈맥에 가득 찬 탁기가 고열을 일으키고 있었다. 땀에 젖은 몸, 수시로 경련을 일으키는 근육들이다. 근근이 이어지는 자하진기가 아니었다면 죽어도 열 번은 죽었을 상세였다. 그것도 이대로 두었다가는 가망이 없었다.

"의원이 필요해요."

"그렇겠소."

추격전.

어지럽게 얽혀 돌아가던 낙도진에서 매한옥이 살아 나올 수 있었던 것은 그야말로 천운이라고밖에 설명할 길이 없었다.

도문검마를 맞이하여 죽을 뻔했던 매한옥이다. 실제로도 패배를 당했던 매한옥일진저. 하지만 상대가 좋았다. 도문검마가 그의 상대였다는 것이 그의 목숨을 살린 것이다.

"이겼으면 그만이다. 목숨까지 빼앗고 싶지는 않다. 정 수치스럽다면 자결하라. 그러지 않고 살아서 다시 겨루고 싶다면 그 도전은 언제든 받아주겠다."

도문검마의 마지막 말이었다.

매화검수 시절이었다면 도문검마의 말대로 자결을 했을지 모른다. 그러나 매한옥은 예전과 달랐다.

명예와 목숨은 똑같이 소중하게 생각한다.

전 같으면 사문의 명예를 당연히 위에 놓았겠지만, 좌절을 겪으며 성숙한 매한옥은 이제 확고한 깨달음을 지니고 있었다.

죽어서 명예를 지키겠다는 것은 회피요, 도피다.

패배를 인정할 때는 인정해야 한다. 온몸이 만신창이가 되고 도망을 치더라도 다음을 위해 절치부심하여 패배를 극복한다면, 그것이 또한 사문을 빛내는 무인의 길인 것이었다.

"서천각의 힘을 빌려보겠소. 듣자 하니 성혈교와의 싸움이 막바지에 이르렀는지라 다른 곳에 신경 쓸 여유가 없다고 하오. 그래도 해볼 수 있는 것은 다 해봐야지. 사제를 잘 부탁하오."

매한옥은 지체없이 움직였다.

그 자신도 상당한 부상을 입어 요양이 필요한 처지였지만, 제 몸을 돌보지 않은 채 청풍을 위하여 발벗고 나서고 있었다.

제 몸을 돌보지 않는 것은 서영령도 마찬가지였다.

길고 긴 추격전 내내, 서영령은 단 한 번도 다른 이에게 청풍을 넘기지 않았다.

정신을 잃고 늘어져 버린 후에도 마찬가지다. 세심하게 상처를 돌보았을 뿐 아니라 이동 중에도 그녀 혼자 힘으로 청풍을 운반했다. 밤에는 뜬눈으로 청풍의 곁을 지켰다.

그러다가 체력이 고갈되고, 적의 표적이 되어도 그녀는 힘을 잃지 않았다.

길을 차단하기 위해, 또는 적을 다른 곳으로 유인하기 위해 흠검단 무인들이 하나하나 떨어져 나갔을 때에도 그녀는 전혀 흔들리지 않았다. 몇 명 남지 않은 일행, 힘이 모자랄 때에는 스스로 선봉에 나서서 적들을 물리치고 길을 텄으며, 스스로 적들을 유인하는 미끼가 되기도 했다.

매한옥이 합류한 것은 그녀의 곁에 있던 흠검단 무인들이 두 명밖에 남지 않았을 때였다. 죽었을지, 살아서 무사히 도망쳤을지 알 수 없는 흠검단 무인들이다. 마지막까지 남았던 두 사람마저도 결국 몇 번의 싸움을 거치면서 뿔뿔이 흩어지게 되었다.

낙도진에서 살아 나온 것도 천운이었지만, 매한옥이 그때에 합류하게 된 것도 천운이랄 수밖에 없었다. 매한옥이 아니었다면 그렇게 적의 추격을 완전히 뿌리치지는 못했을 것이다. 서영령의 빤짝이는 기지와 매한옥이 지닌 매화검수로서의 경험, 그 두 가지가 그들에게 활로를 열어주었다.

완전히 따돌리고 나아가 그들이 이른 곳은 태호 부근에 있었던 서영령의 은신처였다.

숭무련을 뛰쳐나왔을 때, 그녀가 몸을 숨기던 은신처들 중 하나였다.

그녀 외에는 아무도 모르는 곳, 산속 풍광에 먼 중턱 넘어 태호 호반이 보이는 조용한 암자였다.

매한옥이 산을 내려가고, 청풍과 단둘이 남은 서영령은 자신이 할 수 있는 모든 것을 다 했다. 오해든 무엇이든 상관할 바가 아니었다. 숨소리 하나에도 마음을 졸이며 그의 곁을 지켰다. 어느 정도 안정되었을 때는 근처 산을 뒤져 식량을 구해왔다. 옆에 없는 시간이 절대로 길어지지 않도록 온 힘을 다했다. 돌보는 정성이 하늘에 닿아 있을 정도였다.

하지만 그럼에도 청풍의 상세는 딱히 좋아지지 않고 있었다. 오히려 갈수록 악화되는 것 같다. 열과 성만으로 망가진 몸이 회복되지는 않는 법, 어느 정도의 상세라면 모르되, 청풍의 몸은 이미 그러한 범주를 벗어나 있었던 까닭이었다.

의원이 절실했다.

그것도 의술의 대가가.

그녀의 얕팍한 지식으로는 지금의 청풍을 좋아지게 만들 방법이 없었다. 숭무련에 알리든, 다른 어떤 수를 쓰든 직접 움직여야 할 판인데, 그러려면 필연코 청풍의 곁을 장시간 떠나 있어야만 했다. 그녀가 옆에 없는 청풍, 어떻게 될지 모른다. 겁부터 먼저 났다.

그렇다고 청풍을 운반하여 이동하는 것도 안 될 일이었다.

정신없던 와중에는 그냥 막 들쳐 업고 움직였지만, 지금 와서 보면 그것도 정신 나간 짓이라 생각되었다. 그렇게 움직였기에 청풍의 상세가 더욱 심해지고 있는 것인지도 모른다. 속수무책, 지금으로서는 매한옥이 좋은 소식을 가지고 오길 기다리는 수밖에 없었다.

하루… 이틀…….

속절없이 시간만 흘렀다.

청풍의 상세는 나아질 줄을 몰랐고, 그를 돌보는 서영령도 점차 야위어갔다. 청풍의 호흡이 가빠지면 가빠질수록 서영령의 얼굴엔 근심이 더해져 갔다.

그렇게 얼마나 지났을지 몰랐던 때다.

서영령은 밖에서 들린 인기척에 벌떡 일어나 문을 열었다.

"……!!"

매한옥이라고만 생각했다.

그러나 밖에 있는 사람은 매한옥이 아니었다.

전혀 뜻밖의 사람, 서영령의 얼굴이 크게 굳었다.

"전 숙부……!"

거친 모습, 팔에 붕대를 감고 있는 노인이었다.

손에 들고 있는 것은 흑철의 기형도, 참도회주 전운록이 문밖에 서 있었던 것이다.

"안에 있나?"

청풍이 이곳에 있는 것을 알고 온 것이 틀림없다.

서영령이 문부터 가로막고 섰다.

해쓱한 얼굴, 그러나 누구도 청풍을 건드리지 못하게 하겠다는 의지가 그녀의 두 눈에서 피어올랐다.

"네 녀석도 대단하다. 그놈을 구하겠다고 그런 놈들에게 뛰어들다니. 낙도진에서는 덕분에 죽을 뻔했다."

참도회주의 목소리에는 고저가 없었다.

여기까지 온 진의가 무엇인가.

서영령의 눈에는 탐색과 경계의 빛이 가득했다.

"여기는 어떻게 알고 오셨죠?"

참도회주는 곧바로 대답하지 않았다.

쩔그렁, 하고 흑철도 도갑을 풀어낸다. 서영령이 움찔 물러나며 내력을 피워 올렸다. 하지만 참도회주는 그 흑철도를 뽑아내지 않았다. 그저 그것을 풀어내어 땅 위에 내려놓을 뿐이었다.

"팔을 좀 다쳤다. 잘려 나가는 줄 알았지. 흑철도가 무거울 정도야."

흑철도 도갑을 끌러내고 이어서 한 아름은 될 듯한 묵직한 행낭을 풀어놓았다. 참도회주가 서영령을 바라보며 천천히 말을 이었다.

"얼굴이 말이 아니다. 이런 산속에서 생활이 제대로 될 리가 없지. 그래서 필요한 물건들을 좀 구해왔다."

무슨 일인가.

서영령의 두 눈에 있던 날카로운 빛이 조금씩 누그러들고 있었다. 아무리 봐도 싸우러 온 것 같지가 않다. 아니, 싸우러 온 것이 아니라 죽이러 온 것, 하지만 생각해 보면 그것은 말이 안 된다. 참도회주는 부상당하여 누워 있는 이에게 칼을 내려칠 사람이 아니다. 처음부터 경계할 필요가 없었다는 말, 팽팽하게 당겨져 있는 신경이 그녀의 판단력을 흐려놓고 있었다. 사랑에 눈이 먼 여인, 청풍을 지키기 위해서라면 무엇이라도 하겠다는 심정이었다.

"그놈 꼴이나 좀 보자."

참도회주가 성큼 걸어 들어왔다.

흑철도도 내려놓은 채, 손을 활짝 펴며 해칠 의사가 없음을 보여주고 있다. 본래 이렇게 세심한 사람이 아니었는데, 오늘만큼은 무척이나 배려를 해준다. 의아하게 생각할 일이 아니지만, 그녀는 모르고 있었다. 그녀는 지금 자신의 얼굴이 얼마나 우수에 차 있는지, 자신의 어깨가 얼마나 처져 있는지 잘 모르고 있었던 것이다.

"가관이로군."

참도회주의 입에서 침음성이 흘러나왔다.

기식이 엄엄함은 물론이요, 상처들도 말이 아니었다. 열이 펄펄 끓고 있음은 굳이 만져 보지 않아도 알 수가 있었다.

목상 위에 눕혀진 청풍, 그 옆에 참도회주가 주저앉았다.

한참을 내려다보던 참도회주.

그가 서영령을 돌아보며 나직한 어조로 물었다.

"내가… 낙도진에서 누굴 만났는지 아느냐?"

서영령이 고개를 저었다.

그때 거기서 도주해 온 이후로 참도회주를 처음 만났다. 그동안 무슨 일이 있었는지 그녀로선 알 수 없는 게 당연했다.

"낙도진에 그가 왔었다. 흠검 갈염이."

서영령의 눈이 커다랗게 뜨여졌다.

갈염, 갈 숙부.

이야기로만 듣는데도 너무나 놀랍고 반가워 말을 이을 수가 없었다.

"강해졌더군. 엄청나게."

강해졌다.

무사했다는 말이다. 그런데도 죽은 것처럼 나타나지 않았다니.

그 때문에 얼마나 큰 오해가 있었던가.

참도회주는 그 의문도 풀어주었다.

"그동안 일부러 숭무련에 알리지 않고 검만을 휘둘렀다 하였다. 그래서 살아 나올 수 있었지. 낙도진에는… 육극신이 있었거든."

"그랬지요. 한데……."

"그래. 그대로 있었으면 전멸이었다. 육극신은 검존이되 검존과 달라. 그의 무력은 비검맹주에 필적한다. 파검마탄포, 그 위력을 직접 보고 내가 얼마나 놀랐었는지 너로서는 알 수가 없을 것이다."

참도회주의 목소리는 진솔했다.

손녀딸에게 이야기해 주듯 느낀 바를 그대로 이야기한다. 솔직한 마음, 분노하여 도를 전개할 때와는 전혀 다른 모습이었다.

"그러면… 어떻게……?"

"말했잖나. 흠검이 있었다고."

"갈 숙부가……?!"

"흠검이 아무리 강해졌어도 파검을 이길 수는 없었지. 하지만, 그를 알지 않느냐. 그는 곧바로 가야 할 때와 돌아서 가야 할 때를 알아. 강해진 무력으로도 육극신에겐 안 된다는 것을 대번에 파악하고는 곧바로 내기를 걸었다."

"내기를?"

"그래. 파검마탄포 삼 초식을 모두 받아내겠다고 했지. 받아내면 물러나는 조건으로."

서영령으로서는 육극신의 무공을 받아내는 흠검단주를 쉽게 상상할 수가 없었다.

흠검단주.

그녀의 기억 속에 있는 갈염으로서는 도저히 불가능하리라 생각되었던 까닭이다.

서영령은 육극신을 직접 보았고, 그의 무공에 휩쓸려 커다란 부상을 입어본 적도 있었다. 하지만 갈염에 대한 기억은 그저 무공과 지혜가 뛰어난 숙부라는 인상밖에 없다. 언제나 지닌 바 이상을 이루어내던 초인의 모습은 청풍의 머리 속에만 있었던 것이다.

"흠검은 파검마탄포 삼 초식을 모두 받아냈다. 혀를 내두를 무공이었어. 전혀 새로운 검법이었다. 흠검단주의 무공이 아니었다."

참도회주는 그때의 모습이 다시금 떠오르는지 고개를 설레설레 저었다.

"물론 흠검도 무사하지는 못했지. 수습하기 힘든 내상을 입고, 가슴에는 한 자나 되는 검상을 입었다. 그래도 대단한 거야. 사지 멀쩡하게 걸어나왔으니까. 게다가 지니고 있던 검도 부러뜨리지 않았어. 파검과 싸우면서도. 장강에 육극신이 나타난 후, 두 번째 있는 일이라 하더군."

참도회주가 자리에서 일어났다.

죽어가는 청풍을 바라보는 그의 두 눈.

깊게 가라앉아 있던 노안에 흥미롭다는 빛이 떠올랐다.

"두 번째. 그렇다면 검을 부러뜨리지 않은 첫 번째가 누구였는지 아느냐?"

"……."

참도회주가 서영령을 돌아보았다.

서영령을 보고, 또 서영령의 뒤쪽을 본다. 열려 있는 문, 암자 바깥으로 다가오는 또 다른 인기척이 있었다.

참도회주가 늙은 얼굴에 웃음을 떠올리며 청풍을 가리켰다.

"첫 번째가 바로 이놈이다. 네 녀석이 그리도 살리려 했던 이놈 말이다. 죽기엔 아까운 놈이라는 말이지. 내 그 때문에 사람을 좀 찾아왔다. 의원이야. 솜씨 좋은 의원."

암자의 문에 비쳐드는 햇빛이다.

사람의 그림자가 들어서고 있었다. 사람의 그림자가 입을 연다. 익숙한 목소리였다.

"좀 늦었지요. 임 소저께서 걸음이 늦으시더군요."

매한옥이었다.

매한옥이 들어오며 참도회주를 보고 눈인사를 건넸다.

그것을 본 서영령은 비로소 깨달았다. 참도회주가 어떻게 여기까지 올 수 있었는지.

참도회주는 매한옥을 만났던 것이다.

서천각의 지원으로 만족할 만한 성과를 얻지 못하자 결국 참도회주를 찾게 된다. 참도회주를 만나고 숭무련의 인맥을 동원했다. 흠검단주와 파검존이 겨루는 장면을 쉽게 상상하기가 어려워도, 매한옥이 참도회주를, 그리고 의원을 데려오는 과정은 어쩐지 간단하게 떠올려 볼 수가 있었던 것이었다.

매한옥이 데려온 의원은 놀랍게도 여인이었다.

어딘지 억지로 데려온 느낌이었다. 암자 안으로 들어오는 것 자체를 꺼려하는 것 같았지만, 일단 들어와서 죽어가는 사람을 보니 눈빛을 바꾸며 청풍의 상세를 살피기 시작했다.

"폐의 일부를 잘라내야겠어요. 공기가 들어가서 기포가 생기고 부분적으로 죽어버린 부위죠. 가슴속, 그러니까 흉강 내에 가득 차 있던 피도 문제예요. 시간이 너무 지체되어 혈종이 되어버렸죠. 이대로 놔두면 탁기가 쌓이고 다른 큰 병을 일으키는 원인이 될 거예요. 그것도 함께 없애줘야 되지요."

단아한 얼굴, 규방 깊은 곳에서 온종일 수문(繡紋:자수)이나 시화(詩畵)로 보낼 듯한 모습이었지만 입에서 나오는 말은 그런 것과 거리가 멀었다. 험악한 상처를 들여다보는데 얼굴색 하나 변하지 않고 있었다.

"상태가 너무 안 좋아요. 들어가기가 좋지 않겠는데……."

"들어간다는 말은… 가슴을 연다는 말인가요?"

서영령의 안색이 변했다.

솜씨 좋은 의원이라 했는데, 그런 이가 쉽지 않다고 말하고 있다. 마음이 동요되는 것도 당연한 일이었다.

"그래요. 원래 개흉술(開胸術)과 같이 가슴을 여는 것은 의가의 여러 술기(術技)들 중에서도 손에 꼽히는 비전(秘傳)이지요. 이 정도 상세라면 아무래도 천진의 심 노사께 보여 드리는 것이 좋을 텐데요."

"임 소저, 심 노사께서는 북경에 계십니다. 거기까지 갈 수는 없지요."

매한옥의 목소리다. 그의 목소리엔 다급함이 실려 있었다.

"북경이면 그렇긴 하네요. 모용가의 청백신의께서도 그러한 비전에 있어서는 최고의 실력을 갖추고 계시죠. 그분이라면……."

"청백신의께서는 현재 귀주성에 가 계십니다. 성혈교와 화산파의 전장을 누비며 적아(敵我)를 가리지 않고 사람들을 돌보는 중이십니다. 귀주는 북경과 마찬가지로 너무 멀어요."

"여의의선(如意醫仙) 해명 선사(解明仙師)께서는……."

"해명 선사께선 남경의 황궁에서 밖으로 나오질 않습니다. 잘 알고 계시지 않습니까. 임 소저 당신밖에 없습니다."

뛰어난 의원들의 근황을 완벽하게 파악하고 있는 매한옥이었다.

중원천하신의라 불리는 사람들의 이름이 하나하나 거론되는 가운데, 그 자신도 신의 소리를 듣는 백의신녀 임소영이 그들 앞에 있었다. 백의신녀 임소영의 차분한 얼굴에 곤란하다는 빛이 깃들었다.

"이봐요. 납치되다시피 끌려온 사람에게 억지를 부리는 것은 문제가 있지요. 관군들을 때려눕히며 막무가내로 데려오다니, 사람의 생명이 걸려 있는 일이 아니었다면 여기까지 오는 일은 절대로 없었을 거예요."

그렇다.

백의신녀는 그 뛰어난 의술로 말미암아 이곳저곳에서 찾는 사람들
이 많다. 그러다 보면 전혀 예측 못할 일을 당하는 경우도 상당히 많았
다. 이번에도 마찬가지였다. 남경의 귀족 관련 일로 관군의 호위를 받
으며 이동하고 있던 도중, 참도회주와 매한옥의 습격을 받고 이곳까지
납치되어 온 것이다. 그런 와중에도 태연하게 청풍을 봐주고 있는 것,
그들로서는 그것만으로도 고마워해야 할 일인지도 몰랐다.

"무엇보다 개흉술과 같은 것은 제 영역이 아니에요. 앞서 말씀드린
분들이 그쪽으로는 더 뛰어나시지요. 관군들을 건드려 놓았으니 언제
들이닥칠지도 모르는 마당에 그런 큰 수술을 시도하기엔 아무래도 시
간이 촉박하지요. 게다가 당장 개흉에 들어갈 수도 없어요. 그러려면
미리 몸 상태를 끌어올려 놓아야 되기 때문이지요."

"관군은 문제없습니다. 금의위가 나선다 해도 상관없어요. 그리고
임 소저. 임 소저께서는 하실 수 있지 않습니까. 완벽하게 해주실 수
있다는 것 잘 알고 있습니다."

매한옥의 목소리엔 백의신녀에 대한 맹목적인 신뢰가 깃들어 있었
다.

별다른 근거가 있는 것도 아니요, 그녀와 이전에 안면이 있던 것도
아니다.

그럼에도 그처럼 믿는다.

그러한 믿음을 보여주는 병자와 사람들이 셀 수 없이 많았지만, 매
한옥의 그것은 분명 이제까지 보지 못한 특별한 구석이 있었다.

한눈에 보기에도 청풍과 연인 사이로 생각되는 서영령이 그렇게 나

온다면 또 모를 일, 하지만 매한옥의 모습은 확실히 의외였다. 냉정해
보이는 검사, 생명이라도 바치겠다는 듯한 저돌성을 보이고 있으니 놀
라울 따름이다.

눈을 감는 백의신녀가 결국은 할 수 없다는 표정으로 고개를 끄덕이
고 말았다.

"알겠어요. 어쩔 수 없군요. 일단 손을 댄 이상 반드시 살려놓아야
되는데……. 후우……. 고된 싸움이 되겠어요."

백의신녀가 말한, 소위 개흉술을 시작하기까지는 그로부터 열흘이
더 지난 후였다. 암자 내의 탁기를 없앤다는 작업부터 당장 개흉에 필
요한 준비만도 삼 일이란 시간이 소요되었고, 청풍의 몸 상태를 끌어올
리는 것에는 그보다 칠 일이란 시간이 더 쓰여졌다.

"마취산(痲醉散)을 쓸 거예요. 호흡이 줄어들면 이 관을 통해서 공기
를 불어 넣어주세요. 탁기가 조금도 들어가면 안 되니 운기를 통해 흡
기(吸氣)를 정화시켜야 하지요. 몇 시진이 걸릴지 모르니 공력이 심후
한 사람이 하셔야 할 것이에요."

청풍의 호흡은 참도회주가 맡았다.

개흉을 보조해 주는 사람에겐 정교한 손놀림이 필요하니 매한옥이
나서게 되었고 서영령은 직접적인 술기에서 제외되었다. 감정적인 것
도 감정적인 것이니와 이미 오랫동안 심력을 소모했던 데다가 체력적
인 부분에서도 문제가 있었다. 밖에서 기다리게 할 수밖에 없었다.

"아슬아슬해요. 몸 상태를 더 올렸어야 되었는데."

옆으로 눕힌 후 다섯 번째 늑골과 여섯 번째 늑골 사이를 열어 안으로
들어갔다. 불안한 출발이었다. 생각보다 좋지 않다. 여러 곳에 괴사(塊

死)된 부분들이 보였고, 그곳들을 중심으로 손상 부위가 파급되고 있는 중이었다.

손상 부위 적출과 혈관 봉합, 생전 보도 못한 놀라운 기술이 백의신녀의 손끝에 있었다. 정밀한 손끝, 신비한 솜씨였다. 그러면서도 세 시진을 거뜬히 넘어간 작업, 그녀의 말대로 고된 싸움이 되고 있었다.

모든 것이 끝난 것은 세 시진을 훌쩍 넘어 다섯 시진에 이르렀을 때였다. 가슴 쪽 피부를 꿰매고 손을 뗀 백의신녀. 그녀가 매한옥과 참도회주를 보면서 입을 열었다.

"옆에서 워낙에 잘 도와줘서 살았어요. 의원으로의 재능들이 보이는데 앞으로도 함께해 볼래요?"

사뭇 진지한 질문이었다.

그러겠다고 흔쾌히 답할 수 없는 것이 아쉬울 따름, 백의신녀의 표정이 밝은 만큼 모두의 얼굴에도 밝은 표정이 어린다. 청풍의 목숨을 담보로 한 또 한 번의 싸움을 승리로 이끌었던 것이다.

청풍이 정신을 차린 것은 그로부터 삼 일째 되는 날이었다.

기운없는 눈, 초췌해진 얼굴로 그를 내려다보고 있던 서영령. 그녀의 두 눈에서 눈물이 왈칵 쏟아져 내렸다.

"령매……."

갈라진 목소리였다.

그녀가 얼마나 고생을 했는지 알고 있기라도 한 듯, 청풍의 목소리는 쉬어버린 가운데에도 따뜻함이 담겨 있었다.

"괜찮으니… 울지 마."

닦으려고 닦으려고 해도, 계속하여 흘러나오는 눈물을 도저히 멈출 수가 없었다.

청풍이 잘 움직이지도 않는 손을 들어 서영령의 손을 잡았다. 청풍의 손을 부여잡고 울고 있는 서영령, 멈추지 않는 눈물에 그간의 걱정과 근심들이 한꺼번에 풀려 나오고 있었다.

한참이나 울고 있는 그녀와 그녀를 바라보는 그.

청풍이 문득 고개를 돌려 주변을 살폈다.

가지런히 놓여 있는 청룡검과 주작검이 보였다. 두 개의 신검, 그러나 청풍이 찾는 것은 그것들이 아니었다. 다른 한 켠에 있는 행낭이 그것이다. 책 한 권이 겨우 들어갈 만한 조그만 행낭, 행낭이라고 부르기엔 그냥 조그만 주머니에 가깝다. 항상 품속에 넣고 다니던 행낭이었다.

"령매… 저것을 좀… 가져다주겠어?"

서영령은 코를 훌쩍이며 눈물을 닦고 재빠르게 움직여 청풍이 가리키는 행낭을 가져왔다. 청풍이 바라는 것은 무엇이든 해주겠다는 모습이었다.

"흐읍……."

행낭을 가져오자 청풍이 몸을 일으키려 힘을 쓰기 시작했다.

하지만 그는 일어날 수가 없었다. 힘이 들어가지 않는 것도 않는 것이었지만, 무엇보다 서영령이 그것을 두고 볼 리가 없는 것이다. 그녀가 청풍의 어깨를 잡으며 아직도 울음이 남아 있는 목소리로 말했다.

"움직이면 안 돼요. 제가 할게요. 행낭에서 찾는 게 있어요?"

"그래. 내가 직접 해야 하는데……."

"내가 열게요. 열어봐도 되죠?"

"그러도록 해."

서영령이 행낭을 열어놓자, 그 안으로부터 책자 하나가 나왔다. 자하진기의 운공구결, 서영령이 그것을 꺼내며 물었다.

"찾는 것이 이것이죠?"

"아니야. 그것이."

청풍이 고개를 저었다. 그가 서영령을 바라보며 말을 이었다.

"더 안쪽으로 손을 넣어봐."

그 책자가 아니라니, 의아한 표정을 짓는 서영령이다. 그녀가 그의 말대로 행낭 깊은 곳으로 손을 넣었다. 백매화 은패, 그리고 동전들이 손끝을 스쳤다. 그러다가 한 개의 물건, 거기에 손이 닿은 그녀다. 그녀의 얼굴에 묘한 표정이 떠올랐다.

"이것은……!"

빼내는 손끝이 떨리고 있었다.

행낭에서 빠져나온 손.

거기에 걸려 있는 것은 다른 것이 아니었다.

언젠가 그녀가 청풍에게 주었던 목걸이다. 게다가 거기에 걸려 있는 부옥, 우윳빛 옥돌도 한 개가 아니라 두 개다. 그녀가 지니고 있던 것까지 두 개의 부옥이 한 줄에 엮여 있었다.

"두 개……! 잃어버린 줄 알았었는데……!"

그녀의 두 눈에는 커다란 놀라움이 떠올라 있었다. 청풍이 엷은 미소를 지으며 말했다.

"항상 지니고 있었어. 그것을 버릴 리가 없잖아."

청풍과 눈을 맞추는 서영령이다.

그녀의 눈에 다시금 눈물이 차 올랐다.

"원래는 잘 안 우는데……. 나 바보 같죠?"

그녀가 눈물을 훔치며 말했다. 입가에는 웃음까지 지어가면서. 청풍이 다시 한 번 고개를 저었다.

"전혀 바보 같지 않아."

죽음의 문턱을 되돌아 나오며, 새로운 생의 기운을 얻기라도 한 것일까.

아직까지도 망가져 있는 육신이다.

하지만 청풍의 얼굴엔 전에 없던 여유가 묻어나고 있었다. 그가 서영령의 손을 잡으며 말했다.

"울지 마, 령매. 이렇게 살아왔잖아."

서영령은 다시 한 번 울었다.

울면서 또한 웃는다. 다시 살아온 자, 청풍이 거기에 있다.

그리고.

끝없는 애정이 또한 그 자리에 함께한다. 서로를 향한 마음, 흘러 흘러 제자리로 돌아오고 있었던 것이다.

늦고도 늦은 밤.

"찾았다."

작은 목소리가 암천의 산 위에 내려앉았다.

목소리의 주인, 걸음을 빨리하기 시작했다.

꿈틀대듯 흘러내린 머리카락에, 피부는 유리처럼 투명하기만 했다.

바람이 없는데도 일렁이는 옷깃이 신기하다. 암자로 다가가는 그의 팔목에서 기이한 빛무리가 꿈틀거리고 있었다.

"가만히 있어."

속삭이는 듯한 한마디에 팔목에서 움직이던 빛무리가 옅어졌다. 뱀과 같은 비늘, 빛무리의 정체는 하나의 기이한 생명체였다. 똬리를 틀듯 신비인의 팔목을 감고 있었는데 뱀과 같은 비늘 위로 한 쌍의 날개가 돋아나 있었다. 인세에 보기 힘든 기물이었다.

신비인이 암자의 문 앞까지 당도했을 때였다.

문에 손을 대기도 전에 안쪽으로부터 늙은 목소리가 울려 나왔다.

"어느 놈이냐."

밤의 어둠을 확 물리칠 정도로 무서운 기세가 전해져 왔다. 아랑곳하지 않고 문을 여는 신비인, 그의 입에서 태연한 목소리가 흘러나왔다.

"손님에 대한 대접이 박하군."

은은하게 밝혀진 빛이었다.

밤이 깊었지만 자고 있는 이는 아무도 없다. 거동이 불가능한 청풍도 잠이 들지 않았다. 서영령, 그리고 참도회주와 함께 다 같이 소소한 잡담을 나누고 있는 중이었기 때문이었다.

"시간이 늦었다. 대접을 받을 만한 때가 아니란 말이지. 선자불래 내자불선이라 그 범상치 않은 기도가 놀랍다. 무슨 용건으로 왔는지 밝혀라."

참도회주가 흑철도에 손을 올렸다.

여전히 급한 성격이었지만, 같은 편에 서고 보니 느끼는 바가 달랐다. 적으로 맞서 싸울 때에는 그렇게나 어려운 상대였었는데, 막상 같은 쪽에 있다 보니 그렇게 든든할 수가 없었다.

"노선배, 그는 적이 아닙니다. 흑철도를 거두셔도 될 겁니다."

청풍의 목소리는 차분했다.

아직까지도 병색이 완연해 보였지만, 불청객을 바라보는 두 눈이 그 어느 때보다도 맑았다.

"과연 청홍무적검이라더니 다르군. 청룡검과 주작검은 잘 있나?"

두 신검부터 말한다. 경계하기에 충분한 상대였다.

그러나 청풍은 전혀 동요하지 않는 기색이었다. 청풍이 고개를 한쪽으로 돌리며 말했다.

"보시다시피."

남자의 얼굴에 흥미롭다는 빛이 떠올랐다.

청풍의 눈은 맑다. 흔들림없는 두 눈, 그것을 본 남자가 고개를 끄덕였다.

"천심안(天心眼), 그것도 협안(俠眼)이다. 신검들이 제 주인을 만났으니, 역시나 생각을 바꾸어야겠어."

밑도 끝도 없는 말, 알아듣지 못할 이야기였다. 그럼에도 청풍은 딱히 궁금해하는 모습이 아니었다. 어차피 밝혀질 것은 밝혀지고 모르는 것은 모르는 것이다. 삶에 대해 많은 것을 깨달은 청풍이었다.

"이곳에… 서쪽으로부터 악운이 흘러오고 있다. 이곳을 떠나 새로운 은신처를 찾는 것이 좋을 것이다."

갑작스레 서편을 가리키며 말한다.

현재가 아니라 미래를 보는 듯한 눈이었다. 그의 팔목에서 신비한 빛무리가 다시 한 번 일렁였다. 한번도 겪어본 적이 없는 분위기의 남자였다. 운수를 이야기하지만 만통자와는 또 달랐다.

"난데없이 찾아와서 경고라……. 여기까지 온 이유가 그것 하나는 아니지 않소?"

무엇인가 천기와 관련된 것을 말하고 있는 것 같은데, 그런 것을 입 밖으로 내면서도 망설임을 찾아볼 수 없다. 만통자가 이 현실 세계에 발을 두고 있다면 이 남자는 그 경계를 넘어가 버린 것 같은 느낌이다. 다른 세상, 적어도 무림을 살고 있는 자는 아니었다.

"오늘은 인사차 들렀지. 내 이름은 월현(月現)이다. 환신(幻神)이라 부르는 자들도 있더군."

환신.

들어본 이름이었다.

청풍은 거기서 또 하나의 운명을 직감했다.

환신이란 이름은 청풍이 찾고 있는 또 하나의 검과 연결되어 있었던 까닭이었다.

"몸부터 회복해 놓아야 한다. 자네가 꼭 필요한 일이 있으니까."

청풍의 눈과 환신 월현의 눈이 공중에서 얽혀들었다. 필요한 일, 청풍이 물었다.

"어디에 필요하다는 말이오?"

"이미 알고 있지 않나?"

그렇다.

환신의 말처럼 청풍은 알고 있었다. 질문은 그저 알고 있던 바를 확인하는 절차에 불과하다. 내력조차 제대로 끌어올릴 수 없는 몸이지만 정신만큼은 그 어느 때보다도 맑았다. 저절로 드는 느낌이다. 청풍은 환신이 여기까지 온 이유를 듣지 않아도 읽을 수가 있었던 것이다.

"현무검. 현무검이로군."

청풍의 대답에 월현이 고개를 끄덕였다.

틀리지 않는다. 틀릴 수가 없다. 청풍은 이제 세상과 자신을 이어주는 천명의 실마리를 잡았고, 많은 것을 새롭게 알아가고 있었다. 깨달음으로 배워가는 천하다. 청풍은 그처럼 그만의 방식으로 천하를 논하는 경지까지 올라와 있었을 따름이었다.

"사황(邪皇)이 재림하고 북제(北帝)가 눈을 떴다. 진무의 팔만 사천 귀병(鬼兵)들이 세상에 나오면 혼돈과 환란을 막을 수가 없게 되지. 장강의 교룡 승천 이후, 경계에 선 자들의 싸움이 막바지에 이르고 있는 상황이다. 북방대제(北方大帝) 현무를 달랠 수 있는 자는 자네, 자네밖에 없어."

월현의 눈동자.

청풍은 견고한 운명의 끈을 실감했다.

월현은 말했다.

다시 찾아올 때까지 완벽한 힘을 갖추어놓으라고.

드높이는 열 개의 날개.

환신.

언젠가 명경에게 느꼈던 것을 느끼는 청풍이다.

백무한에게 느꼈던 것을.

그리고 귀도에게 느꼈던 것을 여기서 다시금 느낀다.

갖추어지는 천명, 마침내 네 번째 검, 현무검을 찾을 때가 가까워온 것이다.

〈5권 끝〉